KB114153

천 번의 환생 끝에 16

요람 장편 소설

초판 1쇄 찍은 날 § 2018년 11월 26일
초판 1쇄 펴낸 날 § 2018년 12월 3일

지은이 § 요람
펴낸이 § 서경석

총괄팀장 § 최하나
편집책임 § 김슬기
디자인 § 신현아

펴낸곳 § 도서출판 청어람
등록번호 § 제387-1999-000006호
등록일자 § 1999. 5. 31
어람번호 § 제1-2979호

주소 § 경기도 부천시 원미구 부일로 483번길 40 서경B/D 3F (우) 14640
전화 § 032-656-4452 팩스 § 032-656-4453
http://www.chungeoram.com
E-mail § chungeorambook@daum.net

ⓒ 요람, 2017

ISBN 979-11-04-91880-3 04810
ISBN 979-11-04-91433-1 (세트)

요람 장편소설

FUSION
FANTASTIC
STORY

16
[완결]

천번의 환생 끝에

도서출판
청어람

Contents

Chapter107
Glory DayⅡ

요동치기 시작했다.

범행 성명 발표가 인터넷을 통해 풀리자마자 전 세계가 경악과, 분노로 점철되기 시작했다. 최근 들어 최악이라 할 수 있는 자연재해가 터져 전 세계가 비탄에 빠진 틈을 타서 하이재킹을 한 것도 모자라 특정인을 지목하고 그가 나오지 않으면 인질을 죽이겠단 메시지는 평화주의자조차 갓 뎀! 뻐킹! 욕설을 내뱉게 만들었다.

제정신인가?

전문가들조차 저들의 의도를 파악하기 힘들어할 정도로 파격, 과격하기도 했다. 이건 정말 이해될 수 있는 게 아니었다. 그동안의 세계 흐름을 봐도 IS반군이 테러를 일으킨 적은 많았지만 재앙에 가까운 자연재해로 인해 세계가 비탄에 빠졌을 때는 웬만해서는 그들도 테러를 일으키지 않았다.

이유야 아주 간단했다.

세계인의 분노를 대변한, 강국의 무력행사를 감당하고 싶지 않아서였다. 그런데 이번엔 정말 아주 예외적으로 치고 들어왔다. 이런 쪽으로 문외한인 이들도 저러고도 무사하길 바라는 걸까? 하는 의문을 떠올렸을 정도였다.

미친 건가?

세계의 시간이 느릿, 느릿하게 움직이기 시작했다.

실제로 시간은 만인에게 공평하게 흘러가고 있었지만 정말로 세 시간에 한 명씩 인질을 죽일지에 대해 이목이 모조리 쏠렸고, 그 때문에 긴장을 해서 시간이 멈춰 있는 것 같은 착각들을 시작했다.

범행 성명이 발표되고 2시간이 훌쩍 지난 어느 시점에, 불쑥 실시간 영상의 좌표 하나가 세계 곳곳, 가장 유명한 커뮤니티에 뿌려지기 시작했다. 그걸 찾아 들어간 이들은 전부 경악했다. 영상은 포로가 된 이들을 한데 모아두고 있는 것부터 시작하고 있었다.

인질들의 앞에는 타이머가 있었는데, 그 타이머는 30분부터 시작되어 점차 초를 줄여 나갔다. 난리, 이런 난리도 없을 정도로 다시금 세계가 요동쳤다. 사람들은 낮과 밤을 잊은 것처럼 그 영상에 집중했고, 타이머가 어느새 0이 되었을 때… 30대로 보이는 여인이 끌려 나왔다. 유럽인 같지만 인종은 자세하게 파악이 불가능했다.

여자는 사지가 단단하게 구속되어 있었지만 정말 격렬하게 저

항했다. 머리는 말할 것도 없었고, 곱게 화장했을 얼굴은 하도 울어서 엉망이 되어 있었다. 그런 행색의 여인이 갑자기 중간으로 끌려 나오는 이유는 너무나 명확했다.

말했던 세 시간이 지났고, 이제 첫 희생자가 나올… 시간이었다. 예고대로라면 이제 저 여자는 죽는다.

하지만 모두가 설마설마 했었다.

정말 진짜 미치지 않은 이상, 강대국이라 할 수 있는 유럽권의 여인을 죽일까? 다들 이렇게 생각했다. 그러나 그 생각들은 모조리 빗나갔다. 총? 아니었다. 살아 발버둥 치는 여인의 목이 복면을 쓴 거대한 덩치의 반군의 칼질에 의해 무자비하게 썰려 나갔다. 피가 사방으로 튀었다.

소리도 들리는지라 인질들의 비명이 리얼하게, 마구잡이 합창처럼 영상 가득 울려 퍼졌다. 언젠가… 한국인 선교사의 영상처럼, 모두가 충격에 빠졌던 그 영상처럼, 멍하니 변해 버렸다.

죽었어?

진짜?

진짜 죽인거야?

에이 설마…….

하는 마음들이 있었지만 영상은 거짓이 아니었다.

정말 안타깝게도, 세 시간이 지나서 첫 번째 희생자가 나왔다. 각국의 정부가 나서서 그 영상을 차단하려고 했지만 독립된 아이피와, 다른 루트를 쓰고 있어 쉽지가 않았다. 그리고 이걸 이 새끼들도 예상했는지 겨우겨우 자르면, 다른 곳에서 떡하니 다시 실시간 방송을 시작했다.

타이머는 세 시간에 다시 맞춰져 있었다.

이렇게 되니, 그걸 지켜봤던 이들이 죄다 날뛰기 시작했다. 정부는 뭐 하냐! 저 사람은 어디 사람이냐! 당장 구하러 가지 않고 뭔 영상만 자르려고 하냐! 각 정부의 홈페이지는 첫 번째 희생자가 나오고 10분도 채 되지 않아 서버가 터져 버렸다. 아니, 의도적으로 차단해 버렸다. 모든 국가의 정부가 비상이 걸렸다.

비행기에 탑승한 자국의 국민이 있는지부터 알아봤다.

런던에서 출발한 이스탄불행 보잉기에는 아주 다양한 국적의 사람들이 탑승해 있었다. 당연히 미국, 영국은 껴 있었다.

네덜란드, 프랑스, 독일도 있었다.

스위스, 터키 사람도 있었고, 북유럽이나 동유럽의 패자 러시아 시민도 있었다. 아시아는… 한국 중국 일본 전부 있었다. 그런데 탑승객들의 국적을 살펴보면 요즘 국제 정세에서 날고 긴다 하는 국가들이 거의 전부 껴어 있었다.

하이재킹.

인류 역사에 그리 많게 일어난 범죄는 아니지만 한 번 일어날 때마다 거의 모든 탑승자들이 죽었었다.

그 예로 몇 년 전, 미국에서 일어난 하이재킹 사건에서도 살아 돌아온 사람이 딱 한 명뿐이었다.

강지영.

희망의 아이콘, 살아 돌아온 건 그뿐이었다.

그렇게 사건이 일어나자 각국의 정부는 당장에 특수부대 파견을 지시했지만 이것도 문제가 아주 많았다.

세 시간이란 시간은 긴 시간이 아니었다. 당장 어디인지도 모르고, 위성을 최대한 돌려보고 있지만 이상하게도 장소를 특정하기 너무 힘들었다. 문제는 이것뿐만이 아니었다. 두 번째 범행 성명의 발표.

붉은 눈의 사신이 보고 있다면, 들어라.

이들은 그대 때문에 죽고 있다.

구출 작전을 할 생각은 버려라.

모든 인질을 죽이고 싶다면 시도해도 좋다.

세 시간에 한 명씩, 희생자는 늘어날 것이다.

범행 성명과 함께 테러범들은 인질들의 몸에 부비트랩을 연결하는 걸 실시간으로 방송해 줬다.

이런 범행 성명은 특수작전도 멈칫하게 만들었다. 인질 자체를 한곳에 모아두고 있었고, 작정하고 총질을 해버리면 테러범은 전부 사살할 수 있어도, 역으로 인질들도 모두 죽는 결과를 초래할 수 있었기 때문이었다. 그 옛날 러시아의 모스크바 극장 인질 구출 작전이나 이집트의 공항 구출 작전 때처럼 말이다.

청와대와 백악관, 중남해, 내각, 독일과 영국, 거의 모든 핫라인이 풀가동됐다. 이러한 움직임에 시리아는 물론 중동 전체가 바짝 긴장했다. 가장 먼저 사우디아라비아가 자신들은 이번 테러와는 무관하다며 성명을 발표했고, 그 뒤를 따라 이라크, 이스라엘 등이 차례대로 성명을 발표했다.

모르는 사람은 모르지만, 이번 사태에 미국이 진짜 인질 다 죽을 각오로 들어오면 시리아 반군은 반년이 지나기도 전에 모조리 쓸려 버리고도 남았다. 그동안이야 세계 정치의 이해관계 때문에 방치되고 있었지만 이번 일은 진짜 그냥 넘어갈 수 있는 일이 아니었다. 그런데 그건 미국뿐만이 아니었다.

중국, 러시아는 이미 미국에 비해 조금 부족하다지만 단일 국으로 미국을 상대할 수 있는 유일한 국가들이었다. 영국이나 독일, 프랑스도 만만치 않았다. 특히 아프리카 내전으로 다져진 실전 경험은 엄청났다.

한국과 일본?

일본은 세계대전 이후 실전 경험이 거의 없어 불가능하지만, 한국은 달랐다. 전 세계 유일의 분단 국가. 엄청난 국방비를… 쓰는 것만큼 강하진 않지만 반군 정도는 쓸어버리고 남을 저력이 있었다.

정말, 작정한다면 말이다.

그러니 중동의 모든 국가가 바짝 몸을 낮췄다.

하지만 시리아만 애매했다. 애초에 테러범이 있을 거라 예상되는 국가가 시리아다. 범행 성명을 발표한 개새끼도 시리아에서 활동하는 반군이었다. 이러니 시리아 정부가 성명을 발표했어도 분위기는 냉랭하기만 했다.

뜨겁게 끓어오르던 것들이 임계점을 넘어 폭발의 순간까지 갔을 무렵, 누군가가 던진 한마디가 차갑게 그들의 기분을 가라앉혔다.

"근데, 붉은 눈의 사신이 누구야?"

아주 지극히 당연한 의문이었지만 모두가 놓치고 있던 부분이었다. 하지만 각 정부의 알 만한 이들은 전부 아는, 그런 닉네임이었다.

*　　　　　*　　　　　*

쾅!

"안 됩니다! 지영 씨! 저게 말이 됩니까? 인질이 죽는 꼴을 보고 싶지 않으면 기어 나오라니요! 저건 아주 유치한! 이제는 어린애들도 안 쓰는 협박입니다!"

정순철이 아주 단호한 어조로 지영을 향해 외쳤다. 지영은 뻑뻑, 담배만 피워댔다. 인간적인 책임을 느껴서?

맞다.

그냥 무시해도 될 건데, 저놈이 최후의 동귀어진을 선택하게 만든 게 그간 지영이 행한 작전 때문이라는 것은 이번에도 역시 부정할 수 없었다. 냉정하게 생각하면 무시해도 된다. 아니, 그게 정답이었다.

저런 유치한 도발에 넘어가면 천 번째 환생을 했단 것 자체가 우스웠다.

"지영."

"응?"

유리의 말에 대답을 하자 그녀는 지영의 바로 앞까지 와서 무릎을 꿇고 눈을 맞춘 뒤 다시 말문을 열었다.

"지영이 무슨 생각하는지 알아. 하지만 지금은 냉정해져야 돼."

"알아, 그리고 난 지금 충분히 냉정해."

"아니? 내가 보기엔 전혀 아니야. 지영은 지금 인간이 느끼는 기본적인 도덕적 책임감 때문에 흔들리는 상태야."

"그래? 그런가……."

지영은 쓴웃음을 흘렸다.

상식이란 게 있다.

모두가 당연하게 생각하는 그런 상식 말이다.

지영이 지금까지 벌인 일은 과연 그 상식에 들어가는 걸까?

'아니, 어떤 상식이 이런 미친 짓을 포용해?'

그러니 비상식이다.

그런 비상식이 결국 한 인간을 아예 미쳐 버리게 만들었고, 그 결과는 역시 광기에 젖은 처형식이었다. 문제는 이 피해가 고스란히 아무런 죄도 없는 이들에게 전가됐다는 점이었다.

'어디서부터 잘못된 거지? 아니, 잘못된 건 없어. 그럼 왜 이런 일이 벌어진 거지?'

지영은 최대한 냉정하게 생각하려고 노력 중이었다.

유리나 정순철의 말처럼 저 상황에 나가서 나 여기 있으니 그만 해라! 이러고 싶은 생각은 절대로 없었다. 미래를 위해 이곳으로 왔지, 죽으려고 이곳에 온 게 절대로 아니었다. 지영은 지금 이게 마치 질문 같았다.

자, 이제 어떻게 할 거야?

누군가가 이렇게 묻고 있는 것 같았다.

피식.

실소가 흘러나왔다.

'어떡하긴 뭘 어떻게 해. 다 부숴 버리는 거지.'

애초에 그냥 그렇게 결정을 해놓고 왔다. 그러니 그냥 최초의 결정대로 우직하게 밀고 나가는 게 최고였다. 지영은 위성 폰을 꺼내 임수민에게 전화를 걸었다. 고전적인 뚜르르 소리가 몇 번 가더니 임수민이 전화를 받았다.

―여, 바람 잘 날 없는 우리 붉은 눈알 사신 씨!

"지금 상황에 그런 말이 나와?"

―황당해서 그래, 황당해서. 넌 정말… 와. 말도 안 나온다. 말도 안 나와.

"……."

그건 그렇다.

지영도 지금 말이 안 나올 정도로 당황스럽고, 황당하고, 짜증 나고, 분노하고 있는 상태였다.

"어딘지 찾아봤어?"

―찾아야 봤지. 지금도 찾고 있고. 일단 아이피부터 따고 있는데 대체 세계를 몇 바퀴를 돌린 건지 전담 팀 애들 지금 머리를 쥐어뜯고 있다.

"비행기를 납치 했으면 차로 이동을 했든 할 거 아니야."

―비행기는 찾았어.

"찾았어?"

―응. 그런데 문제는 비가 더럽게 많이 와서 흔적이 중간에 뚝 끊겼어.

"……."

아…….

비가 오긴 했었다. 아니, 지금도 줄기차게 쏟아지고 있었다. 마치 아프리카의 우기처럼, 미친 듯이 쏟아지고 있었다.

"타이밍 지랄 맞네, 진짜."

─누가 아니래. 어쨌든 그래서 얼마나 걸릴지 장담을 못 하겠어.

"몇 명이나 죽어 나갈지 장담을 못 한다는 소리네."

─안타깝지만, 응. 이라고 대답할게.

"하아……."

지영이 한숨을 내쉬자 임수민도 똑같이 한숨을 내쉬었다. 답답한 건 그녀도 매한가지였다. 둘 다 인간이 아니라고 해도 과언이 아닌 존재들이지만, 감정은 인간과 똑같이 느꼈다. 아니, 오히려 그래서 더욱 인간다웠다.

마치 감정적으로는 완전무결한 인간처럼.

그렇게 되어야 하는 것처럼.

두 사람은 요즘 들어 남들보다 감정을 진하게 느끼고 있었다.

"일단 최대한 찾아봐 줘."

─알았어. 그런데 약속 하나만 하자.

"무슨 약속?"

─무식하게 혼자 쳐들어가지 않겠다는 약속.

"그건 당연한 거고."

─후후, 그래. 최대한 알아는 볼게. 안 그래도 지금 미국이나 유럽 각국에 정보 뿌려주면서 같이 찾아볼까 생각중이야.

"그래, 수고해 줘라."

─응, 끊는다.

뚝, 전화를 끊은 지영은 시선을 돌려 모니터를 바라봤다.

"……."

모니터 안엔 제발 살려달라며 울부짖는 사람들이 있었다. 인간 같지 않은 쓰레기들. 지영은 막 젊은 여성 하나를 끌고 나와 겁탈을 하려는 영상을 보며, 이번만큼은 정말 악마가 되어야겠다고 생각했다.

다시 약속된 세 시간이 다 되어갔다.

전 세계인이 제발 하지 말라며 울부짖는 가운데, 두 번째 피해자로 낙점된 유럽계 청년 하나가 끌려 나왔다. 스물 초반 정도로 보이는 금발의 청년은 연신 살려달라고 빌었다. 두 번째 희생자가 나오기 전까지는 앞으로 10분.

마치 약속이라도 한 것처럼 전 세계가 숨을 죽였다.

제발, 제발 누군가가 구출해 주기를 바랐다.

그게 미군이든, 유엔군이든 상관없으니까 제발 두 번째 희생자가 나오지 않기를 바랐다.

10분, 600초는 정말 너무나 짧은 시간이었다. 두 손을 모으고 제발, 제발 하며 기도를 올리다보니 어느새 10분은 끝나가고 있었다. 붉은 숫자가 결국 0, 00, 00이 되는 순간, 전 세계가 요동쳤다.

아아악!

안 돼!

갓 뎀!

이 씨발 새끼들아!

온갖 욕설이 난무했다.

미친 테러범 놈들이 두 번째 희생자도 가차 없이 목을 그어, 잘라 버렸기 때문이었다. 가감 없이 송출된 처형 영상에 오 마이 갓을 외치는 이들이 한 수억 명쯤 되었다. 각 정부가 나서서 영상의 좌표를 어떻게든 지워 버리고는 있지만 그럴 때마다 새로운 루트로 사이트 좌표가 계속해서 올라오는 마당이라 크게 소용도 없었다. 두 번째 희생자가 나왔을 때 사람들은 이제 그 빌어먹을 붉은 눈의 사신이 누구야! 화를 내기 시작했다. 그가 나타나면 저들이 살아나지 않을까하는 마음 때문이었다.

붉은 눈의 사신이 누군지, 정체를 알고 있는 미국 정부가 핫라인을 통해 한국 정부에 지영이 살아 있냐고 물었지만, 한국 정부는 침묵했다. 하지만 아예 무시할 수는 없어서 모른다. 그는 죽었다. 전 세계가 장례식을 보지 않았느냐, 이렇게 대답했다. 그렇게 대답할 수밖에 없었다.

공식적으로, 강지영은 자살했으니까.

백화점 테러의 중압감을 견디지 못하고.

스스로 목숨을 끊었으니까.

지금은 이게 펙트였다.

그리고 한국 정부는 이걸 절대로 뒤집을 수 없었다. 그가 직접 모습을 드러내지 않는 한, 어떤 욕을 먹더라도 반드시 지켜야만 하는 비밀이었다.

전 세계를 기만하는 선택을 한 건 지영이었지만, 그 결정에 동조한 것은 대한민국 정부의 극소수 관계자들이었기 때문이었다.

세계에서 가장 크다는 뉴욕, 파리, 런던 등의 광장에서 피켓 시위가 일어났다. 피켓에는 레드 아이즈! 레드 아이즈! 라는 단어가 적혀 있었다. 그리고 그 밑에는 빨리 나타나서 사람들을 구해달라고도 적혀 있었다.

이제 여섯 살 먹은 여자 아이의 피켓에 우리 아빠 좀 살려주세요! 이런 단어도 적혀 있었다. 납치된 이들의 가족들의 인터뷰가 속속 올라왔다. 여론이란 건, 이래서 무서웠다. 어느 한 방향으로 물줄기가 뚫리자 너나할 것 없이 죄다 그쪽으로 몰려가기 시작했다. 마치 그곳만이 살 수 있는 탈출구인 것처럼 무섭게 달려들 갔다. 일부 깨어 있는 이들은 이 행동 자체가 한 사람에게 목숨을 내놓으라는 잔인한 짓임을 인지하고 있었지만, 이미 여론의 물줄기에 휩쓸려 광기에 젖은 이들은 그 사실을 미처 깨닫지 못하고 있었다. 지성. 배우지 못했기에 그런 건 아니었다.

어떤 학자는 이런 말까지 했다.

"그 한 사람의 목숨으로 삼백의 사람을 구할 수 있다면… 그가 영웅이 되는 게 맞지 않겠습니까?"

천하에 둘도 없는 개소리였지만, 골 때리게도 사람들은 그 학자의 말에 동조했다. 정체를 알 수 없는 한 사람보다는 영상 속에 인질들에게 훨씬 더 감정이입을 했기 때문이었다. 이건 뭐 현대판 마녀사냥과 다를 게 하나도 없었다. 중세시대에서 일어날법한 마녀사냥까지는 아니지만, 이미 그에 준하는 상황으로 고작 몇 시간 만에 세계의 여론이 몰려가고 있었다. 더욱 무서운건 이걸 누가 선동한 게 아니라는 점이었다.

붉은 눈의 사신이 나오지 않으면 인질이 세 시간 만에 한 명씩 죽는다.

이 잔인한 현실이 사람들을 자연스럽게 광기에 젖게 해 지금 이렇게 만들어 버렸다. 이건… 소름이 돋는 일이었다. 세계사에 길이 기억될, 삼백을 위해 한 사람이 죽으라는 결정을 거의 모든 전 세계인이 결정을 내린, 무시무시한 대사건으로 번질 조짐이 보였다. 이걸 심각하게 받아들이는 사람들은 당연히 있었다. 그들은 경고했다.

이건 마녀사냥이라고.

하지만 그럼 그 하나 때문에! 저 많은 사람들이 다 죽어야 되냐! 이런 말로 되돌아왔다. 무차별 폭격도 이런 무차별 폭격이 없었다. SNS는 마비되어 갔다. 가장 유명한 T, F, U사 등은 서버를 내려야 하나 진지하게 고민했다. 처형 장면의 영상은 절대로 풀어놓을 수 없기 때문이었다.

그리고 한 사람을 향한 비방이 도를 넘어가고 있었다.

무슨 짓을 저질렀기에 저들이 저러는 거냐! 까지 상황이 넘어가고 있었다. 무서운 건 이렇게 되기까지, 세 명의 희생자가 나온 시점이라는 것이다.

세 번째 희생자는 50대 사내였다. 사업차 이스탄불로 가던 그는… 더럽고, 비열한 종교인에 의해 생을 마감해야만 했다. 그는 첫 번째, 두 번째와는 다르게 총으로 인해 살해되었고, 그 영상 또한 끊는다고 끊었지만 나중에 따로 파일을 풀어버림으로써 결국 세 번째 희생자가 나오게 되었음을 모두가 알게 됐다.

첫 번째가 설마였다면, 두 번째는 제발이었고, 세 번째는 분노였다.

사람이 죽는 영상을 보는 건 쉬운 일이 아니다.

일반인이라면 그 장면 자체가 엄청난 트라우마로 남는다. 영상 자체가 주는 스트레스가 엄청나 PTSD에 시달려야 하는 건 말할 것도 없다. 물론 그 영상을 확인한 건, 스스로의 의지지만 어디 사람이 그렇던가.

스스로 책임지기 싫어하는 이기적인 마음은 원망의 화살을 언제나 다른 곳으로 쏘는 법이었다. 책임 전가. 그렇게 해서 인간은 마음의 평온을 얻는다. 하지만 그들이 얻은 평온으로 인해, 당연히 누군가는 상처받게 마련이었다. 그 상처받는 사람들은 바로… 진실을 아는 사람들이었다.

*   *   *

"……."

멍하니 TV를 보던 은재는 누가 어깨에 손을 올렸는데도 돌아보지 않았다. 아니, 돌아보지 못했다.

"하아, 은재야……."

"……."

김은채였다.

언니가 와서 자신을 불렀지만 은재는 정말 텅 빈 눈동자로 TV를 바라봤다. 어떻게 사람들이 이럴 수 있지? 어떻게 희생을 강요할 수 있지?

"삼백 명의 목숨은 소중하고, 한 명의 목숨은 소중하지 않은 거야?"

"……."

대답을 바라고 한 말은 아니었다. 그리고 그 바람대로 아무도 답을 주지 않았다. 화면 속은 연신 피켓 시위를 하는 모습을 찍어 내보내고 있었다. 살려주세요, 우리 아빠를 살려주세요! 제 딸을! 제 아들을! 제 부모를! 제 친구를! 살려주세요! 은재는 그런 문구들을 보면서 인간이 가진 이기심의 끝을 보는 기분이었다.

은재는 알 수 있었다.

테러범들이 요구하는 붉은 눈의 사신이 누군지.

그곳에서, 미래를 위해 치열하게 피를 흘리는 사람 중에 붉은 눈을 가진 사람은 그녀가 알기로 자신의 연인 지영밖에 없었다. 그러니 저 테러는 지영을 노린 테러였다. 그런데 사람들은 자신의 연인더러 가서 죽으라고 한다.

이게 말이나 되는 걸까?

"언니."

"응."

"나 이제 사람이 미워."

"……."

은재의 말에 놀란 김은채는 얼른 그녀의 앞으로 다가왔다. 싸늘한 눈이었다. 텅 비어 있던 눈빛에는 사람을 향한 원망이 담겨 있었다. 김은채는 이런 은재의 눈빛을 처음 봤다. 언제나 따뜻하고, 착했던 아이였다. 그렇게 모진 풍파를 겪으면서도 순수함을 잃지 않던 아이였다. 연인에게, 자신에게 칼날이 다가왔어도 포기하지 않던 아이였다. 그런 아이가 이제는 사람이 싫다고 말한다.

세상의 풍파를 먼저 겪은 김은채는 지금 은재의 마음이 어떤지 너무나 잘 알 것 같았다. 납치당했을 때, 김은채는 원망할 수 있는 모든 걸 원망했다. 그리고 왜 자신이 납치를 당했는지 알았을 때에는 분노했다. 세상 모든 것에 분노했다. 그때부터 활달했던 성격이 변했다.

날카롭고, 예민하게, 곁에 다가오다 베일지도 모른다는 생각이 들 정도로 얼음장 같은 성격이 되었다.

그런데 그 정도로 끝난 것도 은재 때문이었다. 배다른 동생, 납치, 이 두 가지 키워드가 김은채의 머릿속에 안착됐을 때 신기하게도 두 단어는 합쳐져서 보호가 되었다. 그래서 그렇게 괴롭히면서도 은재를 항상 챙겨줬던 것이다. 아니, 어쩌면 자신이 괴롭혀서 은재를 혹시 모를 누군가의 손길에서 벗어나게 하려는 무의식의 발현이었을 수도 있었다. 그래서 김은채는 지금 은재의 마음을 알 것 같았다.

순수함이 더러워지면, 새까만 색으로 변하는 건 정말 순식간이었다. 그러니 지금이라도 얼른 막아야 했다. 한번 탁해지면, 다시 되돌리기 쉽지 않았다. 돌아오더라도 엄청 오랜 시간이 걸릴 것이다.

"은재야, 언니 봐."

"미워, 그냥 미워. 다 싫어……."

"유은재!"

"……."

어깨를 잡아 흔드는데도 은재는 대답하지 않고 TV를 바라봤다. 아니, 노려봤다. 눈빛이 변했다는 건 매우 좋지 않은 징조였다. 여기서 멈춰야만, 그래야만 순수한 은재를 지킬 수 있었다.

짝!

김은채는 은재의 얼굴이 돌아갈 정도로 거세게 뺨을 때렸다. 멀찍이 떨어져서 지켜보고 있던 그녀의 비서와 유선정이 깜짝 놀랐을 정도로 세게 때렸다.

"언니……?"

"유은재, 너 정신 안 차려?"

"어… 그게……"

뺨에서 느껴지는 고통 때문에 정신이 일깨워지긴 했지만 아직 멍한지 은재는 눈을 끔뻑거리며 못 차렸다.

"쿨하게 보내줬다며? 그럼 믿고 기다려야지. 니가 그렇게 흔들리면 어떡해!"

"언니……"

"기다려, 믿고 기다려. 저기 저 새끼들? 저 새끼들이 뭐라고 지껄이건 간에 지영이가 알아서 해결하고 돌아올 때까지 기다려. 믿고 기다리라고! 걔가 누구야, 천하의 강지영 아니야! 어련히 알아서 잘할까!"

"아……"

"아는 무슨 아! 확 그냥! 지금 니가 할 일은 저딴 새끼들 말에 흔들리는 게 아니라 잘 먹고, 잘 자고! 중심 잡고 기다리는 거야! 알았어?"

"……"

은재는 김은채의 말에 저도 모르게 고개를 끄덕였다. 은재도 생각이 깊지만 김은채는 그녀와는 반대로 생각이 깊었다. 냉소적이고, 날카로운 쪽으로 말이다. 그래서 이렇게 단호한 처방을 하는 데는 김은채가 딱이었다.

은재의 정신이 돌아오자 김은채는 하아, 한숨을 내쉬었다.

'대체 이 인간은… 뭔 사건 사고가 끊이질 않아!'

자신도 정말 불쌍했었다고 생각했었지만 지금은 지영에 비하면 정말 새발의 피였다는 사실을 절절히 통감하고 있었다. 그에게 일어나 사건을 하나씩 뜯어보면 정말 일반인은 한평생 한 번 겪을까 말까 한 일을 수없이 당했다.

테러에, 납치에, 언론 공격에, 자살 위장에, 정말 한두 개가 아니었다. 한 인간에게 이 정도의 일이 몰려든다는 게 김은채는 정말 믿기지가 않았다. 그래서 자신이 마치 우물 안의 개구리 같이 느껴지는 골 때리는 기분을 느끼는 중이었다.

"언니… 괜찮겠지, 정말?"

"그래, 괜찮아. 강지영 그 인간 너한테나 인간적이지, 사실은 엄청 이기적인 인간이야. 니가 몰라서 그래! 니 생각보다 더! 훨씬 더! 이 언니가 옆에서 직접 겪고 말하는 거니까 무조건 믿어, 알았어?"

"아……."

거짓말이 아니었다.

그때 송지원이 납치당했을 때 폐 물류센터에서 지영이 보여줬던 걸 생각하면 지금도 소름이 돋았다.

'사람을 죽이는 데 주저함이 없어.'

그건 곧, 손을 쓸 때는 아주 단호하단 뜻이었다.

그리고 그 단호함이 그렇게까지 장착되려면…….

'실제로 많이 죽여봤겠지. 그리고 지금도, 죽이고 있을 거고. 그러다가 테러범 놈이 위기에 몰리는 저런 미친 짓을 저질렀겠지. 너도 죽고 나도 죽겠다는 마음으로.'

김은채는 역시 날카로운 통찰력이 있었다.

하지만 그녀는 은재에게 그런 사실을 굳이 알려주지 않았다. 이 정도는, 아마 은재도 나중에 좀만 생각해 보면 충분히 알아낼 게 분명했기 때문이었다. 그녀는 은재의 옆에 앉아 어깨를 감싸 당겼다. 그러자 거절하지 않고 품에 안겨왔다.

'하… 해줄 수 있는 게 이런 거밖에 없네.'

성인이 되어서 이렇게 무기력해 보긴 또 처음이었다. 그래서 그 무기력감을 털어내려고 그녀는 의도적으로 한 사람을 원망했다.

'너 아주 내가 이렇게까지 하는데 죽어서 오기만 해. 내가 꼭 또 한 번 죽여 버릴 거야!'

하지만 생각만큼, 그 다짐은 그리 오래가지 않았다.

미운 정 고운 정 다 들어서 이제는 그녀도 지영이 무사히 돌아오기만을 바랄뿐이었다.

다섯 번째 희생자가 나왔다.

70대 노부인이었다.

아들과 며느리, 손자와 손녀를 만나러 가던 중이었다던 노부인은 그 누구도 예상하지 못한 테러에 휘말려, 목숨을 잃었다.

세계가 이글이글 타올랐다.

세 시간은 절대로 짧지 않은 시간이었기 때문에 희생자가 계속해서 늘어나고 있었다.

그동안 전 세계가 합심하기 시작했다.

어나니머스(Anonymous).

조금만 관심이 있어도 알 만한 아주 유명한 해킹 조직이었다. 익명이란 뜻을 사용하는 이들은 굵직한 해킹들을 했고, 인터넷 역사에 획을 그은 아주 대단한 조직이었다. 세 번째 희생자가 나왔을 때 이들은 열이 제대로 받아 반드시 위치를 찾고 말겠다고 공식 홈페이지를 통해 공언을 했다.

이들은 각 국가의 정부와 연계하여 슬기롭게 아이피를 따기 시작했다. 하지만 독립된 아이피를 쓰는 것이라 이들 역시 정확한 위치를 찾는 건 쉽지 않았다. 하지만 익명뿐만이 아니라, 해커계의 내로라하는 이들이 모조리 참전을 했다. 이들 역시 정부 기관과 연계를 하여 효율적으로 추적에 나섰다.

동시에 각국의 특수 팀이 모두 중동으로 이동했다. 물론 이는 알려지지 않았다. 괜히 말했다가 희생자가 더 빨리 생기면 안 되기 때문이었다. 이집트 공항 테러 사건 때처럼 더 이상 물러날 길이 없는 테러범들이 난사를 하면 인질들은 모조리 죽고 말 것이다. 아니, 부비트랩 하나만 잘못 건드려도 싹 죽는다.

그러니 물리적인 힘으로 그들을 자극할 수는 없었다. 1분 1초가 소중해졌다.

골방에 틀어박힌 어둠의 해커들까지 참전했다. 컴퓨터 좀 만진다 하는 대부분의 사람들이 자신들에게 전쟁을 선포한 테러범의 아이피 주소를 따기 위해 움직였다.

대체 왜!

그렇게 많은 사람들이 있는데도 위치를 추적해 내지 못하느냐!

이런 성토가 이어졌지만 상황이 안 좋아도 너무나 안 좋았다. 작정하고 지구를 몇 바퀴 돌렸고, 독립 발전소에 공유기까지 가지고 있으니 차단을 할 수가 없었다. 게다가 비가 오면서 물리적인 추적 방법이 죄다 없어졌다.

비는 아직도 줄기차게 쏟아졌다.

전문가들은 말했다.

이 빌어먹을 비만 아니었어도 지금쯤 바퀴의 흔적과 위성으로 추적을 끝내고도 남았을 거라고. 완전히 어두워져 차량의 이동도, 바퀴의 흔적도 죄다 사라져 버려 아무것도 할 수 없는 작금의 현실이 너무나 처참하다고. 그렇게 얘기했다. 그렇게 다시 시간이 흘러 6번째 희생자가 나왔다.

이스탄불로 여행을 떠났던 20대 커플 중 여자였다. 연인 대신 자신을 죽이라고 남자가 악을 썼지만 테러범들은 그대로 여인의 목을 갈랐다. B급 스릴러 영화처럼 목이 갈라져 피를 뿜는 모습은 현실감이 전혀 없었다.

하지만 잔인하게도 3시간의 타이머 세팅은 다시 시작됐다.

그놈에 붉은 눈의 사신! 뭐 하는 새끼인데 얼굴 코빼기도 안 보이냐고 사람들이 욕설을 하기 시작했다. 제발 나와달라는 말은 이제 점점 들어갔고, 그 자리를 메운 것은 역정과 분노였다. 그렇게 골 때리게 모두의 분노를 사고 있는 붉은 눈의 사신이 누구인가에 대한 의문은 이제 사라졌다.

인간의 이기적인 욕망은, 비틀린 길로 군중을 인도하고 있었다.

＊   ＊   ＊

그런 모든 변화를 지영은 실시간으로 보고 있었다. 뭐, 굳이 찾아볼 필요도 없었다. TV 채널만 돌려도 붉은 눈의 사신에 대한 얘기로 가득했다. 덕분에 지영이 쉬고 있던 안가의 분위기는 싸늘했다.

아니, 그 이상이었다.

뭐라 말로 설명할 수 없을 정도로 답답한 기운도 가득했다.

"지영……."

유리가 안타까운 눈빛으로 지영을 바라봤다. 하지만 지영은 괜찮았다.

인간들에게, 사람에게 이런 마녀사냥을 지영이라고 안 당해본 게 아니었다. 이런 일은 인간이 부족 국가, 생활을 할 때 이미 충분히 겪어봤었다. 모략, 암투. 언어가 제대로 통하지 않아 손짓과 발짓, 바디랭귀지로 대화를 했을 때에도 이런 종류의 일은 넘쳐났었다.

지영이 주도해서 누군가를 몰아낸 적도 있었고, 정신이 없어 신경을 못 썼을 무렵 누군가가 주도해서 지영을 몰아냈던 적도 있었다. 인간의 추악한 일면이고, 그런 일을 당했던 그 당시에는 분노했었지만 지금은 하도 많은 삶을 살아오면서 내성이 쌓여 웬만해서는 저런 것에 흔들리지 않았다. 그래서 지영보다 다른 사람들이 더욱 지영을 걱정했다.

정순철은 자신의 일처럼 분노했다.

희망의 아이콘이라 부를 땐 언제고, 이제 와서 죽으라고 한다고 불같이 역정을 냈다. 지영은 물론 성수정도 정순철이 이렇게 화내는 걸 본 건 처음이라며 놀라워했다. 상황은 지영에게 매우 안 좋았다.

아무리 정체를 모른다지만 자신을 사랑했던 이들이 자신을 죽음으로 밀어 넣고 있는 상황이니 좋은 상황일 리가 만무했다. 그래서 지영은 결정을 내려야 했다. 놈은 지영에게 선택을 강요하고 있었다.

시간은 째깍째깍 잘도 흐르고 있으니 지영이 고민하는 사이 또 누군가는 죽게 될 것이다.

"역시 재미있어, 삶은……."

피식.

늘 새로워.

매번 짜릿해!

그 옛날 어느 배우가 자신의 외모에 대한 평가를 했던 말은, 지금 지영의 상황에 붙여 써도 이상할 게 없었다.

지영은 폰을 들었다.

하지만 이번엔 걸기 전에 먼저 왔다.

지잉, 지잉.

번호를 확인한 지영은 바로 전화를 받았다.

"나야."

—슬슬 움직여 줘야겠는데?

"찾았어?"

─아니, 이제 꼬리는 잡은 것 같아서. 그런데 몸을 돌려 이빨을 들이대는 건 별로 달가운 상황이 아니야. 재수 없으면 처음부터 다시 잡아야 하거든.

"음……."

임수민이 걱정하는 건 놈들이 다시 꼬리를 자르거나, 아니면 발각됐음을 인지하고 인질들을 죽이는 것이다. 그렇게 되면 꼬리는 아예 안 잡은 것보다 못한 상황이 될 것이다.

─준비하자.

"알았어. 서버는?"

─이쪽에서 준비할 거야. 대사 준비해 놔.

"오케이."

전화를 끊은 지영은 담배를 하나 꺼내 입에 물었다.

1년쯤 됐나?

사망 코스프레도 결국은 여기서 끝나게 됐다. 지금 지영이 등장하면 아주 그냥 재미있어 미칠 것 같은 일이 벌어지겠지만 그거야 지영이 알 바가 아니었다. 스스로 괴로워하든 말든 그들 스스로 그냥 책임을 지는 것이다.

김지혜가 카메라를 세팅했고, 지영은 옥상으로 올라갔다. 답답한지 정순철과 성수정이 따라 올라왔다.

치익.

"후우……."

하연 연기가 몽실몽실 피어났다. 정순철까지 담배를 입에 물자 담배를 자주 안 태우는 성수정도 입에 따라 물었다.

"괜찮겠습니까?"

난간에 기대어 하늘을 바라보고 있는데 정순철이 옆에서 슬쩍 물어왔다. 지영은 그에 고개를 끄덕였다. 안 괜찮을 것도 없었다.

"뭐, 어차피 마지막 작전만 남았었잖아요. 그게 틀어져서 먼저 밝히는 거라고 생각하면 그리 짜증 날 것도 없어요."

"그게, 제 말은……."

"무슨 생각하시는지 아는데, 팀장님이 보기에 제가 사람들 이목을 신경 쓸 것 같아요? 그랬으면 여기에 있겠어요?"

"그건 아니지만……."

"그러니 걱정하지 마세요. 저 지금 누구보다 괜찮습니다. 그어떤 때보다 기분 좋아요. 그리고 우리 이제 이 일만 마무리하면 집에 갈 수 있잖아요?"

"……."

아니… 당분간은 집에 가긴 글렀다.

장담하는데, 이번에 얼굴을 공개하면 은재를 만나는 일은 훨씬 더 늦어질 것이다. 이 정도 테러에 관련이 되었는데 인터폴 등의 국제기관이 절대로 가만히 있지 않을 게 분명했기 때문이었다.

온갖 고초와 조사를 받은 뒤에야 지영은 아마 가족의 곁으로 돌아갈 수 있게 될 것이다.

'슬슬 안젤라와 유리도 보내야 하는데…….'

가려나?

지영은 고개를 저었다.

안젤라는 냉정한 편이라 영원히 헤어지는 게 아님을 알아서 떠나겠지만, 유리는 충동적인 편이었다. 아마 이런 상황에서 지영의 곁을 떠나려 하지 않을 게 분명했다. 하지만 이 둘은 반드시 지영의 곁을 떠나야 했다. 이유는 딱 하나, 이들의 출신 때문이었다.

'아니, 출신이 아니라 전직이겠네.'

돈을 받고 사람을 죽이는 킬러.

그게 둘의 직업이었다.

둘의 손에 죽은 정치인, 기업가 등이 제법 많았다. 지금도 인터폴의 적색수배가 내려져 있는 둘이라 걸리면 정말 재미없었다.

'성수정도 보내야겠고.'

그녀는 비공식 블랙요원으로 일본에서 활동하며 정치인을 꽤나 암살했다. 그러니 그녀도 지영과 함께 있다는 게 알려지면 일본에서 지랄발광을 떨어댈 게 분명했다. 정순철만 특수 팀, 회사 소속이라 그나마 지영 정도의 조사를 받게 될 것이다.

'여자들은 다 보낸다.'

그렇게 마음을 먹은 지영은 담배를 태우고 있는 정순철을 힐끔 봤다. 안타깝게도 이 사람은 갈 수 없었다. 혼자 했다는 건 절대로 안 믿을 것이다. 둘이 했다는 것도 안 믿겠지만 그래도 혼자라고 우기는 것보단 나았다.

지영의 시선을 받은 정순철은 그냥 씩 웃었다. 아마 그도 알고는 있을 것이다. 여기 있는 사람들 중 지영을 가장 오래 봤기 때문에 지영이 이제 어떤 선택을 할지 정도는 충분히 알고 있을 테니 말이다.

이심전심.

'미안해요.'

'하하, 별말을 다 합니다. 같이 조사 좀 받고 한국으로 돌아갑시다.'

'네.'

씩.

정순철은 입이 찢어지게 웃었고, 지영은 특유의 실소를 흘리며 시선을 다시 하늘로 돌렸다. 하지만 그걸 눈을 가늘게 뜨고 바라보던 사람이 있었다.

"뭐예요, 남자들 그 눈빛들은? 뭔가 아주 의미심장한데?"

"하하, 그런 게 있다. 근데 인마, 넌! 어깨 수술 받은 놈이 얼마나 됐다고 여길 기어 와!"

"아, 괜찮다니까요? 이까짓 수술 정도야, 총도 쏠 수 있음!"

"얼씨구? 야, 부상자는 없는 게 더 낫다는 거 모르냐? 혹시 전투라도 벌어지면 어쩌려고 그래?"

"나겠어요? 제가 보기엔 안 날 것 같은데?"

"어휴, 이걸 그냥 때릴 수도 없고. 어휴!"

씩 웃는 성수정을 보며 정순철이 고개를 저었다. 지영은 그냥 피식 웃었다. 사고가 터지고 나서 성수정은 거기 사람들을 닦달해 바로 이곳으로 넘어왔다. 수술이 끝나고 얼마 안 돼서 등이 엄청 아플 텐데도 그녀는 단호했다. 이유는 하나, 지영이 헛짓거리 못 하게 감시, 막겠다는 일념이었다.

하지만 지영이나 정순철이 보기엔 그냥 같이 있고 싶어 땡깡 부린 것 정도밖에 안 느껴졌다.

"그리고 넌 인마! 수술 받은 놈이 담배를 피냐?"

"아, 또 왜요! 오늘 왜 나한테 자꾸 승질이에요? 해도 저 사람에게 해야지!"

성수정은 그나마 멀쩡한 오른손으로 지영을 삿대질했다. 분위기를 풀려는 노력이라는 걸 아는 지영은 그냥 어깨를 으쓱했다.

"화살이 왜 다시 나한테 날아오는데요? 내가 뭐 죽으러 나간다는 것도 아닌데."

"그냥요! 에휴, 에휴! 내가 아주 그냥!"

이상하게 텐션이 높은 성수정의 마음도 이해가 갔다. 이겨내고 싶은 것이다. 사람들이 보여준 그 이기적인 마음을. 그 때문에 받은 상처를 지금 어떻게든 이겨내고 싶은 것이다. 그래서 평소에 안하던 '짓'까지 하고 있었다.

"됐고, 가서 약이나 맞어, 인마. 아직 다 낫지도 않은 게 까불기는."

"알아서 맞을 거거든요!"

"그럼 알아서 해. 괜히 간만에 만든 남자들 시간 방해하지 말고."

"흥!"

팩 토라진 것처럼 고개를 돌린 성수정에게 지영은 고마움을 느꼈다. 그녀가 저렇게 애써준 덕분에 기분이 좀 풀렸다. 잠시 그렇게 성수정의 가상한 노력을 보고 있는데 김지혜가 옥상으로 올라왔다.

"준비 끝났어요."

"그래요? 내려갈게요."

"네."

우르릉……

내려가던 길에 뇌성이 들려 다시 돌아보니 멈췄던 비가 다시 오려는 모양인지 하늘이 심상치 않았다.

저 멀리, 시꺼먼 비구름이 마치 장막처럼 펼쳐져 다가오고 있었다.

빌어먹을.

이놈의 비 때문에 수많은 사람이 고통받고 있었다.

평소에는 좋아했지만, 이번만큼은 정말 조금도 좋아해 줄 수 없었다.

다시 몸을 돌려 지하로 내려온 지영은 지영이 항상 입었던 흰 셔츠와 편한 바지로 갈아입고 카메라 앞에 섰다.

'모하메드 발루스.'

이제 끝을 보자.

지영이 준비됐다고 사인을 주자, 김지혜는 바로 카메라를 ON으로 돌렸다. 그리고 기록되는 영상을 바로 임수민에게 보냈고, 임수민은 협조를 얻어놓은 각국의 공영방송국에 다시 그 영상을 전송했다.

팟!

파바바바밧!

세계에 존재하는 거의 모든 TV에 지영의 얼굴이 갑자기 등장하여 화면 가득 메우기 시작했다.

형이 왜 거기서 나와?

이 말이 지금 가장 잘 어울리는 상황이었다.

"어, 어어……."

왜?

왜 저 얼굴이 저기서? 갑자기 모든 방송에 등장한 지영의 얼굴에 TV를 보든 이들이 얼어붙었다.

전혀, 누구도 예상하지 못했던 얼굴이었다.

화면에 등장한 지영은 편한 복장을 입은 채 이런저런 딴짓을 하고 있었다. 하지만 간간히 서늘한 눈빛으로 카메라를 응시했다가 떼곤 했다.

생전에 찍은 건가?

전 세계가 사랑한 배우 강지영은 작년에 죽었다.

스스로 목을 맸고, 시신을 아주 짧게나마 공개한 적도 있었다.

하얗게 질려 있는 그는 분명, 죽어 있었다.

그가 생전에 공개했던 상, 하체의 흉터도 그대로였다.

그래서 모두가 너무나 슬펐지만 강지영의 죽음을 의심하지 않았다.

그는 죽었다.

작년 겨울의 초입에.

그런데 떡하니 화면에 나타났으니 사람들은 일순간 패닉에 빠졌다.

진짜 강지영인가? 녹화해 뒀던 게 아니고?

당장 이해할 수 없으니 인정도 안 되는 상황이었다. 그래서 멍하니 지영을 바라보던 이들은 이게 뭔 일인가 싶었다.

그렇게 10분쯤 흘렀다.

카메라를 정면으로 응시한 지영의 입이 천천히 열렸다.

—아, 아. 지금 들리나요?

그렇게 말하곤 슬쩍 딴 데를 바라봤다가 고개를 끄덕인 지영이 다시 카메라를 응시했다.

피식.

특유의 조소를 흘린 지영의 입가가 비틀렸다.

—모하메드 발루스.

억…….

지영의 입에서 현 시간 가장 끔찍한 이름이 나왔다.

합성도 아니었고, 녹음도 아니었다. 저 이름을 알려면, 지영이 지금 살아 있어야 한다는 절대적 전제가 따라 붙는데… 지금 그의 입에서 '그 이름'이 나왔다.

뭐야… 살아 있었어?

죽은 게 아니었다?

그런 생각을 품으며 얼떨떨한 얼굴들이 됐다.

어느 곳은 낮, 어느 곳은 새벽, 어느 곳은 밤. 지영의 영상은 전 세계에 거대한 쇼크를 선사했다.

그가 살아 있다는 것도 그랬지만, 그의 입에서 모하메드 발루스란 이름이 나왔다는 것이 모두의 뇌리를 마구 간질거리기 시작했다.

그리고 보고 싶진 않지만 너무나 확실하게 보이는 그의 붉은 눈동자.

인정하기 싫은 이기적인 자기방어적 욕구가 마구 솟구치기 시작했다.

아냐.

아니야.

난 몰랐어.

그는 죽었다고 했잖아.

나는 몰랐다고!

하지만 아무리 그래봐야 이미 배는 떠났고, 저 멀리 망망대해로 나가 태풍을 처맞기 일보 직전인 상태였다. 그 순간 지영의 입이 열렸다.

―듣고 있나? 발루스?

씩 웃는 지영의 웃음은 싸늘하기 그지없었다. 눈빛에 담긴 감정까지 합치면 지금 지영의 기분이 어떤지, 완벽하게 할 수 있었다.

―너를 포함해, 세계가 나의 죽음을 원하니, 어쩌나. 들어줘야지.

다시 나온 지영의 말에 붉은 눈의 사신이 나와, 인질들과 교환을 외쳤던 모든 이들이 저도 모르게 고개를 저었다. 다른 사람도 아니고, 몇 년 전 하이재킹에서 유일하게 살아 돌아와 희망의 아이콘이 된 그를, 연기로 세계적인 사랑을 받는 그를, 사지로 내몰고 있던 건 바로 본인들이었다.

아, 아니야!

나, 나는 안 그랬어!

누군지 몰랐다고!

씨발, 왜 형이 거기서 나오는데!

들불처럼 인터넷을 포함한 SNS가 불타오르기 시작했다. 어떻게 라인을 딴 건지 모르지만 아예 전 세계 모든 국가의 공영방송에서 지영이 송출되고 있으니, 이건 뭐 모르고 싶어도 모를 수가 없었다.

─발루스. 기회를 준다. 지금 알려주는 번호로 연락해. 아, 인질들을 다 죽이고 싶은 어리석은 새끼들이 있다면 발루스가 아니더라도 내게 전화해도 좋다. 그와 나의 만남이 깨지는 순간 인질들은 하나씩 계속 죽어갈 테니까.

그렇게 얘기하곤 하얀 종이에 열댓 개의 숫자를 적어 화면에 보여줬다.

─발루스. 백화점에서 내가 죽을 줄 알았지? 그런데 살아나니까 많이 불안했지? 자살했다고 하니까 속 시원했지? 그런데 어쩌나. 너 믿고 따르던 애새끼들 내가 전부 지옥으로 보내 버렸는데. 그리고 이제 니 차례야.

그렇게 말한 지영은 종이를 뒤로 던지고 다시 편한 자세로 가만히 서 있었다.

그가 움직이는 모습이 여지없이 계속 화면에 나왔다. 발을 꼰채 폰을 확인하는 모습, 담배를 태우는 모습, 누군가와 간간히 대화하는 모습까지 전부.

현 상황에선 그냥 멍했다.

자신들의 잘못을 인정하지 않았다.

하지만 싹은 텄다.

내가, 우리가… 무슨 짓을 한 거야……?

테러에 지긋지긋하게 시달렸던 강지영이다.

그럼에도 이겨냈기에 그를 희망의 아이콘이라고 불렀다.

그런 그가 또 테러를 당하고, 몸을 숨기려고 자살했다는 세계급 사기극을 벌였다.

그런데 그런 그를 다시 불러내서 죽으라고 한 것이다. 인질들 대신에 말이다.

'세계가 자신의 죽음을 원한다'는 말은 곧 그것을 지영이 알고 있다는 증거였다.

허탈해지기 시작했다. 그들은 깨달았다. 자신들 스스로가 너무나 광분해, 미쳐가고 있었다는 것을.

자괴감이 엄습했다.

누군가, 아니야, 괜찮아. 그럴 수 있어. 이렇게 얘기해 주기를 바랐지만 다 그놈이 그놈이고 그년이 그년이라 누구도 다른 이를 위로할 수 없었다.

오로지 할 수 있는 게 있다면 열심히 자기방어를 할 뿐이었다.

그들이 내세우는 주장은 하나였다.

난 몰랐어!

그래, 넌 몰랐어.

그런데 그런다고, 니가 한 짓이 사라지진 않잖아!

결국은 그렇게 스스로 물어뜯기 시작했다.

*　　　　　*　　　　　*

그렇게 전 세계를 혼란에 빠뜨린 주범인 지영은 오히려 그들과는 달리 여유로웠다.

어차피 시위는 났고, 화살은 이미 쏘아졌다. 자신이 살아 있다는 걸 밝힌다는 사실이 주는 메리트가 있었기 때문에 선택한 결정이라 후회는 없었다.

저런 여론몰이, 마녀사냥 따위는 애초에 지영에게 어떠한 충격도 주지 못했다. 그리고 그들이 받고 있는 충격 따위도, 지영에겐 아무런 상관도 없었다. 지금 지영이 원하는 건 단 하나였다.

'모하메드 발루스 그 새끼가 나라는 거대하고 맛있는 미끼를 꿀꺽 삼켜주는 것.'

그래서 그놈이 어디 있는지, 알아내는 것.

지금 지영에겐 오직 그것만 중요했다.

지영은 그래서 느긋하게 기다렸다. 지금 여기서 초조한 모습을 보였다간 그 자체를 틈이라고 생각한 발루스의 페이스에 말릴 가능성도 있었다.

지영은 이런 일을 비일비재하게 겪었다. 남의 목숨을 담보로 협박받은 적?

셀 수도 없이 많았다.

그래서 아무리 조급하고, 다급해도 여유를 부릴 수 있는 단계도 이미 넘어서 있었다.

20분쯤 시간이 흘렀을 때였다. 테이블 위에 올려놨던 폰이 지잉, 지잉, 울리기 시작했다.

지영은 울리는 폰을 들어 카메라에 한 번 보여줬다가 전화를 받았다.

"말해."

―강지영?

"보고 있잖아? 내가 전화 받은 거."

―후후…….

"모하메드 발루스?"

―그래, 내가 신의 대리자 모하메드 발루스다.

피식.

지랄하고 자빠졌네…….

"증거는?"

―뭐?

"니가 발루스라는 증거."

―나를 의심하는 건가?

"나도 나를 밝혔으니, 너도 밝혀. 끊고 영상통화로 다시 걸어. 협상을 하려면 기본은 지켜. 니가 처믿는 신이 그 정도도 안 가르쳐 주디?"

―무엄한……!

"닥치고, 다시 걸어. 인질들까지 전부 나오게."

뚝.

전화를 끊은 지영은 다시 느긋하게 자세를 잡았다.

지영이 전화를 끊었을 때 세계는 난리가 났다. 살려달라고 빌어도 모자랄 판에!

먼저 전화를 끊었다고 놀라는 사람들이 한둘이 아니었다. 하지만 그런 반응을 애초에 신경도 안 쓰는 지영인지라, 그저 느긋하게 기다릴 뿐이었다.

10분쯤 지났을 때 다시 전화가 왔다.

지영이 아까 말했던 것처럼 확실히 영상통화였다.

지영은 잠시 화면을 보다가 임수민이 보낸 어플을 실행한 뒤, 전화를 받았다.

그러자 카메라가 분할되며 모하메드 발루스와 지영의 얼굴이 나란히 잡혔다.

—이제 됐나?

"발루스 맞네."

지긋지긋하게 봤던 놈의 얼굴과 똑같았다.

요즘 폰은 화질도 좋아서 안면 근육의 움직임까지 여과 없이 잡아줬다.

지영이 했었던 특수 분장을 부른 게 아니라면, 이놈은 모하메드 발루스가 맞았다.

"이제 원하는 걸 말해봐."

—내가 원하는 건 신을 모독한 배덕자의 목숨뿐이다.

"나? 내가 신을 모독했다고?"

—그렇다.

"언제?"

—나와 말꼬리를 잡고 싶은 거라면, 지금 인질 하나를 죽이고 시작해 주겠다.

"그러던가. 그게 그 사람 목숨이지, 내 목숨은 아니니까."

지영은 카메라를 바라보며 냉정하게 얘기했다. 지금 지영의 말은 진심이었다.

이미 계획은 서 있었다.

이놈의 말에 따라줄 것처럼 굴기만 해도 놈은 으스댈 것이다.

하지만 지금 지영이 이렇게 나가면 놈은 화가 날 것이다. 인질을 죽일 수도 있었다. 하지만 어차피 지금 이 대화가 틀어지면 인질은 죄다 죽는다.

'다 구하면 좋지. 좋은데… 그럴 가능성은 한없이 제로에 가깝지.'

지영도, 임수민도 이 부분은 서로 의견이 맞았다. 그래서 대를 위한 소의 희생을 원하는 게 아니라, 어차피 다 못 구할 테니, 어떻게 해서든 최선을 다해 보다 많은 사람을 구출해 내는 게 지영과 임수민의 목적이었다.

그리고 그러기 위해선… 지영이 악마가 되어야 했다.

인질들의 목숨을 신경도 쓰지 않는, 그런 모습을 보여줘야 했다.

피가 푸른 건 아닐까 의심이 될 정도로 차가운 모습을 보여줘야 했다.

그런데 그런 건 또 지영의 전문이었다.

애초에 연기자였다. 그것도 세계적으로 인정받고, 사랑받는 배우.

그런 지영에게 본심까지 더해지자 이제는 아예 연기의 레벨을 넘어서 있었다.

"모하메드 발루스. 귀찮게 하지 말고 편히 가지? 내가 여기서 독하게 마음먹는 순간 너에게 남은 건 삼백 번의 살인과, 니가 있는 곳으로 가게 될 미국, 중국, 러시아, 유럽, 그리고 대한민국의 특수부대들이다."

─인질들을 다 죽일 셈인가?

"발루스. 좀 전에 편하게 가자고 했지? 솔직하게 가자. 내가 간다면 인질들을 살려주기는 할 거고?"

—풀어줄 것이다.

"그걸 어떻게 증명하게? 못 하지? 내가 신을 모독한 증거도 없고, 인질을 풀어준다는 보장도 못 하고. 니가 할 수 있는 게 있나?"

—그럼 다 죽이는 수밖에.

"해. 어차피 지금 악마로 낙인찍혀 가고 있으니까, 더 죽여봐. 하지만 장담한다, 발루스. 너는 자살이 아닌 한 못 죽을 거야. 미국이, 중국과 러시아가, 막강한 전력의 유럽이, 그리고 대한민국이 너의 죽음을 허락할 것 같아? 그리고 애시당초 신의 말씀을 따라야 하잖아. 자살은 못 하잖아. 그치? 인질들 다 죽이고 끝까지 항전하다가, 잡히는 것밖에 네겐 미래가 없어."

—그렇게 되지 않을 걸 너도 잘 알 텐데?

"맞아. 그건 너와 내가 지금부터 어떻게 하느냐에 따라 달라지겠지."

치익.

"후우……."

담배를 입에 문 지영은 다시 발루스를 향해, 감정이 싹 제거된 눈빛으로 말을 이었다.

"내가 원하는 건 니 대가리, 니가 원하는 건 내 대가리. 아냐?"

—배덕자의 목을 원할 뿐이지. 신께서 그리 말씀하셨으니.

아니, 아니지…….

니가 원하는 건 신이라는 허울을 뒤집어쓴 채 중앙계파로 옮겨가는 것뿐이잖아. 지영은 그걸 알고 있으면서도 그냥 넘어갔다. 지금은 그게 중요한 게 아니었다.

"그러니까 난 니 목, 넌 내 목. 우리 서로 원하는 게 같네?"

―방법을 말해봐.

"지금 이 번호로 좌표를 주지. 그곳으로 와."

―나를 바보로 보는가? 제3자의 개입할 여지를 두는 짓은 하지 않는다.

"그럼 나더러 널 찾아가라고? 그건 서로 수지타산이 안 맞잖아?"

―그래도 마찬가지다.

"어차피 다른 국가는 개입 못 해. 이 대화를 다 듣고 있을 건데, 지들이 나서는 순간 인질들이 다 죽는다는 걸 알고 있을 테니까."

―그래도 믿을 수 없다.

"그럼 거기서 목숨 삼백 개로 니 삶을 마감해. 그것밖에 없네."

―…….

지영의 눈빛은 올곧게, 아주 순수하게 진심이었다. 조금도 흔들리지 않는 눈빛은 더 이상의 타협은 없다고 이미 못을 박아넣고 있었다.

'넌 어차피 뒈져.'

그리고 지영의 눈은 그렇게도 말하고 있었다.

그게 발루스를 자극했다.

—좋다. 기다리지. 하지만 세 시간에 한 명씩, 똑같이 죽어나 갈 것이다. 그게 신의 율법이니까.

뚝.

피식…….

"율법? 씨발 놈이 개소리하고 자빠졌네……."

그 말을 끝으로 지영이 나가던 방송도 뚝, 끊겨 버렸다.

Chapter108
Glory Day III

과격한 지영의 말이 끝나고 방송이 아웃되자, 치지직, 노이즈가 한 번 일더니 다시 기존의 방송으로 돌아왔다.

"……."

"……."

강상만과 임미정은 멍한 눈으로 놀라서 입을 막고 있는 뉴스 앵커를 보고 있었다. 방송 사고였다. 멘트가 나가야 하지만 워낙에 충격적인 방송이었던지라 앵커도 말을 잇지 못하고 있었다. 하지만 말을 했다고 해도 그 말이 귀에 당장 들어오는 사람은 거의 없었을 것이다. 그건 강상만과 임미정도 마찬가지였다.

아들이다, 아들.

눈에 넣어도 아프지 않을 아들.

너무나 많은 일을 겪어, 그걸 대신 감당하지 못해 언제나 안타까웠던 아들. 그래서 너무나 미안했던 아들.

아들은 날 때부터 달랐다.

갓난쟁이 때부터 말귀를 알아듣는 것처럼 행동했다. 말문도 일찍 트였다. 그때부터 두 사람은 아들이 다른 아가들과는 확실히 다르다는 걸 깨달았다. 보통 아이의 관심을 뺏게 마련인 장난감엔 일절 흥미가 없었다. 그 대신 아들이 찾은 건 책이었다. 한글도 안 가르친 아이인데 마치 글을 아는 것처럼 책장을 넘겼다. 그래도 그때까지만 해도 글자를 이해하는 게 아닌 글자 자체, 그러니까 모양이나 그림에 흥미가 있는 건 줄 알았다. 하지만 그게 아니라는 것을 깨닫는 데 걸린 시간은 채 1년이 지나지 않았다. 임미정이 집안일에 정신이 팔려 있다가 화들짝 놀라 지영을 보면, 지영은 강상만이 아침에 읽고 나간 신문을 보고 있었다. 어린아이에겐 그게 기하학적 문양일 거라고 생각했었지만, 무심코 물어본 질문에 돌아온 건 전혀 예상외의 대답이었다.

'아들, 뭐가 재밌어?'

'이거요.'

'이거?'

'네, 암치료제가 나왔대요.'

'어머, 그……'

어?

어떻게?

지영의 작은 손가락이 가리킨 곳엔 국내의 무슨 연구센터에서 항암제를 개발하는 데 성공했다는 기사였다. 임미정은 그때 깨달았다. 아들이 글자가 빼곡하게 박혀 아이에겐 신문 자체가 기하학 문양으로 보여 흥미를 보이는 게 아님을 말이다.

아이는 이해하고 있었다.

아무도 가르쳐 주지 않았는데 혼자 한글을 깨우친 것이다. 임미정은 그때 솔직히 무섭기도 했었다.

한글은 그렇게 이해하기 쉬운 언어가 아니었다. 오히려 그 반대로 굉장히 익숙해지기 어려운 문자였다. 난이도로 따져도 상당히 높은 게 한글이다. 그런 걸 오직 스스로 깨달았다고? 말도 안 되는 일이다.

그런 게 가능하다면 언어학이라는 학문이 생겨나지도 않았을 것이다. 하지만 정신을 차렸다. 천재로 이해하자.

우리 아들은 천재다.

하늘이 점지해 준다는, 범상치 않은 천재.

아이의 행보는 나날이 파격이었다.

하지만 강상만과 임미정은 그 파격을 끌어안았다.

임미정은 제 배 아파 낳은 아들이고, 강상만도 지영에게 느끼는 부정은 임미정 못지않았다. 그렇게 시간이 흘렀고, 아들은 전혀 예상하지도 못한 배우로 데뷔를 했다. 그리고 전 세계의 영화 팬을 고작 아홉 살 때, 겨우 하나의 작품으로 충격에 빠뜨렸다.

승승장구?

그렇게 말할 수 있을까?

그 이후 사건 사고가 끊이지 않았다. 중학교 때에는 기어이 하이재킹이라는 어이없는, 도무지 믿기지 않는 사고를 당했다. 하지만 그럼에도 아들은 살아 돌아왔다. 그 이후도 조용할 날이 없었다.

끝없는 언론과의 싸움, 테러, 폭력, 온갖 것들이 지영을 괴롭혔다. 그리고 아들은 마지막 테러를 이겨냈지만, 결국은 자살했다. 유가족에게 너무나 미안해 면목이 없다는 말과, 죽음으로 사죄를 하겠다는 유서를 남기고 목을 맸다. 시신은 당연히 확인했다. 지영이었다. 누가 봐도 지영이었다.

하지만 뭔가 이상하다는 걸 깨달은 건 지영의 시신을 화장하고 난 뒤였다. 아들이 죽었으니 당연히 재산은 부모님에게 귀속된다. 연인이고, 결혼을 올리기로 했던 은재에게 상속한다는 내용도 없었으니 지영의 돈은 임미정이 관리를 해야 했다. 그런데 자금이 흐르고 있었다. 유동적으로, 주기적으로, 때에 맞춰 조금씩 해외로 빠져나가고 있었다. 그 자금은 홍콩으로 모이고 있었다.

재산관리사가 지영의 돈을 빼돌리려고 하는 건 아닌가 의심했지만, 그 재산관리사는 대성의 사람이었다. 그 후 김은채를 만났고, 동일한 의문을 서로 품었다. 몇 가지 추론 끝에 임미정과 강상만은 정답에 가까운 추론을 이끌어낼 수 있었다.

자살.

죽은 척.

죽음.

은신.

돈이 필요한 이유는 쉽게 알 수 있었다.

아들은 무슨 일을 꾸미고 있었다. 그래서 죽음으로 스스로를 위장해야 했고, 그 일을 진행하기 위해선 돈이 필요했다.

한 번에 옮기면 의심을 살 테니 조금씩 나눠서 자금을 해외로

빼돌렸다.

그때부터 희망이 생겼다.

아들이 죽지 않았다는, 언젠가 돌아올 거라는 희망이 생겼다. 진짜로 죽었을 거라는 두려움, 살아 있을 거라는 희망의 경계에서 두 사람은 머물렀다. 그렇게 1년 가까이 시간이 흘렀지만 아들은 기별이 없었다. 그러다가, 전혀 예상하지 못한 재난에서 지영을 만났다.

"여보… 우리, 우리 지영이 맞았지?"

"응, 녀석……."

임미정은 확인차 물었고, 강상만은 무겁게 고개를 끄덕였다. 하지만 입가는 웃고 있었다. 대화 내용을 보건대 아들은 또 자신을 희생해서 싸움을 도모하고 있었다. 다른 건 다 필요 없었다. 두 사람에게는 아들의 얼굴을 보았다는 게 중요했다.

지잉, 지잉!

위잉! 위잉!

테이블 위에 올려놨던 두 사람의 전화가 거의 동시에 울리기 시작했다. 발신인은 각각 '대통령님'과 '며늘아가'라고 적혀 있었다. 강상만은 총장직을 사퇴했지만 그렇다고 대통령의 전화를 안 받을 수는 없었다.

"먼저 받아요."

"그래."

전화를 든 강상만이 통화 버튼을 눌렀다.

"네, 강상만입니다."

─전 총장님, 이재성입니다.

"네, 대통령님."

―길게 얘기하지 않겠습니다. 좀 전에 방송 보셨지요?

"네, 봤습니다."

강상만은 이재성 대통령의 진중한 목소리에 오히려 웃음을 띠며 대답했다. 그 기색을 이재성도 느꼈지만 지금은 오히려 이해한다는 듯이 마주 웃음을 건네왔다.

―제 임기 중에 아무래도 마지막 할 일이 생긴 듯싶습니다.

"음……."

―지금 707특임대대가 시리아로 출발했습니다. 저는 무슨 일이 있어도 지영 군을 다시 고국으로 모시고 오겠습니다.

데리고 오겠다는 것도 아니고 모시고 오겠다는 말은 그만큼 지영을 존중하고, 또한 귀하게 여긴다는 뜻이었다. 그에게는 국민 한 사람, 한 사람이 소중하지만 지영은 어쩔 수 없이 더 특별할 수밖에 없었다.

대한민국에서 태어났으나, 제대로 지켜주지 못한 비운의 천재. 그를 지키기 위해 국정원 팀을 아예 붙였지만 결국 테러를 막진 못했다. 그 결과 지영의 지인이 죽었고, 제자가 죽었고, 그의 팬과, 또 아무런 죄도 없는 시민들이 영문도 모른 채 붕괴에 휩쓸려 목숨을 잃었다. 지키지 못한 것이다.

그래서 그는 외롭게, 혼자 알아서 팀을 꾸려 죽음으로 자신을 위장하고 복수를 위해 떠났다.

"감사합니다, 대통령님."

―아닙니다. 반드시, 꼭 반드시 지키겠습니다. 그리고 지금 중국의 설표돌격대, 러시아의 스페츠나츠, 미국의 그린베레과 유럽

국가들의 특수부대도 시리아로 떠난 걸로 알고 있습니다. 그러니 너무 심려치 마시고, 좋은 소식을 기다려 주셨으면 합니다.

"알겠습니다."

다른 나라 특수부대야 자국민 구출을 위해, 그리고 응징을 위해 떠났을 것이다. 이재성이 극비 중에 극비인 이 말을 해준 이유는 특임대가 임무에 실패해도 외교총력전을 펼쳐서 지영을 어떻게든 구해 오겠다는 의지를 전하기 위함이었다. 하지만 강상만은 어찌되든 상관없었다. 그런 건 아무래도 좋다.

아들만, 지영이만 돌아오면 그만이었다.

—다시 연락드리겠습니다. 그럼.

뚝.

전화가 끊기고 이번엔 임미정이 재차 울리는 폰을 들고, 통화 버튼을 눌렀다.

"그래, 아가."

—어머니… 흐아앙!

건너편에서 넘어오는 서러운 울음소리에 임미정도, 강상만도 무거운 한숨을 흘려냈다. 세상에서 지금 가장 힘든 사람을 꼽으라면, 강상만은 딱 세 사람을 꼽을 것이다. 자신과 아내 임미정, 그리고 아들의 연인 유은재였다.

*　　　　　*　　　　　*

세상이 미쳐 돌아간다는 말이 저절로 떠올리던 며칠이었는데, 지금은 완전 반대였다. 지영이 등장은 미쳐 날뛰던 인간들을 모조리 침묵시켜 버렸다. 300명 대신 너 혼자 죽으라고 소리치던 이들은 전부 입을 닫았다.

그들도 분위기라는 걸 알 테니 거기서 더 주둥이를 터는 게 얼마나 미련한 짓인지 안 것이다. 아니, 미련 정도가 아니었다. 그건 그냥 미친 짓, 죽고 싶어 환장한 신종 자살 방법이나 다름없었다.

―역시, 강지영. 하여간 뭐만 했다 하면 화끈해.

"농담은 됐고. 찾았어?"

―찾았어.

"역시……."

―근데 문제가 있어.

"문제?"

임수민이 문제라고 할 정도면 보통 문제가 아닐 것이다. 그녀는 블랙마켓으로 전 세계 공용방송에 좀 전의 영상을 송출할 정도로 영향력을 가진 사람이다. 어떤 루트를 탔는지 대강은 알겠지만 그 정도 인맥 인프라를 구성해 놓은 건 확실히 대단한 점이었다. 그런데도 그런 그녀가 힘들다고 할 정도면, 진짜 크게 문제가 있는 뜻이었다.

―베트남 전쟁, 기억해?

"기억하지. 아… 염병……."

베트남 전쟁.

임수민이 이 얘기를 꺼낸 것은 아마도 미군의 전쟁 역사상 가장 치욕적인 패배를 겪었기 때문임이 아니었다. 베트남이 미군을 어떻게 이겼는지, 그것을 상기시켜 주는 것이다.

─맞아. 땅굴로 기어 들어갔어. 지금 파악한 입구만 해도 열 개가 넘고, 그게 놈이 있는 곳으로 이어진다는 것도 아닌 곳이 있어.

"잘못 들어가면 인질들 다 죽겠네?"

─응.

"그럼 끄집어내야지. 놈은 나올 거야. 나를 죽이기 위해서. 예정대로 간다."

─위험할 텐데?

피식.

위험?

이 땅에 와서 언제 위험하지 않은 적이 있었나?

언제나 목숨을 내놓고 작전을 치렀다.

"예정대로 갈게. 적당한 장소 물색해 줘. 아슬아슬하게 놈이 의심하지 않을 거리로."

─오케이. 원하는 조건 있어?

"시가전. 숲도 좋고."

─철저하게 숨어서 움직이겠다는 거구나? 좋아. 한 시간 내로 바로 알아보고 연락 줄게.

"부탁한다."

후우.

전화를 끊은 지영은 한숨을 내쉬었다. 아직 큰 산이 남았지만, 그것과 비슷한 산이 하나 더 남았다.

"다들 모여봐."

지영의 말에 주변에 쉬고 있던 팀원들이 모였다. 지영은 잠시 고민했지만, 이내 말을 꺼냈다.

"이번 작전은 나랑 정 팀장님이랑 둘이 갈 거야."

"아……?"

"싫어."

"무슨 말이에요, 그게!"

지영이 말이 끝나자마자 숨 쉴 틈도 없이 바로 반발이 일어났다. 하지만 이미 결정을 내린 일, 지영은 냉정했다.

"이번 작전이 끝나고 난 아마 체포될 거야. 아니, 스스로 체포될 생각이야. 그래야 혹시 모를 위험에서 벗어나 빠져나갈 수 있거든. 그럼 나랑 정 팀장님은 괜찮아. 그런데 안젤라, 유리 너넨 절대 안 돼. 여기 오래 있었다고 잊은 건 아니지? 둘 다 인터폴 적색 수배 대상이야. 잡히면 평생 감옥에서 썩어야 돼. 그리고 성수정 씨는 몸이 그래서 어디 도움이나 되겠어? 오히려 방해되니까 지혜 씨랑 같이 한국으로 돌아가."

"Capitaine!"

"난 안 갈 거야, 지영."

"나 성수정이야!"

에휴.

쉽게 받아들이지 않을 거라는 건 알고 있었다. 이미 이곳에 같이 있으면서 전우애가 쌓일 만큼 쌓였고, 서로 간에 우정은 더 크게 쌓였다. 그리고 그건 지영도 마찬가지였다. 그러니 지금은 원망해도 어쩔 수 없었다.

"하아… 명령이자, 부탁이야. 다들 여기서 떠나."

냉정한 지영의 말에 다들 입술을 꾹 깨물고, 지영을 노려봤지만 그는 망부석이라도 된 듯, 꿈쩍도 하지 않았다.

왜.

"왜 꼭 지영 혼자 가야 돼? 우리가 범죄자란 이유면 받아들일 수 없어. 다른 이유를 대야 할 거야."

유리의 말이었다.

그녀는 이전에 지영과 만나기 이전으로 돌아간 것처럼 냉기를 풀풀 날렸다. 냉정한 정도가 아니라 감정이 없는 살인기계, 오직 사람을 죽이는 것만 배웠고, 그 이상의 것은 배우지 못해 인간미가 조금도 느껴지지 않는 유리의 눈빛을 지영은 담담하게 받아 넘겼다. 하지만 속으로는 한숨을 쉬었다.

'이럴 줄 알았지……'

이곳에 와서 작전을 계속 치루며 언제고 떨어져야 할 순간이 오리란 건 사실 모두가 예상하고 있었다. 하지만 지영도 이런 이별이 될 거라고는 예상하지 못했다. 예상하지 못했기 때문에 솔직히 마땅한 변명거리가 생각나지 않았다. 지금 지영이 한 말은 지영이 할 수 있는 최선의 변명이었다.

좀 더 냉정하게, 거리를 두려고 하면 그걸 아마 이들은 귀신같이 알아차리고 지영을 감시할 것이다. 그러니 자신의 발로 떠나게 해야 되는데 솔직히 그게 쉬운 일은 아니었다. 지금도 봐라. 지영이 그렇게 냉정하게 얘기하는데 누구 하나 고개를 끄덕이는 사람이 없었다. 오히려 지영을 잡아먹을 것처럼 노려보고 있었다. 이 중에서 가장 순한 김지혜까지 지영을 싸늘하게 노려보고 있는 마당이니 이들의 마음을 돌리는 건 아무래도 지난한 일이 될 것 같았다. 하지만 그래도 해야 했다.

지영은, 이번 작전에서 누구도 피해를 다치지 않기를 원했다. 누구도 잡히지 않기를 바랐다.

"너희들과 같이 가면 제대로 작전을 펼칠 수 없으니까."

"우리를 못 믿는 거야?"

"실력은 믿지. 문제는 앞서 얘기했잖아? 나는 작전 중간에 미군이나 한국군의 특수부대를 전장으로 불러들일 거야. 나나 정 팀장님은 괜찮지만 두 사람은 안 돼. 잡히는 순간 인터폴로 끌려가는 건 피할 수 없을걸. 나한테 그런 것까지 걱정하며 싸우라고 하는 건 너무한 거 아니야?"

"그건 우리가 알아서 해."

"알아서 어떻게? 너희들의 능력을 못 믿는 게 아니라, 사방에서 특수군이 몰려오는데 대체 무슨 용을 써서 빠져나가시게?"

"……."

지영의 말이 맞았다.

그녀들이 아무리 뛰어나도 지영이 구원을 요청할 대상은 전세계에서도 알아주는 특수부대들이다. 당장 공수특전을 나온 정순철만 해도 안젤라 혼자 어쩌기 힘든 상황인데 그런 괴물들이 줄지어 몰려오면 둘은 절대로 숨을 수 없을 것이다.

"이번 작전을 끝으로 은퇴할 거 아니잖아? 나중에 또 봐야지. 은재 경호원 해준다며? 근데 왜 이렇게 애처럼 굴어?"

"……."

누가 봐도 삐진 얼굴이 된 유리지만 지영은 거기에 넘어가 주지 않았다. 예전이었다면 머리 한 번 쓰다듬어 주는 걸로 충분히 그녀의 기분을 풀어줄 수 있었을 테지만 지금은 당연히 그걸로는 매우 부족했다. 그리고 그럴 상황도 아니었다.

"냉정하게 생각해. 이번 작전은 충분히 나랑 정 팀장님 둘이서 해결이 가능하니까 가는 거야. 오히려 너희들이 끼면 내가 불안해서 제대로 싸울 수가 없어. 전투 중에 딴 생각이 얼마나 미련한 짓인지는 너도 잘 알지?"

"응……."

애기다, 애기.

볼을 부풀린 정도는 아니지만 어쩔 수 없다는 걸 알자 대번에 서운한 표정이 됐다. 하아, 안젤라는 그 뒤에 한숨을 내쉬었다. 그녀는 이미 냉정해진 상태였다. 아무리 지영을 도와 여기에서 작전을 펼쳤다고 하더라도 그게 그녀들의 지난 암살에 대한 면죄부가 될 수는 없었다.

공은 공.

사는 사.

지영을 도와 인질들을 구하는 작전을 펼친다고 한들, 장담하는데 그렇게 해도 무조건 둘은 구속이다. 그렇게 구속당하고 나면? 세상 구경은 그 길로 끝났다고 봐야 했다. 지영은 절대 두 사람이 그렇게 되는 걸 원하지 않았다.

"그러니까 두 사람은 떠나. 가고 싶은 곳을 지혜 씨한테 말하면 알아서 잡아줄 거야."

"……."

"……."

하아…….

유리는 시무룩해졌고, 안젤라는 짜증 나는지 머리를 벅벅 긁었다. 하지만 어쩔 수 없었다. 여기서 두 사람은 떠나줘야 했다.

"Capitaine. 하나만 물을게."

"응, 말해."

"거기 죽으러 가려는 건 아니지?"

피식.

죽어? 누가?

미쳤다고 그런 생각을 하겠나.

"내가 그럴 사람이 아니라는 건 그동안 봐와서 잘 알거라고 생각했는데, 아닌가?"

"아니, 그냥 느낌이 싸해서."

"안젤라 그런 걸 믿었어?"

"왜 이래, 나 촉 엄청 좋은 여자야."

"그래, 그렇다 치자. 그런데 걱정 마. 나는 안 죽을 거니까. 누구 좋으라고 죽어?"

"그 말 믿을게. 한국 들어가 있을 거야. 거기서 은재 씨? 기다리면서 기다릴 테니까 얼른 와."

"그래, 알았다."

지영은 속으로 안도의 한숨을 내쉬었다. 지난한 일이 될 거라 생각했던 설득이 그래도 무난하게 끝났다. 이 정도면 크게 심력을 소모한 것도 아니니 나름 싸게 먹힌 거라 생각됐다. 지영은 이어서 성수정을 바라봤다.

"절대 안 돼. 지혜 씨랑 여기 둘이랑 같이 한국으로 들어가."

"…에이, 씨."

성수정은 불만 가득한 얼굴로 몸을 돌려 자리를 벗어났다. 안

젤라와 유리도 각자 짐을 챙기러 떠나자 지영은 그제야 한숨을
크게 내쉬었다.

"후아……."

"어휴, 전투보다 더 쫀득했습니다. 하하."

"지켜보는 맛이 괜찮았죠?"

"네, 흥미진진했습니다."

피식.

그랬다니 다행이다.

지영은 담배를 하나 꺼내 물었다.

치익.

"후우……."

하얀 연기가 팬에 걸려 갈가리 찢겨 나갔다. 정순철도 지영의
앞에 앉아 담배를 입에 물고 불을 붙였다.

"후우, 후. 이제 어쩌실 겁니까?"

"장소 받으면 그쪽으로 이동해서 그 새끼 죽여야죠. 별거 없어
요."

"흠, 위험하겠네요."

"정 팀장님께는 미안하지만 목숨을 걸어주셔야 할 거예요."

"각오하고 있습니다. 하하."

이번엔 진짜로 위험할 게 분명했다. 발루스 그놈은 분명히 사
방을 확인하고 올 것이다. 만약 지영이 다른 특수군을 부른 걸
알아차리면? 인질들은 죄다 죽는다. 놈을 죽여도 인질들이 다
죽으면 그건 솔직히 말해 손해 보는 장사였다. 지영은 놈을 어떻
게든 끌어내야 한다. 그렇게 놈이 나오면 그쪽을 감시하던 임수

민이 놈이 나온 굴로 초소형 드론을 넣어 인질들의 위치를 확인할 거고, 그다음 가장 가까운 곳에 있는 특수군에 그 정보를 알릴 거다. 그때 발루스 그 놈은 지영을 잡으러 와줘야 했다. 그리고 지영과 놈이 붙어 정신이 없는 순간을 노려 구출 작전이 진행될 것이다.

여기까지가 일단 지영과 임수민이 세운 계획이었다.

하나라도 어긋나면 발루스도 안 나올 거고, 인질들은 죽고, 지영도 놈의 목을 얻지 못하는 최악의 결과만 초래할 것이다. 그래서 지영은 조심스럽게 움직였던 이전과는 다르게 완전히 자신을 드러낼 것이고, 그래서 작전의 위험도는 수직으로 상승해 버렸다. 정순철은 이런 작전을 함께해 줘야 했다. 도저히 지영 혼자로는 답이 안 나왔고, 미안하지만 어쩔 수 없는 선택이었다. 그나마 위안이라면 그가 선선히 응해주었다는 것? 그 정도뿐이었다.

'못해도 백 단위.'

놈은 거기서 인질들을 경계할 최소한의 인원만 남겨두고 죄다 넘어올 게 분명했다. 그 수는 아직까진 파악이 불가능했다.

지잉, 지잉.

담배를 막 비벼 끄는데 위성 폰이 울렸다.

"응."

―적당한 곳 찾았어. 니가 타드몰 보여주고 출발하면 아슬아슬하게 먼저 도착할 정도의 거리고, 산이야. 산세가 제법 험해. 그런데 넌 이런 데가 더 좋잖아?

"최고지."

숲은 지영에게는 최고의 전장이었다. 애초에 이런 세계적으로 도시환경이 조성된 것 자체가 그리 오래되지 않았다. 근대화 시대부터 치면 이제 고작 200년도 채 되지 않았다. 그러니 지영에겐 벌판, 숲, 바다, 이런 곳이 훨씬 더 익숙했다. 전투경험도 대부분 이쪽에 치우쳐져 있었다.

지영의 생 중에, 가장 은밀했던 삶, 불쌍했던 삶인 49호의 기억서랍을 열기에도 최적이었다. 총은 확실히 위협적이다. 수류탄과 알라의 요술봉이라 불리는 RPG─7은 말할 것도 없다. 부비트랩도 옛날에 비교해 한 큐에 목숨을 날리니 상대하기 극히 까다로웠다. 저격 라이플은 이 중 최악이었다.

하지만 그럼에도, 지영은 산이라면 저 모든 걸 깨부술 자신이 있었다. 진짜 몇백이 아니라면 말이다. 게다가 임수민과 지영은 지금 발루스의 휘하에 병력은 별로 없을 거라고 봤다. 그동안 지영이 하도 족쳐댔으니 그의 밑으로 가면 죽는다는 '공식'쯤은 이미 예전에 세워진 상태였다.

"병력 수는?"

─그쪽 굴에 드론 넣어서 넓이, 길이, 폭 등을 계산해 봤거든. 무너지지 않을 정도여야 하니까 죄다 뚫어놓은 아닐 거고, 그러니 대충 계산이 나오더라.

"그래서 몇 인데?"

─많아야 백.

"음……."

─대신 정예병들.

"됐어, 그 정도면."

산은 넓다.

그 정도면 충분히 거리를 두고 하나씩 지워 나갈 수 있다. 정순철까지 같이 있으니 산 정상에서 올라오는 놈들만 스물씩 잡아도 40은 지워진다. 임수민이 넓은 산을 구한 건 정상까지 놈이 도달하는 데 시간이 걸리라는 의미였을 거고, 지영은 그걸 충분히 이용할 생각이었다.

"장비랑 이동은?"

─헬기 보낼게. 누구누구 갈 거야?

"나랑 정 팀장님 둘."

─음… 둘이 되겠어?

"나머진 어쩔 수 없어. 교전 시작하면 특수군들 불러야 하는데 안젤라랑 유리는 인터폴 적색 수배잖아. 어쩔 수 없이 잡혀갈걸?"

─그건 또 그러네. 알았어. 그럼 남은 사람들은 어디로?

"한국으로 들어갈 거야. 그거까지 부탁할게."

─오케이. 장비 싣고 출발하면 메시지 줄게. 좌표는 전화 끊고 바로 주고.

"그래, 고맙다. 매번."

─우리 사이에 고맙기는. 니가 살아 돌아와야 하는 절대적인 이유가 나한테 있어서 그러는 거니 신경 쓰지 마.

피식.

그렇게 말해주니 마음이 더 편해졌다.

─마지막이니까, 마무리 잘해.

"그래. 그리고 계획대로 내보내는 거 잊지 말고."

─당연하지. 그게 하이라이트인데. 꽤나 격렬한 하이라이트가

되겠지만 그건 지들이 감당해야지, 뭐. 그나저나 괜찮겠어? 가족이나 은재, 너 지인들이 보면 아주 기겁할 건데.

"그래도 해야 돼. 그 곁으로 다시 가려면."

—하여간 독해. 걱정 마. 준비는 이미 끝내놨으니까. 그럼 끊는다.

뚝.

통화가 끊기고 잠시 뒤 지잉! 임수민에게 좌표가 왔고, 그 주소를 종이에 적은 지영은 소파에 깊게 몸을 뉘었다.

"후우……."

이제 헬기가 도착하기만 하면 된다.

째각, 째각.

시간은 잘도 가고 헬기 두 대를 보냈다는 임수민의 연락이 왔다. 근처에서 날아오는 거라 30분 후면 도착이었다. 지영은 폰을 들고 다시 옥상으로 올라갔다. 아까 연락이 왔던 번호로 좌표를 보낸 뒤 영상통화를 걸자, 20초 쯤 뒤에 발루스가 전화를 받았다.

"장소가 결정됐다. 지금 좌표 보이지. 거기 있는 산이다."

—증거는?

"아슬아슬하게 니가 빠르게 도착할걸? 먼저 둘러보고 이상하면 돌아가시던가. 대신 그렇게 하면 날 잡는 기회는 놓치는 거야."

—인질들이 죽는 게 두렵지 않나?

"안 두려워. 니 목을 못 따는 게 두렵지. 내가 너처럼 인질이나 잡는 비겁한 새끼 아니니까 닥치고 오기나 해. 이번에 끝장을 보자."

―지금 그 발언, 후회할 것이다.

"그렇게 해보시던가. 보이지? 여기는 타드몰이다."

지영은 주변을 한 바퀴 돌아 폐허가 된 타드몰의 전경을 보여 줬다.

―내가 있는 곳이 어딘지 아는 건가?

"알겠냐? 그럼 거기를 쳐들어갔지. 정부군 영역 안에는 없을 테니 적당한 장소를 물색했을 뿐이야. 그렇게 의심이 많아서 어디 내 목 가져가겠어? 그냥 거기서 손가락이나 빨고 있던가. 참고로 나는 팀원 둘과 함께한다. 니가 믿는 겁쟁이 신이 말리는 것 같으면 안 와도 좋고."

―신의 전사는 두려움을 모른다. 곧 목을 가지러 가지.

"부디, 가져가 보라고."

뚝.

전화를 끊은 지영은 하늘을 올려다봤다. 동이 트는 새빨간 하늘은 마치 몇 시간 뒤 흐를 피를 예고하는 것 같았다. 지영은 그 안에 자신의 피를 섞기는 싫었다. 그리고 그럴 자신도 있었다.

'이제 끝을 보자, 모하메드 발루스.'

하루에서 이틀 정도만 지나면, 둘 중 하나의 숨은 확실히 끊어져 있을 것이다. 지영은 이번 생에 치러야 할 전쟁의 마지막이 왔음을 깨달았다. 그래서인지 평소 잘 안 뛰던 심장이 격렬하게 뛰었다.

하지만 지영은 그 박동을 즐겼다.

기분 좋은 떨림.

지금의 지영에겐 딱 그 정도 수준의 흥분감이 함께하고 있었다. 그렇게 옥상 난간에 기대 쉬고 있기를 한참.

두드드드드!

저 멀리 돋트는 해를 배경 삼아 두 대의 헬리콥터가 전쟁 영화의 한 장면처럼 날아오기 시작했다.

함께했던 시간은 길었지만 헤어지는 건 순식간이었다. 헬기 두 대가 안가 근처에 내리자 지영은 바로 짐을 싸서 헬기에 올랐다. 그리고 그 옆의 헬기로 안젤라와 유리, 김지혜와 성수정이 탔다.

지영은 헬기가 다시 이륙할 때도 그쪽으로 시선을 주지 않았다. 미련이 남을 것 같아서였다.

"인사 안 해도 괜찮겠습니까!"

옆에 앉은 정순철의 고함에 지영은 그냥 묵묵히 고개를 끄덕였다. 어차피 이대로 영영 헤어지는 것도 아니었다. 지영은 지금 위험한 작전을 뛰러 간다고 생각했다. 죽으러 가는 게 아닌 것이다.

'오히려 죽이러 가는 거지.'

위험한 작전임은 맞다. 그에 걸맞게 준비를 해놓은 것도 아니었다. 하지만 그건 저놈들이나 자신이나 마찬가지였다. 지들 집 마당도 아니니 전장 조건은 지영과 동일했다. 그러니 남은 건 놈이 오느냐 안 오느냐와, 오면 누가 더 잘 싸우느냐에 따라 승자와 패자, 망자와 생존자가 결정될 것이다.

높게 떠오른 경 강습헬기가 북쪽으로 날기 시작했다.

두드드드!

고막이 먹먹했지만 지영은 눈을 감고 오히려 편하게 휴식을 취하고 있었다. 이제 곧 하루가 될지 이틀이 될지, 아니면 금방 끝날지, 누구도 예측할 수 없는 전투가 기다리고 있었다. 그러니 잘 수 있을 때 최대한 자두는 게 무조건 상책이었다. 지영은 잠시 뒤 잠들었고, 그런 지영을 보고 피식 웃은 정순철도 눈을 감고 잠에 빠져들었다. 기체가 흔들릴 때나 잠시 깼지, 둘은 도착할 때까지 거의 기절한 것처럼 잠을 잤다. 그런데 이것도 능력이었다. 훈련이 되어 있지 않으면 일반인은 이런 상황에서 절대로 잠에 빠져들 수 없었다. 몇 시간에 걸친 비행이 슬슬 끝나려는지 기체가 고도를 낮추는 게 느껴졌다.

두드드드!

산 정상.

정상에 헬기가 착륙했을 때에 맞춰 지영은 딱 눈을 떴다.

"어흐으……!"

지영을 따라 정순철은 한껏 기지개를 켜며 일어났다. 끔뻑끔뻑, 몇 번 눈을 감았다 떴다 하니 눈빛에 또렷하게 빛이 들어왔다. 지영은 들어오는 바람을 맞으며 헬기에서 내려 장비 케이스를 내렸다. 차곡차곡 쌓아놓은 케이스는 전부 열 개였다. 전부 사람을 죽이는 데 필요한 장비가 들어 있었다.

"굿 럭!"

장비를 다 내리자 조종사가 엄지를 치켜들어 주곤 곧바로 이륙해서 떠났다. 왔던 길을 되돌아가는 헬기를 보던 지영은 프로펠러 소리가 아련하게 들릴 때쯤, 위성 폰으로 발루스에게 전화를 걸었다.

잠시 뒤 트럭의 뒤에 탔는지 황량한 벌판을 배경으로 발루스가 보였다.

"오는 중인가? 나는 도착했는데."

—헬기를 이용했나?

"그럼, 거리가 상당해서 말이지. 경 헬기라 금방 오던걸? 자, 산 정상의 전경이다. 발루스."

—······.

지영은 산이 보이게 한 바퀴 빙글 돌아줬다.

"이 정도면 나는 충분히 믿음을 보였다고 생각하는데."

—곧 가마, 그 목을 가지러. 흐흐흐······.

잔인한 미소를 지운 발루스를 보며 지영도 맞춰 웃었다. 그래, 그렇게 나와줘야지. 도망가지 말아야지.

어차피 둘은 피할 곳이 없었다.

발루스는 하이재킹을 하며 인류의 공분을 샀다. 그런데 스스로 얼굴을 내보이며 지영을 직접 거론하며 자극했고, 그 결과 지영도 숨어 있을 수가 없었다. 그나마 다행인 건, 이런 말도 안 되는 합의가 서로에 대한 강렬한 적의로 인해 극적으로 타결되었다는 점이었다. 어차피 시간이 지나면 둘 다 불리했다.

인질이 다 죽으면 발루스는 더 이상 지영을 끌어들일 수 있는 미끼를 모조리 잃는 셈이고, 지영은 인질이 죽으면 죽을수록 욕을 먹게 되는 극단적인 상황이었다. 지영은 자신 때문에 누군가가 죽는 걸 싫어했고, 경계했다. 그걸 막기 위해 죽음으로 위장하고 이곳 시리아에 있는 마당인데 발루스가 하이재킹을 해버린 순간에 빠져나갈 수 없는 상황이 만들어졌다.

"즐거운 마음으로 기다리지, 발루스."

―흐흐흐……

뚝.

전화를 끊은 지영은 즐겁게 웃었다.

확신이 섰다.

이놈은 절대로 피하지 않을 것이다. 지영을 반드시 죽이기 위해 이 산을 오를 것이다. 그런 확신이 머릿속에 서니 즐겁지 아니할 수가 없었다.

"담배 한 대 피고 움직일까요?"

"네."

나쁘지 않은 제안이었다.

나중에 전투가 시작되고 나면 냄새 때문에 담배는 절대로 못 핀다. 그러니 지금 가능한 피는 게 좋았다.

몸이나 옷에 배는 냄새야 바람을 등지면 어차피 다 날아가니 그리 문제도 아니었다.

정순철이 건네준 담배를 입에 문 지영은 이번엔 쉽게 불을 붙이곤, 쭉 늘어선 능선을 바라봤다. 산은 울창한 정도는 아니었다. 한번 산불이 났던 모양인지 꺼멓게 죽었던 곳도 있었다. 하지만 몸을 숨기기엔 큰 문제는 없었다.

"미친 작전이 또 시작되는군요. 하하."

"지금이라도 돌아가실래요?"

"어허, 그 무슨 섭섭한 말을 하십니까? 죽으면 죽었지, 절대로 안 돌아갑니다. 하하."

넉살 좋게 그렇게 대답해 주는 정순철이 지영은 고마웠다. 솔직히 쉬운 결정은 아닐 것이다. 목숨을 내던져야 하는 작전이기 때문이었다. 그런데도 지영이 부담을 느낄까 봐 넉살을 부려주고 있었다.

"이제 마지막입니다. 근 일 년, 제 인생에서 가장 다이내믹했습니다. 그래서 솔직히 지영 씨에게 고맙기도 합니다."

"……."

"후우, 후아… 전 천성이 군인입니다. 회사, 국정원에 들어와서도 솔직히 무료했습니다. 아시다시피 대한민국 특수군 중 실제 작전에 나가는 이들은 정말 극소수입니다. 알파 팀이라 불리던 최정예 팀을 이끌던 저도 고작 두 번 나가본 게 전붑니다. 그것도 특수 임무가 아니라 단순한 정찰 임무였습니다."

"……."

지영은 그 말을 그냥 말없이 듣기만 했다. 담배를 던져 군홧발로 비벼 끄고, 다시 하나 꺼내 물어 불을 붙인 정순철이 말을 이었다.

"후우… 전역도 그것 때문이었습니다. 무료했습니다. 훈련은 더럽게 힘든데 실전이 없으니 이게 진짜 미치겠는 겁니다. 그래서 전역을 했습니다. 제 상관이던 분에게 아주 비 오는 날 먼지나게 얻어터졌지만 그래도 전역했습니다. 마지막으로 회사에 들어가 보라는 지시는 뿌리칠 수 없어 들어갔고, 지영 씨를 만나게 됐습니다."

"……."

확실히 처음 본 정순철은 넉살은 지금과 비교해 큰 차이가 없었지만 눈빛과 행동에서 군인의 물이 아직 빠지지 않은 상태였다.

"솔직히 실망했습니다. 무료해서 전역했는데 웬 영화배우를 맡으라니 안 실망할 수가 없었습니다. 하하. 그런데 그런 제 생각이 틀렸다는 걸 깨닫는 데는 오래 걸리지 않았습니다. 그래서 그간 있었던 일에 대해서는 솔직히 너무 죄송했습니다."

"팀장님이 죄송할 게 있나요. 다 지금 오는 이 미친 광신도 새끼들 때문이죠."

"하하, 그래도 경호 책임자이니 그런 생각을 안 가질 수는 없었습니다. 무료하던 삶은 어느새 끝나 있었고, 하루하루 긴장 가득한 삶이 찾아왔습니다. 아… 이거구나. 지영 씨에게는 미안하지만 솔직히 그 당시 제 감정은 그랬습니다. 아… 내가 드디어 살아 있구나. 숨을 쉬고 있구나. 전 야전 군인으로 살다 죽을 팔자라고 수백 번이나 생각했었습니다. 비록 야전은 아니었지만, 지영 씨 곁은 전쟁터였습니다. 그곳에서 전 살아 있음을 느꼈습니다. 생에 처음으로 말입니다. 하하."

피식.

지영은 그 두서없는 말에 피식 웃곤 그처럼 담배를 하나 더 물고 불을 붙였다.

"그리고 이곳 시리아에서, 저는 꿈을 이뤘습니다."

"꿈이 너무 잔인한 거 아니에요?"

"하하, 어쩌겠습니까. 북파공작원이셨던 아버지 따라서 군인이 된 순간부터, 제 꿈은 오직 전장이었습니다."

여태 한 번도 밝히지 않았었던 속내였고, 지영은 그럴 만하다고 생각했다. 꿈이란 게 꼭 과학자, 정치가, 연예인, 축구선수, 이런 것만 있으리란 법도 없으니 말이다.

"지긋지긋하게 싸웠습니다. 솔직히 말은 안 했어도 피가 끓어 미치는 줄 알았습니다. 평소 컨트롤 안 했으면 아마 정말 미친놈처럼 처웃으며 총질을 해댔을 겁니다."

"왜 안 했어요?"

"안젤라랑 캐릭터가 너무 겹치더군요."

"하하하!"

지영은 그 말에 통쾌하게 웃음을 터뜨렸다.

하하하!

지영의 웃음이 메아리쳐 멀리멀리 퍼졌다.

한참을 웃는 지영을 씩 웃으며 바라보던 정순철이 가방을 하나 챙겼다.

"어쨌든, 저는 소원 이제 다 이뤘습니다. 그래서 마지막을 화려하게 불태워 보렵니다. 하하!"

"마지막이라니요. 같이 돌아가야죠. 가서도 저 지켜주서야 합니다. 그러니 혼자 쉴 생각은 꿈에서도 하지 마세요."

"하하하! 그러겠습니다. 그럼 슬슬 준비해 볼까요?"

그 말에 씩 웃은 지영도 가방 두 개를 챙겨 산 아래로 움직였다. 케이스를 열어 곳곳에 장비를 숨겨놓았다. 어차피 계속 움직이면서 싸워야 하니 당장 손에 든 무기에 집착할 필요는 없었다.

돌격 라이플, 저격 라이플, 수류탄과 알피지, 그리고 대검, 모르핀 등을 곳곳에 숨기고 나자 한 시간이 훌쩍 지났다. 지영은 땀을 닦으며 자신이 무기를 숨긴 곳을 다시 한번 점검했다. 괜히 적의 손에 들어가지 않게 꼼꼼하게 숨겼고, 자신만 아는 표식을 사용했다. 이걸 만약 적이 발견한다면 그건 100% 우연일 것이다.

준비를 끝내고 씨 레이션을 꺼내 먹는데 귀에 착용한 이어폰을 통해 무전이 들어왔다.

치익.

―잘 들립니까? 저는 준비 끝났습니다.

"네, 잘 들려요. 저도 준비 끝났습니다."

―아래 잘 부탁합니다. 하하.

"저도 잘 부탁해요."

정순철이 위, 지영이 아래였다.

나이가 있어도 근접전은 유리와 비교해도 꿀리지 않지만 그보다 지영이 훨씬 더 잘 싸웠다. 그래서 지영이 아래를 맡으며 접근을 막고, 올라오는 놈들은 정순철이 저격할 예정이었다. 그는 중화기로 무장을 했다. 미니건 세 개에 곳곳에 저격 라이플을 설치했고, 이글라를 비롯한 화기로 지영을 지원할 예정이었다.

지잉, 지잉.

앞 포켓에 넣어뒀던 폰이 울기 시작했다.

"응, 말해."

―도착해 간다. 이십 분쯤 남았어.

"다 왔네. 생각보다 좀 늦었는데?"

―함정이 있나 확인하면서 오니까 오래 걸렸지. 아마 이제 그대로 산으로 올라갈 거야.

"병력 변동은 없고? 무장 수준은."

이게 제일 중요했다.

—트럭 다섯 대. 많이 타봐야 스물 내외니까 백에서 백이십 사이라고 생각해.

"그 정도면……."

모조리 쳐죽이기 불가능한 숫자는 또 아니었다. 정순철이 위에서 지원만 잘해주면, 살아 돌아가는 건 둘이 될 것이다.

—알아서 잘할 테니 더 이상 잔소리 안 할게. 살아 돌아오는 것만 생각해.

"당연하지. 그쪽 준비는?"

—교전 시작하면 송출 시작할 거야.

"그래, 마지막까지 부탁할게."

—맡겨둬. 그럼, 건투를.

뚝. 전화를 끊은 지영은 정순철에게 20분 남았다고 알려주곤, 씨 레이션을 마저 해치웠다. 배가 든든해지자 나른해졌지만 반대로 영양소가 분해되며 육체를 가동하는 에너지로 변환되기 시작했다.

지영은 눈을 감았다.

산에 도착해도 올라오는 데는 시간이 걸릴 터, 조금이라도 쉬어둘 생각이었다.

20분, 그쯤 눈을 감고 있었을 때였다.

—지영 씨, 올라옵니다.

"……."

부스스…….

자리에서 일어난 지영은 물을 뿌려 얼굴을 적시고는, 저격 라이플을 챙겨 들었다. 산이지만 우거진 수림은 아니라, 봐뒀던 포지션으로 이동해 스코프를 열고 아래를 확인하자 새하얀 복장의 반군들이 산을 타고 있는 게 보였다.

"모하메드 발루스. 잘 도착했으니 인사는 해줘야겠지?"

어서 와라, 지옥에.

넌 여기서 살아나가지 못할 거야.

씩 웃은 지영은 개전의 축포를 대신해 줄 방아쇠를 당겼다.

부슈웅……! 우웅, 우웅!

퍼억!

총성이 길게 메아리를 쳤고, 그 총성이 끝나기도 전에 다시 누군가의 대가리가 날아가 버렸다. 한 놈의 대가리가 날아가자 안 그래도 조심스럽게 움직이던 놈들이 죄다 뿔뿔이 흩어져 숨어버렸다.

죽은 아군의 시신은 수습할 생각도 없어 보였다. 지극히 냉정한 모습이었지만 이게 맞는 모습이기도 했다. 괜히 시체를 수습하려다가 자신의 대가리나 몸통이 같이 날아갈 게 분명했기 때문이었다.

─휘유… 역시 솜씨가 죽입니다. 하하.

정순철의 미소에 지영은 피식 웃고는 다시 스코프에 집중했다. 놈들이 숨긴 했지만 애초에 입구 쪽은 나무가 그리 무성하지 않았다. 그러니 올라오려면 필연적으로 모습으로 드러내야 했다.

부슈웅……! 웅! 우웅!

지영의 좀 더 뒤에서 다시 한번 총성이 울렸다. 정순철의 저격이었을 것이고, 보나마나 명중이었을 것이다. 지영보다 저격 실력은 더 좋은 게 정순철이다. 그러니 빗나갔을 리는 없었다. 다시 집중하고 있는데 스코프의 십자 가늠좌에 알아서 대가리를 걸치는 놈이 있었다. 조심스럽게 움직인다고 포복으로 기어 오고 있었지만 지영은 애초에 바닥부터 훑고 있었다. 날 잡아 잡수 하고 들어왔는데, 그냥 보내는 것도 예의가 아니었다.

부슝……! 퍼억!

포복 상태에 날아든 탄환이 정확히 이마를 뚫고, 머리를 박살 내버렸다. 지영은 총을 놓고 천천히 포인트를 이동했다. 두 번에 걸친 저격으로 위치가 들켰을 확률이 있었다. 거기다 놈들도 아마 저격수 배치를 시작했을 것이다. 돌격 라이플을 들고 오는 놈들도 무섭다. 정예라면 확실히 위협적이다.

하지만 저격수는 궤가 다른 위험이었다. 아무리 실력이 좋아도 한 번의 노출로 이마가 날아가면 생은 그걸로 예쁘게 아작 나는 거다.

부슝! 부슈웅!

지영이 자리를 바꾸는 동안 두 번의 총성이 더 울렸다. 지영은 이번 저격이 정순철이 지영의 자리 이동을 알고 견제사격을 해줬다는 걸 알았다. 그게 아니라면 저렇게 바로 연달아서 방아쇠를 당길 위인이 아니었다.

자리를 이동해 거치해 두었던 저격 라이플을 다시 어깨에 견착한 지영은 바로 스코프에 눈을 가져다 댔다.

제대로 숨었는지 한동안 안 보이다가, 휘이잉! 시리아 특유의 퀴퀴한 산 냄새를 품은 바람이 지영을 쓸고 갔을 때 한 놈이 나무 뒤에서 불쑥 튀어나오는 게 보였다. 최대한 자세를 낮춘 채 빠르게 사선으로 달리는 놈에게 지영은 예쁘게 한 방 먹여주기로 했다.

부슝!

퍼억!

달려가던 놈의 목 아래를 뚫어버린 탄환이 그대로 관통해 뒤에 흙바닥에 박히면서 먼지를 일으켰다. 그 자세 그대로 엎어진 놈은 몸을 부들부들 떨다가 축 늘어졌다. 저격의 무서움이 바로 이거였다. 라이플과는 비교도 할 수 없을 정도로 강력한 물리에너지를 품고 있다는 것, 특히 대물 저격 라이플 같은 경우는 잘만 맞추면 손목 정도는 그냥 날려 버릴 수도 있었다. 그렇게 피해 범위가 넓으니 어디를 맞아도 그쪽은 아예 박살 난다고 보면 맞았다. 지영이 셋, 정순철이 셋쯤 잡았을 때였다. 이대로는 안 되겠다 싶었는지 놈들이 일제히 달려서 능선을 타고 올라왔다.

정예병들답게 사선으로, 지그재그로 움직여서 표적을 잡기 꽤나 힘들었다.

부슝!

부슈웅……!

하지만 그래도 지영과 정순철은 몇 놈을 더 잡았다. 능선을 타고 올라와 숲이 무성한 곳으로 들어오자, 저격은 힘들어져 버렸다. 지영은 입맛을 다셨다. 솔직히 올라올 때 열 놈 정도는 더 줄일 생각이었다. 하지만 아쉽게도 놈들의 빠른 대처로 인해 목표했던 수를 이루지 못했다.

'쉽게 뒈져줄 순 없다는 거지? 그래, 그렇게 나와야지……. 그냥 올라오다 다 뒤지면, 솔직히 너무 허무하잖아.'

내 사람을 죽이고, 멀쩡하게 황천길 가길 바란 건 아니지?

지영은 전에 없이 비릿한 비소를 입가에 걸었다. 이 미친놈이 하이재킹을 한 순간부터, 지영은 인세에 강림한 악마가 되기로 이미 작정한 뒤였다.

'내 운명을 쥐고 흔드는 게 당신이라면… 당신은 정말 최악의 사이코패스입니다.'

큭큭!

분명히 듣고 있을 '신'에게 욕설을 퍼부은 지영은 다시 씨 레이션 하나를 까 먹고 휴식을 취했다. 지영은 알았다. 이놈들은 절대 무리하게 움직이지 않을 것이다. 전투의 전자도 모르는 허접한 것들이었다면 숲이라고 안심하고 밀고 왔겠지만 산을 타는 건 그리 쉬운 일이 아니었다. 게다가 언제 저격이 날아들지 모르는 상황에서 능선을 있는 힘껏 달려 올라왔으니 체력이 왕창 깎였을 것이다. 그럴 때 다시 들어오기보단, 차라리 지영처럼 휴식을 취하고 천천히 움직이는 게 맞았다.

―움직임 없습니다. 좀 쉬시죠?

"안 그래도 그러고 있어요. 정 팀장님도 좀 쉬어두세요."

―하하, 저도 그러고 있습니다.

아직은 그도, 지영도 여유가 있었다. 이 정도 교전으로 벌써 살 떨리고 지칠 거였으면 애초에 둘이 오지도 않았을 것이다. 다만, 좀 걸리는 게 있긴 했다.

―좀 허전하지 않았습니까?

"그러게요. 둘이 하니 뭔가 이상하긴 하네요."

바로 다른 팀원들의 부재였다.

항상 안젤라가 후미에서 든든하게 화력지원을 해줬고, 유리가 최전방에서 적진을 초토화시키며 작전을 진행했었다. 때에 따라 다 같이 저격전을 펼치기도 했다. 그런 팀원들이 없으니까 뭔가 허전하긴 했다.

하지만 지영에겐 이게 최선이었다. 지금까지 도와준 것도 고마운데 자신의 안전을 위해 두 사람을 평생 감옥에서 썩게 할 수는 없었다.

─잘 빠져나갔나 모르겠습니다. 수정이는 몸도 불편한데…….

"잘 나갔을 거예요. 블랙마켓에서 직접 맡았고, 제 지인이 알아서 케어해 주고 있으니 미군이 달려들었어도 아마 빠져나갔을 겁니다."

─하하, 하긴 그렇군요.

지영은 임수민을 1에서 100까지 친다면 100정도로 믿는다. 그녀는 배신을 할 수가 없었다. 둘이 가진 족쇄, 천형을 풀기 위해선 반드시 협력해야 하는 사이기 때문이었다. 지영의 이번 생이 이 모양 이 꼴이라 정신없이 복잡하지만 이 일이 끝나면 지영은 이제 조용히 사람들 틈에 묻혀서 족쇄를 끊을 방법만 고민하며, 평범하게 살 예정이었다. 물론, 그 삶은 가족과 사랑하는 연인, 자신을 믿어준 지인과 함께할 생각이었다.

그렇게 사는 삶, 생각만 해도 행복했다.

하지만 그걸 허락하지 않겠다는 것처럼 정순철의 무전이 들려왔다.

―지영 씨, 움직입니다.

"네."

10분쯤 쉬었더니 놈들이 다시 움직이기 시작했다. 지영은 다시 일어나 물을 한 모금 마시고 얼굴에 뿌려 정신을 깨웠다. 다시 적을 찾기 시작한 지영에게 가장 먼저 보인 영광스러운 놈은 몇 분 후에나 나왔다.

'음……'

이놈들, 제대로 움직일지 아는 놈들이었다.

스윽, 잠깐 얼굴을 보이고는 한참을 움직이지 않았다. 그리고 그때 다른 놈이 움직였다. 시선을 뺏는 것이다. 저격수가 시선을 뺏기면 말짱 꽝이었다. 게다가 스코프 때문에 시야도 굉장히 좁아진 상태라 한번 호흡을 이렇게 뺏겨 버리면 답이 안 나왔다. 총 열 놈이 시선을 뺏고, 그 틈에 우르르 움직이는 방식.

―아이고, 귀찮게 하네요. 일단 경고하겠습니다.

"네."

잠시 뒤 머리 뒤에서 부숭! 총성이 울렸다. 적이 맞았는지 안 맞았는지는 중요하지 않았다. 놈들의 움직임을 일단은 제어하는 게 먼저였기 때문이다. 지영은 쓴웃음을 지으며 팀원들의 부재를 아쉬워했다.

'생각하지 말자.'

머리를 털어 생각을 정리한 지영은 마침 십자선에 딱 들어온 놈을 향해, 그대로 방아쇠를 당겼다.

부슈웅!

퍼억!

"끄아아악……!"

총성과 함께 비명 소리가 아스라이 들려왔다. 비명이 난다는 끝장을 못 냈다는 뜻이지만 반대로 비명을 흘린다는 건 몸 어디가 작살이 났다는 뜻이기도 했다.

부슝! 부슝!

위에서 연달아 총성이 울렸다. 숲을 뚫고 들어오는 놈들이라 직선거리 밖에 저격이 불가능하지만 아예 못 하는 것보다는 나았다. 지영은 다시 한 놈의 어깨를 날려 버린 뒤, 저격 라이플을 숨기고 포인트를 이동했다. 12시 방향에서 2시 방향 쪽으로 움직여 비스듬히 위치를 잡자 놈들의 움직임이 더 잘 보였다.

다만 확실히 이전의 놈들과는 다르게 은밀하게 움직여 타깃을 잡기 매우 불편했다. 하지만 그래도 지영은 당황하지 않았다. 1차 저지선이 능선 아래였다면, 지금이 2차 저지선이다. 3차의 중간까지 오면 놈들의 시야에도 지영이 잡힐 정도가 된다. 그때부터 제대로 된 교전이니 아직 시간은 있었다.

침착하게.

차분하게.

한 놈씩.

골로 보내 버리면 된다.

아무리 정예라도 긴장하면 몸이 굳는 건 당연한 이치였다. 그 이치처럼 한 놈이 오다가 멈칫했고, 지영은 그 틈을 놓치지 않았다.

부슝!

픽!

관자놀이를 노린 탄환이 그대로 머리를 뚫고, 그 옆에 나무에 박혔다. 비산하는 뇌수와 그 외의 살점들이 흩날리는 건 마치 슬로우 비디오처럼 보였다. 동료 하나가 차디찬 숲에 몸을 뉘이자 빨라지던 놈들의 움직임에 턱! 제동이 걸렸다.

아군의 죽음보다 더 확실한 경고는 없었다.

단둘의 저격수.

실력 좋은 저격수는 이래서 무서운 법이었다.

단 한 발의 총성으로 적에게 확실한 경고를 해줄 수 있기 때문이었다. 그리고 더 무서운 점은 경고가 경고에서 끝나지 않는다는 점이었다.

몸을 노출시키는 순간 죽는다는 공식, 이것만큼 무서운 것도 없었다. 하지만 그럼에도 놈들은 밀고 올라왔다. 확실히 관자놀이가 날아간 것을 보고 바로 지영 쪽을 견제하기 시작한 걸 보니 어중이떠중이들을 끌고 온 건 아닌 것 같았다.

부숭!

위에서 정순철의 저격총성이 울렸다.

이걸로 최소 열다섯 정도 잡았다.

100이라 치면, 이제 85 정도 남은 것이다.

지영은 그 숫자를 머릿속에서 지웠다.

100 대 2라는 말도 안 되는 전투를 시작한 시점에서 놈들의 병력 수에 크게 의미를 두지 않기로 한 지영이었다. 애초에 그걸 신경 쓰면 전투 자체를 이어갈 수가 없었다. 누가 봐도 어리석고, 멍청한 짓이었기 때문이었다.

우거진 숲이 끝나고, 다시 벌판처럼 황량한 산으로 진입이 시작됐다. 이곳은 저격이 더 쉬워지지만 반대로 상대 저격수에 잡힐 위험이 있었다. 그래서 신중하게 움직여야 했다.

—지영 씨.

"네."

—이제 무전 웬만해선 힘들 겁니다.

"알고 있어요."

—지영 씨, 조심하십시오.

"정 팀장님도요."

—네, 하하.

그걸로 무전은 끝이었다.

지영은 슬슬, 심장박동이 빨라짐을 느꼈다. 이제부터 진짜 제대로 된 전투의 시작이었다.

"후, 후우, 후, 후우……"

심호흡을 하며 심신을 안정시키는데, 익숙한 목소리가 귓가에 울렸다.

—영상 송출 시작했어. 그리고 지원군이 있는 모양인데 그건 벨 팀과 로건 팀, 알파 팀이 맡을 거야.

"고맙다."

—살아 돌아오기나 해.

"당연한 말을."

그렇게 마지막 무전까지 끝낸 지영은 다시 스코프에 눈을 가져다 댔다. 눈을 감은 지영에게 마치 지옥의 악마처럼 몸을 웅크리고 돌격해 오는 놈이 하나 들어왔다.

부슝!

퍼억!

피 보라가 퍼지며 누가 뒤에서 잡아당긴 것처럼 날아가 버렸다. 그리고 잠시 뒤, 푸슝……! 좀 더 날카로운 총성이 울렸고 그 뒤에 바로 지영이 숨어 있는 곳 앞의 흙이 뒤집히며 비산했다. 그리고 그 모습은, 매우 또렷한 영상으로 전 세계에 송출되기 시작했다.

*　　　　　*　　　　　*

"으음……."

대한민국 대통령 이재성, 그는 핫라인을 통해 들어온 연락 하나 때문에 새벽부터 일어나 있었다. 그리고 예고했던 대로 갑자기 공영방송이 셧다운되더니, 칙칙한 느낌의 산을 담은 영상이 방송되기 시작했다.

보좌진들과 함께 회의실에서 영상을 보던 그는 갑자기 클로즈업된 화면에 눈살을 찌푸렸다. 잔뜩 위장크림을 발랐지만 어딘지 익숙한 느낌, 서늘한 눈매에 오뚝한 콧날을 가진 이가 바위 뒤에 숨어서 잠시 누군가와 무전을 하는 모습이었다. 행색을 보면 영락없는 군인이었다. 하지만 이상하게, 심장을 간지럽히는 뭔가가 있었다.

"저, 저거……."

보좌진 중 한 명이 그 군인을 손가락질했다. 잠시 뒤 스코프에 눈을 가져다 댄 군인이 방아쇠를 당겼고, 분할된 다른 영상에서 올라오던 반군 하나의 가슴이 피로 물들더니 뒤로 휙 날아가 버렸다.

"대, 대통령님… 저 군인… 강지영입니다!"

"……."

지영의 정체를 가장 먼저 알아차린 이가 그렇게 외쳤을 때, 이재성도 이미 지영의 정체를 파악한 뒤였다.

뭐 이런 말도 안 되는…….

어떻게 공영방송에서 이런 영상이? 그게 말이 안 된다는 게 아니었다. 그가 보기에 말이 안 되는 건, 저곳에 있는 강지영이란 인간 자체였다. 퍽! 지영이 숨은 곳 바로 앞에 흙이 거칠게 튀어 올랐을 때 여성 보좌진 하나가 꺄악! 하고 소리를 질렀다.

꿈틀, 감히 대한민국 국민에게……!

이재성 대통령은 바로 손을 내밀었다.

"지금 당장 특임대 사령관 연결하세요."

"네, 대통령님!"

급히 번호를 찾아 누르는 보좌진은 보지도 않은 채 이재성 대통령은 영상을 뚫어지게 노려봤다. 먼 타국에서, 국가가 지켜주지 못한 한 사내가 자신을 지키기 위해, 총을 들고 싸우는 모습은 실로 비참했다. 그래서 그 비참함에 그는 손톱이 살을 파고들고 있었지만 그것조차 느끼지 못하고 있었다.

그는, 지금 대통령이 된 이후 가장 비참한 순간에 들어섰음을 본능적으로 깨달았다.

뭐 이런 말도 안 되는…….

사람들은 TV를 보며 입을 쩍 벌렸다.

현 방송에서 그 누구도, 지금 자신이 보고 있는 영상을 실시간으로 보게 되리라고는 정말 상상도 못했다.

배경은 산이었다. 어디의, 산의 이름이 무엇인지는 불명이었지만 산에서 벌어지고 있는 마치 현실판 베틀로얄 같았다. 다만 정말 베틀로얄처럼 무분별한 살인 게임이 아니라 적과 아군이 확실히 구분된, 진짜 전투였다.

"저거 영화 아냐? 에이, 미치지 않고서야 무슨 이런 걸 방송에 내보내겠어!"

하지만 분할된 화면에 앵커가 비참한 표정으로 한 얘기에 입을 쩍 벌렸다.

─현재 산 정상 부근 저격수로 보이는 인물은 대한민국의 영화배우 강지영… 씨라는 속보가 들어온 상태입니다. 다시 한번 알려 드립니다. 현재 산 정상 근처 저격수는 강지영 씨로 알려졌습니다.

앵커의 그 말과 함께 드론에 달린 카메라가 지영의 얼굴을 클로즈업했다. 위장 크림을 발랐지만 이상하게, 그리고 지나치게 익숙한 얼굴이었다. 불과 하루 이틀 전 세계를 뒤집어놓은 인물과 같은 사람이지만… 너무나 달랐다.

그는 냉정한 얼굴로, 틈틈이 방아쇠를 당겼다. 그가 반동에 어깨를 들썩할 때면 분할 화면에서 총을 들고 올라가던 반군 하나가 피를 뿜으며 쓰러졌다. 그나마 다행인 건 공영방송이 아이들도 볼 수 있다는 점을 고려해 준 것인지, 반군이 쓰러지는 장면은 굳이 클로즈업을 안 했다는 사실이었다.

이쯤 되니, 한 가지 의문이 생겼다.

새로운 방식의 영화 홍보인가?

의도적인 게 분명한 이 영상 송출은 정말로 전례가 없던 일이었다. 그렇기 때문에 영상이 진짜인지, 모두가 의심하기 시작했다. 그러나 각 국가의, 각 방송사의 메인 앵커는 이런 말만 남겼다.

―지금 보는 영상은 현재 시리아 현지에서 벌어지고 있는 일이며… 산 정상의 저격수는 영화배우 강지영 씨인 걸로 밝혀졌습니다. 반군은 모하메드 발루스인 걸로 보이며…….

앵무새처럼 이 말만을 반복하니 솟구치던 의문은 다시금 털썩털썩 쓰러지는 반군처럼 꺾일 수밖에 없었다. 결국에는 이런 결론에 도달하게 되었다.

진짜인가?

발루스가 원했던 것은 지영의 목이고, 영화배우 강지영이 원했던 것은 발루스의 목이니 둘이 정말 붙은 건가?

―아! 새로운 소식이 들어왔습니다! 현재 발루스에게 납치되었던 인질들의 위치를 확보했으며 현재 작전을 세우고 미국과 영국의 특수 팀이 돌입을 준비 중이라고 합니다! 영상 준비되어 있다고 하니 바로 보시죠!

사사삭!

지영이 싸우던 화면이 사라지고 여러 개의 화면이 다시 나왔다. 무장한 특수 팀들이 여러 개의 굴 입구에 모여 손짓으로 의사를 주고받는 모습이 처음으로 보였고, 산소통 같은 것들을 설치하고, 다시 수신호를 맞춘 다음 벨브를 여는 모습이 보였다.

―지금 보시는 영상은 미국과 영국의 특수 팀이 수면 가스를

살포하는 모습입니다! 네, 미국의 특수 팀은 그린베레 팀으로 보이며, 영국의 특수 팀은 SAS으로 밝혀졌습니다. 후방을 지원하는 부대로는… 아! 지금 따로 동굴 안의 영상 정보도 들어왔다고 하네요! 바로 보겠습니다!

영상은 정신없었다.

다시 화면이 사라지고, 어두컴컴한 동굴 내부와 인질들의 모습이 보였다. 제발, 제발! 사람들은 두 손 모아 기도했다. 제발 작전이 성공하기를! 부디 성공해서 저 인질들을 무사히 구출하기를! 간절히 기도했다.

그 기도가 먹혔는지 인질들을 지키고 있던 10명의 테러리스트와, 인질들이 같이 픽픽 쓰러지기 시작했다. 그걸 특수 팀도 봤는지 바로 안으로 돌입했다. 동굴 안 속 공동까지 가는 데 부비트랩은 다행히도 없었다. 특수 팀 다섯 개 조는 들어섬과 동시에 테러리스트들을 포박, 제압했고 인진들에게 얼른 해독제를 놓았다. 동시에 폭파 전문가 팀이 들어서 인질들끼리 연결해 놓은 부비트랩을 해체했다.

우와!

인질들이 하나둘씩 굴 밖으로 빠져나왔다. 저 멀리서 대기하고 있던 험비가 다가와 인질들을 태웠고, 그렇게 인질들이 전부 빠져나오자 앵커가 눈물을 그렁그렁한 얼굴로 여러분! 드디어 인질들을 모두 구했습니다! 하고 각 방송사의 앵커들이 일제히 보도하기 시작했다.

우와아!

와아아!

전 세계가 요동쳤다.

인질구출 소식은 속보로 세계의 주민들에게 전파됐다. 하지만 기쁨은 오래가지 못했다. 영상은 다시 칙칙한 산을 비췄다.

─다시 들어온 소식입니다. 이번 인질 구출 작전에 가장 큰 도움을 준 건 지금 여기 있는… 영화배우 강지영 씨로 밝혀졌습니다. 그는 모하메드 발루스와 모종의 거래를 한 것으로 보이며, 지금 보시는 화면처럼 목숨을 건 혈전을 벌임으로써 특수 팀이 작전을 할 수 있게 큰 도움을 준 것으로 보입니다. 다시 한번…….

맙소사…….

환호하던 이들은 다시 입을 막을 수밖에 없었다. 드론이 다시 저격수의 얼굴을 당겼다. 무표정한 얼굴, 싸늘하게 빛나는 눈빛, 그는 마치 기계처럼 방아쇠를 당기고 있었다. 그리고 그럴 때마다 위로 돌격하던 반군 하나가 픽! 하고 쓰러졌다. 큰 산이 아니라 반군들의 돌격은 어느새 저격수가 있는 곳으로 도달했고, 투두두두! 투두두두! 처음으로 저격수에게 견제사격을 가했다.

그럴 때마다 그가 숨었던 곳 앞에 흙이 마구 튀어 올랐다.

멍…….

영화겠지?

아니, 현실인가?

도무지 뭐가 뭔지 모르는 상황에. 아니, 이해하고 싶지 않았던 상황에 다들 멍하니 영상을 볼 수밖에 없었다. 그리고 그런 이들의 머릿속에 자신들이 내뱉었던 말들이 떠올랐다.

"붉은 눈의 사신은 얼른 나와, 삼백 명 인질들의 목숨을 구해라!"

그에게 죽음을 강요했던 말들이 마구잡이로 떠올라 그 말을 뱉었던 이의 심장이며 머리를 마구 파헤치기 시작했다.

투두두! 투두두두!

아……

반군의 사격에 몸을 웅크린 저격수의 모습은 소리가 나질 않아서인지… 너무나 쓸쓸해 보였다. 혼자서 모든 것을 짊어지고, 고독하게 전투에 임하고 있는 영화배우의 모습은 지독한 괴리감을 낳았지만, 앵커는 이게 영화도 아닌 현실임을 계속해서 주지시켜 줬다.

악!

그러다 몸을 일으킨 지영이 상체를 휘청거리자, 전 세계를 이번엔 비통한 신음이 채우기 시작했다. 하지만 그들은 아직 모르고 있었다. 지금 이것이 영상 속, 한 사람의 처절한 전투의 시작임에 지나지 않았다는 사실을 말이다.

＊　　　＊　　　＊

"큭……"

가슴이 욱신거렸다.

방탄복에 탄이 걸리긴 했지만 탄에 담긴 힘까지 해소를 해주는 건 아니었다.

"끙……."

바닥에 쓰러졌던 지영은 몸을 뒤집어 엉금엉금 기어가기 시작했다. 줄인다고 줄였는데 근처까지 다가온 놈들이 꽤 많았다. 한참을 포복으로 움직인 지영은 숨겨놓았던 장소에서 수류탄과 돌격 라이플을 챙겼다. 허리, 어깨, 다리 곳곳에 탄창과 대검을 걸었다. 이제는 근접전이다. 올라오는 길목 중 하나를 지영이 맡을 생각이었다. 다른 곳은 이미 부비트랩과 정순철의 화력으로 막을 예정이었다.

"후우……."

발작적으로 쏴대던 총질이 멈췄다. 지영을 뒤로 물러나게 했으니 이제 다시 전열을 제정비할 것이다. 뒤에 있던 저격수를 위로 올리고, 넓게 포진해서 지영을 잡으려 할 것이다. 씨익, 하지만 지영은 웃었다.

"니들은 넓게 움직이지 못해……."

콰웅……!

지영의 말이 끝남과 동시에 부비트랩이 폭발했다. 저쪽 라인에만 집중적으로 설치해 놓은 부비트랩은 한쪽 면을 아예 막아버리는 효과를 줄 것이다. 과학이 발전함에 따라 아주 은밀하게 설치할 수 있는 부비트랩도 매우 많이 나와 있는 상태였고, 지영은 거대한 케이스에 있던 지뢰와 클레어모어를 전부 저 방향에 심어놓은 상태였다. 그러니 이제 무시하고 저 길로 가면, 불붙은 화약 창고를 지나가는 것과 다름이 없었다. 지영은 포인트 3으로 이동했다. 아까 눈 먼 탄에 맞은 가슴이 욱신거렸지만 이 정도는 부상도 아니었다. 힐끔, 저도 모르게 본 하늘에 점점이 박힌 하얀 물체들, 드론들이었다. 지영은 그중 가장 가깝게 보이는 한 드론을 가만히 노려봤다. 자신의 얼굴을 사람들이 알아볼까? 하는 마음이 들었다. 하지만 곧 피식 웃곤 시선을 돌렸다.

'알아보면 어떻고, 아니면 어때.'

지금 중요한 게 그게 아닌데…….

냉정한 눈으로 되돌아온 지영은 싸늘한 눈으로 전방을 훑었다. 사삭, 사사삭! 수풀 건드리는 소리가 아주 미약하지만 들려왔다. 지영이 싸늘한 눈으로 다시 그 소리가 난 곳을 살피고 있는데 저 멀리서 콰앙! 하고 폭발 소리가 재차 울렸다. 소리가 첫 번째 것과 다른 걸 보니 어떤 놈이 지뢰를 밟은 것 같았다. 화약이 꽤 많이 든 놈이라 폭발력이 상당하니, 밟은 놈은 아마도 터지는 순간 즉사했을 것이다.

부슝!

부슝!

위에서 연신 총성이 들려왔다. 정순철의 저격은 거의 끝없이 이어졌다. 자신의 위치를 노출시키면서도 그가 이렇게 급하게 저격을 하는 이유는 뻔했다.

'내 앞으로 시꺼멓게 몰려들어 그렇겠지.'

총성이 울린 뒤 간간이 신음 소리가 들려오는 걸로 보아 다 빗나간 건 아닌 것 같았다. 급하게 쏴도 그의 실력은 일단 가늠좌에 걸기만 하면 무조건 맞출 수 있는 실력이 있었다. 스코프로 악귀처럼 일그러진 얼굴을 가진 반군 하나가 들어왔다.

부슝!

퍼억!

나오기 무섭게 이마가 터지며 날아간 반군의 모습에 전 세계가 악! 하는 소리를 낸 걸 지영은 알고 있을까? 지영에게 누가 말했다면 아마 그는 이렇게 대답했을 것이다.

'그래서 뭐, 어쩌라고. 죽으라고 할 때는 언제고… 이제 와서 걱정돼?'

냉소적인 웃음과 함께 이렇게 말했을 것이다. 실제로 지영은 지금 자신의 모습이 전 세계에 나가고 있다는 걸 알면서도 별로 신경 쓰고 있지 않았다. 그가 신경 쓰는 모습이 있다면 딱 하나, 바로 지인과 가족, 그리고 사랑하는 연인이 자신의 모습을 보고 받을 상처뿐이었다. 하지만 나중을 위해서 반드시 필요한 일이라 임수민도 말했고, 지영도 동의했다. 여기서 지영은 희생을 해야 했다.

그래야 그 어떤 국가에서도 이런 숭고한 희생을 치르고 있는 지영을 맘대로 할 수 없을 것이다. 여론, 전 세계가 합심한 여론으로 지영을 옹호해야만 했다. 그래야만, 지영은 가족과 연인의 곁으로 갈 수 있었다.

'집중, 집중하자, 강지영……'

여기서 딴 생각은 죽고 싶어 용쓰는 것으로밖에 안 보였다. 부슝! 부슝! 푸슝! 푸슝! 정순철과 반군의 저격수가 맞붙으며 심장을 쫄깃하게 만들었지만 지영은 냉정한 얼굴로 전방만 살폈다. 힐끔, 가끔씩 반군의 복장이 보였지만 지영은 냉정하게 상황을 살폈다. 확실하지 않은 순간에 괜히 방아쇠를 당겨봐야 돌아오는 건 반군의 총탄 세례였다. 따로 지시가 있었는지 반군 네다섯 놈이 갑자기 한 번에 움직였다.

부슝!

부슝!

픽!

퍼억!

첫 번째 저격이 가장 앞에 놈의 가슴을, 두 번째 저격이 가장 뒤에 나온 놈의 허벅지를 뚫었다.

투두두두!

투두두두!

지영은 얼른 고개를 숙였다.

퍼버버버벅!

앞에 흙이 다시 비산했고 지영은 몸을 새우처럼 웅크리고 탄환 세례를 피했다. 그렇게 반군의 총격을 피하던 이를 악물고 견디던 지영은 순간 드는 생각에 피식 웃었다.

'대체 나는 무슨 놈의 업보가 이렇게도 많아서……'

인생이 이따위로 복잡한 걸까?

'대체 뭔 죄를 지어서 뭔 놈의 인생이 이렇게도 지랄 맞은 걸까?'

지영은 순수하게 궁금했다.

그리고 빌어먹을 신이라는 새끼의 낯짝도 한번 보고 싶었다. 대체 나한테 왜 그래! 하고 멱살잡이도 한번 벌이고 싶었다. 저격 라이플의 탄을 챙기고 엉금엉금 그곳을 이탈한 지영은 후우, 안도의 한숨을 흘렸다.

이제는 적의 모습이 육안으로 확인이 가능한 정도까지 왔다. 지영은 이 이상 뒤로 물러날 수 없었다. 적의 숫자를 반? 못해도 그 정도는 줄인 것 같은데 아직 확신할 수 없었다. 반만 남아도 여전히 위험하긴 매한가지였다. 힐끔, 나무 뒤에서 전방을 확인했더니 엎드려 세 놈이 기어 오는 게 보였다.

피식.

'누가 그냥 오게……'

둔대?

지영은 수류탄의 핀을 뽑아 그대로 휙, 던졌다.

나무 사이를 가르고 날아간 수류탄이 바닥에 톡, 떨어져서 데굴데굴 굴러갔다. 중간에 있는 놈 앞에 떨어져 굴러간 수류탄에 세 놈이 동시에 몸을 잔뜩 웅크렸다. 수류탄의 폭발 반경에서 벗어나고자 하는 귀여운 몸부림이었다. 하지만 과학의 발전은 살상용 무기의 발전도 같이 불러왔다.

두둥!

오뚜기처럼 굴러가다 말고 딱 선 수류탄이 스프링으로 인해 위로 툭 튀어올랐다가, 콰앙! 폭발했다. 폭발과 동시에 굉음, 화염, 그리고 안에 들어있던 쇳조각을 사방으로 비산시켰다. 평범한 수류탄이라면 위쪽으로 쇳조각이 비산했겠지만 이놈은 몸통을 중심으로 그냥 사방으로 조각을 뿌렸다. 수백 개의 작은 쇳조각은 기어 오던 놈들은 물론, 틈을 엿보려던 두 놈까지 휩쓸고 가버렸다.

이런 수류탄이 몇십 개나 더 있지만 수류탄 같은 무기는 사실 사용해 봤자 한두 번 정도가 최대였다. 놈들도 산전수전 겪은 정예병이라면 수류탄이 날아오는 즉시 좀 전에 보여준 폭발 범위에서 무조건 피하고 볼 것이기 때문이다.

투두두두!

퍼버버벅!

지영의 근처에 있던 나무가 탄에 맞아 살이 마구 파였다. 좀 전 건 재정비를 위한 응사였다. 지영은 신중하게 움직였다. 하지만 적이 보이면 가차 없이 방아쇠를 당겼다. 두 놈이 나무에서 나와 각자 전방으로 내달리기 시작했다.

푸슝! 푸슝!

픽! 퍼억!

둔탁한 소리가 두 번이나 울렸지만 이번엔 누구도 맞추지 못했다. 잽싸게 움직여서 지영의 반응보다 빠르게 다시 또 다른 나무에 숨어들었기 때문이었다. 라이플에 단 소음기가 소리를 한 꺼풀 죽여주긴 했지만 이 정도는 무조건 적도 듣는 수준이었다.

투두두! 투두두!

퍼버버벅!

3연사로 들어온 사격이 지영이 있는 곳을 헤집었다. 하지만 지영은 이미 그 자리를 다시 벗어나고 있었다. 벗어나는 지영의 표정은 그리 좋지 못했다.

'슬슬 적응했어……'

게다가 반응도 빨랐다.

이제 몸을 풀린 건지는 모르겠어도 지영의 움직임에 아주 빠르게 반응해 압박을 가해오고 있었다. 저격, 수류탄, 라이플, 이제 보여줄 건 다 보여준 상태였다.

부슝……!

픽!

심지어 정순철의 저격마저 적응했는지 그의 저격도 나무나 바닥을 때릴 뿐 크게 도움을 주지 못하고 있었다.

'이쪽을 벌써 뚫리면 안 돼……. 해가 빨라지니까, 최대한 끌고 간다.'

지금이 몇 시인지는 지영도 잘 몰랐다. 이동에 시간이 걸렸고, 준비하던 시간, 실제 교전 시간을 생각하면 오후에 들어선 건 확실한 것 같았다. 다만 멈추었던 비가 다시 몰아칠 작정인지 하늘이 어두컴컴하게 변하고 있었다. 비구름이 잔뜩 몰려와 해를 가려서 산속은 낮인데도 밤처럼 느껴질 정도로 점점 어두워지고 있었다.

여기에 비까지 오면 진짜 최악 중 최악이지만, 지영은 어둠을 사랑한다.

'나쁘지 않지…….'

49호가 되어 날뛰기 최적인 조건인 바로, 어둠이었다. 사사삭! 사사삭! 어둠에서 반군이 움직이는 소리가 들렸다.

—듣기만 해. 원군 도착했어. 아쉽지만… 아군은 아니고. 수는 오십, 바로 올라올 거야.

염병…….

원군은 맡겨달라며?

쯔…….

—아주 은밀하게 움직였어. 마켓 정보망에도 안 걸린 걸 보니, 어째 느낌이 싸해. 어쩌면 국가급의 개입일지도 몰라.

"국가?"

지영은 참지 못하고 작은 목소리로 무전을 받았다.

—응, 우리 정보망을 뛰어넘는 놈들이 몇이나 될 것 같아? 그
것도 여기 시리아에서? 미군도 우리 정보망에서 못 벗어나.

"로컬?"

—그렇다고 봐야지.

"지랄 맞네……."

그녀의 말은 최소 이쪽 중동 국가가 개입했다는 뜻이었다. 지
영은 어째 어떤 놈들이 끼어들었는지 알 것 같았다. 그놈들은
도무지 의중을 모르는 인간들이다. 저번에 지영이 함정에 빠졌
을 때도 그랬지만, 아무리 생각해 봐도 이 전투에서 놈들이 얻
을 게 없는데도 끼어든다.

"팀장님."

—네, 다 들었습니다. 하하, 어째 좀 싱겁다 했더니 역시, 마지
막에 이런 이벤트가 또 남았네요. 하하.

이벤트라… 뭐, 그렇게 생각해도 무방하긴 하겠다. 지영도 이
번 싸움이 시시하게 끝나지 않으리란 것은 이미 느끼고 있었다.
분명 뭐가 더 있을 거라고 봤다. 하이재킹까지 해서 지영을 밖으
로 나오게 한 놈이 고작 백 명만 데리고 오진 않으리란 계산쯤
은 누구나 가능했을 것이다.

"슬슬 지원 요청해야겠다, 우리도."

—국방부 쪽에 정보 흘릴게.

"응."

지영은 애초에 이 싸움을 혼자서 해결하고 싶은 마음은 없었
다. 모하메드 발루스가 목표지, 이놈들 전원 사살이 목표가 아
니었다.

"발루스 위치 정보 확인해 줘."

―알았어.

놈의 위치는 하늘을 날아다니다가 이제는 숲 안쪽까지 스며든 드론들이 찾아줄 것이다. 지영은 다른 놈들은 포기해도, 이놈만큼은 포기할 수 없었다.

―변수 생기면 다시 연락할게.

"그래, 부탁한다."

뚝. 전화가 끊겼을 때 지영은 바로 몸을 돌려 방아쇠를 당겼다.

푸슝! 푸슝!

퍽!

퍼억!

상체를 바짝 숙이고 오던 놈의 머리와 가슴이 바로 피로 물들어갔다. 어어… 뒤로 넘어지며 저도 모르게 당긴 방아쇠가 총구에서 불을 뿜어내게 만들었다. 투다다다다! 흙이 일렬로 갈라지며 지영이 다시 숨은 나무 옆쪽으로 스치고 지나갔다. 지영은 다시 한번 안젤라와 유리가 떠올랐다.

이런 전투는 옆에서 견제사격도 좀 해주고 그래야 움직이기가 편했다. 시선을 분산시키는 것은 이런 총격전의 기본 중 기본이었다.

'이제 와서 고민해 봐야 늦었지.'

그녀들은 어쩌면 지금쯤 시리아를 빠져나갔을 수도 있었다. 아니, 헬기를 타고 날아갔으니 충분히 빠져나갔을 것이다. 지영은 아쉬움을 마무리했다. 하지만 그런 지영의 생각을 비웃기라도 하듯, 정말 예상치도 못한 무전이 지영의 귓가를 파고들었다.

—Capitaine?

—지영, 우리 안 보고 싶었어?

어, 어……?

왜 이 사람들 무전이?

지영의 얼굴이 어처구니없게 변하는 순간, 정순철의 무전이 뒤이어 귀를 파고들었다.

—하하, 하여간 정말 못 말리는 사람들입니다. 아하하!

하지만 그의 말은 이상하게도 어딘지 신난 사람처럼 느껴졌다. 지영도 결국 상황을 전부 이해하곤 피식, 실소를 흘렸다.

*   *   *

지영과 정순철이 탄 헬기가 먼저 떠났음에도, 네 사람이 탄 헬기는 움직이지 않았다. 조종사가 이륙하려는 걸 유리가 막았기 때문이었다.

"정말 이대로 갈 거야?"

"하지만… Capitaine가 가라잖아."

"안젤라, 언제부터 그렇게 순종적이었어?"

"어… 그러게?"

안젤라는 고개를 갸웃했다.

그런 둘을 보며 김지혜가 고개를 절레절레 저었다. 한평생 프리하게 살아온 안젤라지만 지영의 곁에 있으면서 그의 부탁, 지시, 명령을 이행하다 보니 그게 벌써 정신에 무의식적으로 작용을 했다. 타성에 젖었다는 표현과 아마 좀 비슷할 것이다.

"안 갈 건가요?"

항상 제삼자의 입장으로 방관하던 김지혜의 질문에 모두의 시선이 그녀에게로 향했다. 그 시선을 받으며 안경을 고쳐 쓴 그녀는 다시 사무적인 어조로 말문을 열었다.

"지금 움직여야 시간에 맞춰 시리아에서 빠져나갈 수 있어요. 알죠? 운반책은 정해진 시간에서 조금이라도 지나면 바로 빠지는 거."

"아… 알지. 그런데 좀 얘기 좀 하자는 거잖아!"

발끈한 성수정의 대답에도 김지혜는 흔들림이 없었다. 등을 수술했어도 지금 당장 둘이 붙으면 한 1분 안에 자신의 목이 돌아갈 건데도, 그녀는 성수정에게 조금도 위축되지 않았다.

"시간이 없어요. 오 분 안에 결정하고 움직여야 돼요."

"그러니까, 좀! 아, 지혜 씨 진짜 냉정해. 지혜 씨는 지영이 걱정되지도 않아?"

"사장님이요? 차라리 지구가 멸망하는 걸 걱정하는 게 낫겠어요."

"헐……."

김지혜가 지켜본 지영은, 정말 대단한 인간이었다. 2년이 안 되는 시간이었지만 그는 그녀가 본 인간 중 가장 강한 사람이고, 가장 냉정한 사람이고, 가장 불같은 사람이며, 가장 무서운 사람이기도 했다.

그는 항상 냉정했다.

무서운 건 분노하면서도 이성을 잃지 않고 냉정을 유지한다는 점이었다. 그래서 항상 최상의 전술을 생각해 냈고, 그 전술은 반드시 팀원의 안전이 최우선으로 잡혀 있었다. 아부 카말처럼 어쩔 수 없는 경우를 제외하고는 항상 같았다.

믿고 따를 수 있는 사람.

말수는 적고, 감정 표현을 그리 많이 하지 않아 쌀쌀맞아 보임에도 그는 사람을 이끌 줄 알았다. 그게 강지영이란 인간의 진짜 강점이었다. 1년을 같이 있던 이들이 그에게 진심으로 감화되어 그의 안위를 걱정하고, 작전이 끝난 뒤에 지영의 말처럼 특수군에 잡히면 평생 교도소에서 썩어야 하는데도 그의 구출을 원한다.

'멋있는 사람⋯⋯.'

그런 사람이기도 했다.

그래서 그녀는 안젤라와 유리가 고마웠다. 자신은 솔직히 해줄 수 없는 일이었다. 그녀도 일반인 기준으로 치면 좀 싸우긴 하지만, 일반 성인 남성은 일대일로도 싸울 수 있지만 이런 전투는 아예 경험이 없었다.

눈에 보이지도 않는 탄환이 날아다니는, 진짜 목숨을 내놓은 전장이라 그녀가 할 수 있는 건 정말 아무것도 없었다. 그래서 그의 구출을 원하는 둘이 고맙고, 부러웠다.

"가자! 그래 까짓것 뭐, 잘 숨어 있다가 도망치면 되지. 우리 그 정도 실력은 되잖아."

"응, 나도 같은 생각이야. 너랑 나라면 충분히 도망칠 수 있어."

본인들이 다친다는, 죽는다는 생각은 애초에 하지도 않고 있었다. 김지혜는 그래서 웃음이 나올 것 같았지만 꾹 눌러 참았다. 대신 성수정에게 한마디 했다.

"수정 씨는 절대 안 돼요. 여기서 왜! 라고 소리칠 생각 말고 저랑 조용히 기다려요."

"아 왜……."

그 말에 자신의 처지를 자각했는지 시무룩해진 성수정의 대답에 김지혜는 결국 쿡쿡! 웃음을 터뜨리고 말았다.

"어, 웃었다……."

"저 아이스 위치가 웃다니, 놀랄 일이네."

김지혜는 바로 표정을 단속했다.

"좋아요. 나머지는 저한테 맡겨요."

그녀는 바로 조종사에게 다가가 앞서 날아간 헬기를 뒤쫓아 가 달라고 말했다. 그러자 조종사는 그녀와 뒤에 있던 안젤라와 유리, 성수정을 빤히 보더니 피식 웃고는 엄지를 척, 들어 올렸다. 그녀는 헬기가 이륙 준비를 하는 동안 다시 임수민에게 연락을 했다. 몇 번 신호가 가기도 전에 임수민이 전화를 받았다.

─출발했어요?

"안 간다네요."

─네?

"안 가겠대요. 사장님 구하러 가겠대요."

─음… 예상은 했지만 그래도 놀랍긴 하네요. 좋아요. 뒤는 내게 맡겨요. 무장은 알아서 거기 있는 것들로 먼저 챙기고, 중간 지점에 다시 보급하게 해줄게요. 누구누구 들어가요?

"안젤라와 유리, 둘이 갈 거예요."

─지혜 씨와 수정 씨는?

"근처에서 대기할 예정이에요."

─좋아요. 그럼 그쪽으로 통신 차량 하나 보낼게요. 지혜 씨가 중계 좀 해요.

"네."

다행이다, 그를 위해 할 일이 생겨서.

그녀는 슬그머니 올라온 미소를 얼른 감췄다.

─다만, 바로 들어가진 말아요. 발루스가 끌고 오는 놈들은 아마 둘이서 해결이 가능할 거예요. 정 안되겠다 싶으면 돌입하고. 하지만 둘은 그 이전까진 혹시 모를 지원군을 맡을 준비를 해줘요. 이쪽에서 커트하긴 할 건데, 혹시 또 모르잖아요?

"알겠어요. 참, 저희가 가는 건……."

─후후, 프레젠트는 숨겨두는 게 극적인 법이죠.

"고마워요."

─고맙긴요. 내가 고맙죠. 그리고 안젤라와 유리가 잡혀도, 제가 힘써볼 테니까 너무 걱정 말아요.

"그건 더 고맙고요."

─후후, 그럼 나머진 기장에게 연락해 놓을게요. 건투를 빌어요.

"네."

뚝, 전화를 끊은 김지혜는 후우, 한숨을 내쉬곤 빨리 와! 뭐해! 하고 소리치는 성수정을 향해 다가갔다. 그가 느꼈듯, 그녀들도 느끼고 있었다. 이 전투가 어쩌면 마지막 전투가 되리라는 것을 말이다.

'그러니까 그 끝이…….'

외롭지 않게, 함께.

그 생각에 다시 저도 모르게 미소를 지운 김지혜는 유리가 내민 손을 잡고 헬기에 올라탔다. 잠시 뒤, 먼지를 일으키며 이륙한 헬기가 지영이 떠난 방향으로 날아가기 시작했다.

Chapter109
Glory DayIV

후욱, 후욱.

지영은 자신의 주변으로 지금 최소 다섯 이상이 숨어 있다는 것을 알았다. 폐부를 꽉 틀어막고 있는 살기가 그 증거였다. 이놈들은 굳이 살기를 숨기지 않았다. 보통 특수 팀 훈련을 받으면 이런 상황에서는 반드시 살기를 죽이는 훈련을 받는다. 오감이 굉장히 예민해지기 때문에 감이 좋은 것들은 반드시 살기를 느끼고 도망치거나 상황을 모면할 어떤 수를 쓰기 때문이다. 그런데 이놈들은 그런 게 없었다.

필살(必殺)의 의지(意志).

놈들이 뿜어내고 있는 기세의 정체는 바로 그러했다.

지영은 반대로 숨소리마저 죽였다.

마지막 숨을 크게 들이마시고, 들숨날숨을 최대한 제어했다.

이제부터는 근접전이었다. 총격이 펼쳐지든, 아니면 칼을 들고 상대의 몸통을 쑤시든, 최단 거리에서 싸우고, 또 싸워야 할 판이 만들어졌다. 지영은 이럴 때 조심해야 하는 걸 아주 잘 알았다. 단 한 번의 실수도 용납하지 않아야 했다. 그래서 긴장감으로 인해 심장이 두근거리기 시작했다. 천하의 지영도 이런 상황에서는 조심할 수밖에 없었다.

"후우, 후우."

숨을 조절하고 있는데 지영을 기준으로 11시 방향에서 부스럭! 거리는 소리가 났다. 지영은 곧바로 총구를 돌렸지만 방아쇠를 당기지 않았다.

'미끼… 이놈들 봐라?'

저걸 그대로 갈겼으면 지영의 위치가 노출됐을 거고, 그럼 곧바로 이 자리로 무차별 총격이 가해졌을 것이다. 그건 진짜 이루 말할 수 없는 최악의 상황이었다.

'기다린다. 대가리가 보일 때까지는… 기다린다.'

확실하게 표적이 눈에 들어왔을 때, 그때가 아니면 갈기지 않을 생각이었다. 지영이 그런 마음으로 숨을 죽이고 있으니 조급한 건 놈들이었다. 지영이 있는 곳을 지나지 않으면 올라갈 수 있는 구조가 아니었다. 게다가 빙 돌아서 정상 쪽으로 가야 하고, 폭은 점점 작아졌다. 임수민이 진짜 전장은 기가 막히게 잡았다.

대체 도움을 얼마나 받은 건지, 이번 생에 다 갚을 수 있으려나 견적도 안 나올 정도였다.

지영이 움직이지 않자 결국 발루스의 명령을 받은 두 놈이 먼저 앞으로 나왔다. 사락. 발목에 나뭇가지가 걸렸다가 튕겨 나가며 난 소리에 지영은 총구를 천천히 돌렸다. 잠시 기다리자 두 놈이 바로 일시에 튀어나왔다.

푸슝! 푸슝! 푸슝! 푸슝!

지영은 네발을 머리와 가슴에 한 방씩 사이좋게 먹여주곤 바로 몸을 옆으로 날렸다. 데굴 구르기 무섭게 투다다다! 총격이 지영이 있을 자리를 무자비하게 헤집었다. 하지만 지영이 더 빨랐다.

푸슝! 푸슝!

불꽃이 튀는 곳을 향해 두 발을 갈긴 지영은 다시 몸을 굴렸다. 데굴데굴, 돌에 찍히고 나뭇가지에 얼굴이 쓸렸지만 이 정도면 양호한 거였다. 몸을 세우기 무섭게 팅! 소리를 들은 지영은 흠칫 굳었다가, 아예 그 옆의 절벽 같은 곳으로 몸을 날렸다.

콰앙!

지영이 있던 곳 근처에서 터진 수류탄이 굉음과 함께 파편을 주변으로 뿌렸지만 지영은 돌에 찍히고, 나무에 허리를 받치는 정도로 겨우 끝낼 수 있었다.

"윽······."

하지만 그렇다고 안 아픈 건 아니었다. 거의 굴러떨어진 정도였기 때문에 돌에 허벅지와 어깨를 제대로 찍혔고, 거짓말 하나 안 보태고 이가 빠득빠득 갈릴 정도의 격통이 올라왔다.

"썅······."

허벅지는 손으로 만져봤더니 붉은 피가 번져 나왔다. 재수 없게도 날카로운 돌에 찍혀서 아예 살이 쩍 벌어진 것 같았다. 조금 있던 물을 뿌려 상처를 확인했더니 확실히 제대로 벌어져 있었다.

지영은 안쪽 포켓에서 붕대를 하나 꺼내 돌돌 만 다음 이를 악물고 상처 부위에 쑤셔 넣었다.

"끄으윽……!"

생살을 헤집는 끔찍한 고통에 지영은 눈을 감고 신음을 흘리며 몸을 부르르 떨었다. 진심으로 욕설이 올라왔다. 그냥 다 때려치우고 싶은 마음이 저도 모르게 들었을 정도였다. 하지만 지영은 붕대를 다 집어넣은 지영은 위에서 들려오는 소리에 다시 몸을 억지로 일으켜 세워 움직였다.

"밑이다!"

"빨리 올라와!"

지랄…….

지영은 허리를 바짝 숙인 채 움직이며 수류탄 하나를 꺼내 핀을 뽑았다. 그리곤 위쪽으로 던졌다. 시꺼먼 물체가 날아오자 일렬로 서서 지영을 쏘려던 놈들이 흠칫 놀랐다가 다급한 비명과 함께 뿔뿔이 흩어졌다. 하지만 폭탄이 터지는 게 더 빨랐다.

콰앙!

빛이 번쩍이며 터진 수류탄의 위력은 상상을 초월했다. 거기다 제대로 머리 위에서 터져 몰려 있던 다섯 놈의 몸이 벌집이 되어버렸다. 한 번에 다섯을 죽였지만 지영의 표정은 그리 밝지 않았다.

'아직 꽤 남았는데…….'

벌써부터 큰 부상을 입었다.

찍힌 어깨도 느낌이 별로였다. 움직일 때마다 통증이 일어나는데 생각보다 더 크게 다친 것 같았다. 허벅지는 말할 것도 없었다.

'재수가 없어도 진짜⋯⋯!'

왜 하필이면 뾰족한 돌이 거기에 딱 있었을까? 그것만 없었어도 지금 이런 상황은 결코 일어나지 않았다. 거기다 문제가 부상뿐만이 아니었다. 지영은 자리까지 뺏겼다. 유리한 고지를 점하고 있다가, 순식간에 불리한 곳으로 밀려난 것이다. 피하지 않았으면 수류탄에 너덜너덜해졌을 거란 걸 알고 있지만 그래도 짜증이 올라오는 건 어쩔 수 없었다. 지영은 화를 눌렀다. 전투 중 흥분은 절대 금기였다.

부슝!

퍼억!

그리 멀리 떨어지진 않은 곳에서 터진 저격 라이플의 총성에 지영은 흠칫 놀랐다. 밑에 상황을 눈치챈 정순철이 기어이 자리를 이탈해 내려온 것이다. 지금 상황에서는 당연히 나이스한 판단이지만 이건 지영이 너무 일찍 밀렸다는 뜻이기도 했다. 고지를 넘겨주면 전투야 당연히 불리한 법이었다.

그런 의미에서 정순철의 판단은 정말 최고였지만, 나중을 생각하면 이건 또 그리 좋은 건 아니었다.

부슝!

퍼억!

두 번째 총성.

투다다!

투다다!

에이케이 소총 특유의 총성에 지영은 생각을 정리하고 얼른 자세를 한껏 낮추고 위쪽으로 천천히 움직였다. 물론 총구는 위를 향한 채 움직였다. 총성이 터지는 가운데 터번 비슷한 걸 쓴 놈이 고개를 불쑥 내밀어 지영이 어디 있나 확인했다. 하지만 그걸 놓칠 지영이 아니었다.

푸슝!

픽!

고개를 내밀었던 놈의 이마가 터져 나가며 뒤로 쓰러졌고, 지영은 그 상태로 총구를 겨눈 채로 뒷걸음질로 계속 위쪽으로 올라갔다. 두 놈이 또 나왔다.

"저기 있다!"

"쏴!"

푸슝! 푸슝!

나온 두 놈의 몸통을 지영이 다시 뚫었을 때, 세 놈의 대가리가 더 나왔다. 지영은 이를 악물고 방아쇠를 한 번 더 당긴 다음 바로 몸을 숙여 바짝 엎드렸다.

투두두!

투두두!

그냥 대놓고 긁는 사격이지만 다행히 나무가 앞에 있어 애꿎은 나무만 벌집처럼 파여 버렸다. 부슝!

픽!

지영을 쏘던 놈 하나가 정순철의 저격에 머리가 날아가며 쓰러졌고, 다시 그에게 사격이 집중됐다. 난전도 이런 난전이 없었다. 지영은 몸을 웅크린 채 냉정하게 상황을 살폈다. 놈들의 복장을 보면 탄창을 그리 많이 챙겨 온 것도 아니었다. 주렁주렁 매달고 올라오기엔 너무 거추장스럽고, 기동력도 떨어졌다. 그런 놈들만큼 표적으로 쓰기 좋은 놈들도 드물었다. 그래서 놈들은 최소한의 무장만 한 채 올라왔다.

'이게 의미하는 건……'

내 목을 직접 치시겠다?

밀고, 밀어붙여 근접전으로, 놈들이 사랑하는 살육전을 펼치겠단 뜻이었다. 총이 아닌, 칼을 들고 말이다.

'그때도 그러다가 죄다 죽어 나자빠졌지. 발루스. 넌 학습이란 걸 모르는구나……'

학습했다면 이 따위로 올라오진 않았을 것이다. 차라리 총격전을 펼쳤다면 지영을 죽일 확률이 더 높아졌을 텐데, 역시 이놈들은 이상한데 고집을 부리는 경향이 있었다.

'그게 널 지옥으로 인도할 길잡이가 될 거다, 발루스.'

한참을 이어지던 총성이 멎었다.

하지만 지영은 머리를 들지 않았다. 뒤통수가 따가운 게, 지금 머리를 들고 움직였다간 대가리가 날아갈 것 같은 느낌이 진하게 들었다.

—움직이지 마십시오.

아나나 다를까 정순철의 무전이 들려왔고, 후우… 지영은 안도의 한숨과 함께 여전히 몸을 웅크린 채 기회를 엿봤다.

*　　　　*　　　　*

그리고 그런 지영의 모습은, 여전히 전 세계에 거의 실시간으로 생중계되고 있었다. 숲안으로 날아든 드론은 지영과 반군의 전투를 여과 없이, 그리고 가차 없이 모조리 중계했다. 지영이 쏜 총에 반군이 죽어 나자빠지는 것까지… 전부 하나도 빠짐없이 내보냈다. 사람들은 숨을 쉬는 것도 잊은 것처럼 그 장면을 바라봤다. 그러다 지영이 산 아래로 몸을 날려 굴러떨어질 때는 전부 안 돼! 꺄아악! 소리를 질렀다.

하지만 진짜는 그 뒤였다. 쩍 벌어진 허벅지를 확인한 지영이 붕대를 돌돌 말아 벌어진 부위에 쑤셔 넣는 모습에 모두가 경악을 금치 못했다. 아예 덜덜 떠는 사람까지 나왔다. 생살을 헤집고 붕대를 집어넣는 것? 급박한 상황이라면 아마 누구라도 할 수 있을 것이다, 라고 생각하는 사람들도 있겠지만 지영이 보여 준 건 정말 웬만한 독심으로는 할 수 없는 일이었다. 밀려드는 고통을 참으며, 잠시의 망설임도 없이 바로 처치를 하는 건 진짜 힘든 일이었다. 이후 지영의 모습은 처절했다.

각 방송사의 앵커가 처참한 얼굴로 계속 브리핑을 하고 있었지만 그건 아예 귀에 들어오지도 않았다. 그저 한 군인이, 한 배우가 처절하게 저항하는 모습만 눈에 들어올 뿐이었다. 모두가 한 마음이 됐다.

골 때리는 현상이었다.

죽으라고 할 땐 언제고, 이제 와서 제발 살아나길 바라는 사람들이 엄청 늘어났다. 그만큼 지영의 모습은 처절했고, 그 처절함에 심약한 이는 졸도하기까지 했다. 하지만 반대로 그 모든 걸

두 눈에 담으려 이 악물고 보는 사람도 있었다.

유은재.

그녀도 그중 한 명이었다.

입술을 꽉 깨물어 터진 상태로 은재는 TV에 몰두했다. 연인이 싸우는 모습을, 돌아오기 위한 마지막 모습을 하나도 빠짐없이 두 눈으로 담았다. 유선정이 옆에서 하얗게 질린 모습으로 겨우 지켜보고 있을 정도로 잔인했음에도 은재는 흔들림 없이 꼿꼿한 자세로 지영을 담았다.

"꺄아악!"

반군이 칼을 들고 결국 지영에게 달려드는 모습에서 예전 트라우마가 도졌는지 유선정이 새된 비명을 내질렀다. 은재도 저도 모르게 두 주먹을 꾹 쥐었다. 소리가 나오지 않아 어떤 상황인지는 모르지만 지영은 처절하게 버텼다. 그때도 봤던 반달을 닮은 도가 지영의 목과 머리를 노리고 마구 떨어졌지만 지영은 그걸 전부 피하거나 쳐냈다. 그리곤 역으로 달려들어 옆구리며 가슴, 쇄골, 목을 마구 찌르고 베어버렸다.

피가 튀어 얼굴이 엉망이 된 지영의 모습은 마치 악귀 같았다. 하지만 은재의 눈에 지영은 더없이 슬퍼 보였다. 지나치도록, 자신보다 몇 배는 더 잔인한 인생을 살아온 지영이었다. 몇 번의 테러를 겪으며 결국엔 지인을 잃고, 모든 것을 정리하러 떠난 연인은 이제 전 세계가 보는 가운데 처절하게 싸우고 있었다.

그럼에도 은재는 다른 그 어떤 것도 할 수 없었다. 아니, 할 수 있는 게 아예 없었다.

'지영아, 제발… 힘내, 제발……'

그래서 겨우, 고작, 지영을 응원할 뿐이었다.

그가 무사히 돌아왔으면 하는 마음이 그에게 닿도록 빌고 또 빌었다. 자신의 기도가 하늘에 닿아 신이란 존재가 있다면 부디 들어주었으면 하고 빌었다. 그 마음이 제발 닿기를 또 빌고 빌었다.

"꺄아악!"

유선정이 다시 비명을 지르며 얼굴을 손으로 가렸다.

화면 속 지영의 어깨에서 피가 솟구치고 있었다. 붉은 피가 솟구치며 지영의 미간을 포함한 얼굴 전체가 일그러지는 게 너무나 잘 보였다. 그런데 왜, 은재는 그게 슬프게 보이는지 이해를 할 수가 없었다.

그래서 은재는 입술이 너덜너덜해지도록 씹었다.

"술, 술을 주세요……. 독한 걸로, 제발… 빨리!"

"네? 네, 네!"

유선정이 비틀거리며 주방으로 갔고, 은재는 핏발 선 눈으로 TV를 노려봤다. 그녀는 기도의 방향을 바꿨다.

신이 있다면 부디… 저 사람을 구해주시고, 저를 데려가소서. 나를 데려가시고, 부디 저 사람을 구해주소서.

그렇게 기도가 끝났을 때, 뒤로 넘어진 지영의 가슴으로 칼날이 쑤셔 박혔고, 은재는 결국 눈을 질끈 감았다.

탕! 탕!

칼을 내려찍던 반군이 갑자기 동작을 멈췄다. 칼은 가속도가 붙어 그대로 밀고 들어왔지만 지영은 이미 몸을 비틀었다. 푹!

땅바닥에 박히자 지영은 몸을 뒤로 빼냈다. 부상당한 등이 지랄 맞게 아팠지만 지금은 누워 있을 여유가 전혀 없었다.

"Allāhu Akbar!"

그래, 너네 신 위대하다.

그런데…….

"지금 여기서는 아니지."

탕! 탕탕!

손에 든 권총으로 가슴팍에 두 방, 대가리에 한 방 넣어준 지영은 몸을 세운 뒤 살벌한 빛을 흩뿌리는 칼을 들고 달려드는 세 놈의 반군에게 마주 달려 나갔다. 권총을 집어 던진 지영의 손엔 어느새 대검이 들려 있었다.

쉬익!

칼날이 지영의 머리를 노리고 뚝 떨어졌다. 근접전이라고는 해보지도 않은 놈의 솜씨 같지만, 이건 피하기 애매한 공격이었다. 쉭쉭! 양 옆에서 칼날 두 개가 다시 비집고 들어왔다. 이를 으득 간 지영은 달리던 그대로 몸을 날려 중간에 있는 한 놈을 들이받았다. 허벅지가 불타는 것 같았지만 지금은 선택의 여지가 없었다. 양옆에서 날아들던 두 개의 칼날은 지영을 피해 스쳐 지나갔다.

동시에 머리로 떨어지던 칼날도 지영이 들이받자 원하는 바를 이루지 못했다.

푹! 서걱!

바닥에 쓰러지는 동시에 심장 쪽에 한 방, 그리고 목을 그대로 그은 지영은 바로 몸을 돌려 왼쪽에 있는 놈을 향해 달렸다.

쉬익! 그렇게 달려들자 칼을 팔을 밖으로 뿌리듯이 휘둘러 지영의 목을 쳐왔지만 이 정도에 목을 내줄 것 같았으면 애초에 여기 오지도 않았다. 지영은 머리를 살짝 숙여 칼날을 피하고 겨드랑이 아래에 칼을 꽂아 넣었다.

푹!

극! 그그그극!

그리고 아래로 쭉 그어버렸다. 깊숙하게 들어갔다 나온 칼날이 뼈와 장기를 건드리는 느낌이 손바닥을 통해 생생하게 느껴졌다. 소름이 끼치는 느낌이었다. 이번 생에는 느끼지 않을 거라 생각했던 느낌이기도 했다.

"크르르륵……."

공기 빠지는 신음을 흘리는 놈의 머리를 잡은 지영은 그대로 잡아당기며 돌려 버렸다.

우드득!

목이 거의 반 바퀴 이상을 돌아가며 울린 소름끼치는 소리에 남은 반군 하나가 다시 지영을 향해 달려들었다.

"으아아!"

지영의 잔인한 손속에 괴성을 지르고 달려들었지만 지영은 역시 냉정했다. 차갑게 가라앉은 눈빛으로 칼날의 궤적을 계산하고. 피한 뒤 팔을 당겨 팔꿈치로 턱을 후려갈겼다.

빠악!

머리가 거칠게 흔들리는 걸 본 지영은 칼을 손바닥에서 빙글 돌려 날이 위로 가게 잡은 다음, 그대로 턱 아래에 꽂아 넣었다.

푹!

턱뼈와 목 사이의 연약한 피부를 뚫고 들어간 칼날. 지영은 다시 칼날을 반 바퀴 억지로 비튼 다음 그대로 그어버렸다. 피가 확 솟구치며 지영의 얼굴로 날았지만 지영은 그걸 고개를 돌려 피했다. 세 놈이 바닥에 쓰러져 부들부들 떨기 시작하자 지영은 잠시 곧 죽을 시체들을, 그냥 시체로 만들어줬다.

푹! 푸욱!

깔끔한 뒤처리. 이건 지영이 놈들에게 해줄 수 있는 마지막 자비였다. 반군 몇을 주검으로 만든 지영은 주변을 살피면서 다시 뒤로 물러났다. 허벅지, 칼날에 베인 옆구리, 그리고 등이 불에 타는 것처럼 아팠다.

'끙······.'

특히 허벅지는 좀 문제가 생긴 것 같았다. 이를 악물고 움직이고는 있는데 자꾸 힘을 주는 그 순간에 방해를 하고 있었다.

'근육에 손상을 입었어··· 왜 하필 허벅지를······.'

어딘들 크게 부상을 입으면 위험한 건 매한가지지만 허벅지는 하체의 중심이었다. 폭발적인 가속도를 낼 수 있는 것도 단단한 허벅지 근육과, 종아리 근육 덕분이었다. 전체적으로 밸런스를 잘 잡아 단련한 지영의 육체라 아직까지는 그래도 의지대로 움직여 주고 있었지만 이대로는 곤란했다.

출혈도 아직 멎지 않은 듯 뜨끈한 뭔가가 종아리를 타고 흐르는 게 느껴졌다.

"후우, 후우. 후우······."

바위 뒤에 숨은 지영은 허벅지를 살폈다. 역시나 아직까지 피가 조금씩 배어나오고 있었다. 지영은 다시 몸을 일으켜 사방에 숨겨 놓은 장비를 찾아 나섰다. 3분쯤 움직여 찾은 지영은 라이플을 챙기고, 모르핀을 허벅지에 꽂아 넣었다.

저릿저릿한 느낌이 훅 솟구쳤다. 그 뒤에 허벅지에 넣었던 붕대를 꺼낸 뒤 버리고, 가루 항생제를 뿌린 뒤 다시 붕대를 말아 집어 넣었다.

"끄으……!"

입에 문 나뭇조각이 파삭! 깨질 정도로 이를 악문 지영은 붕대를 겨우 다 집어넣고, 의료용 스테이플러로 살을 잡아 당겨 찍었다. 예쁘게 맞춰 찍을 겨를도 없이 그냥 막 당겨서 겨우 봉합한 지영은 다시 압박붕대로 허벅지를 단단히 말았다. 이제 이걸로 어느 정도 버텨줄 것이다.

하지만 정신은 또 그렇지 않았다.

너덜너덜해진 넝마처럼 정신이 찢겨 나가고 있었다. 장시간 전투였다. 짧지 않은 전투를 그것도 혼자 치루며 지영도 인간인지라 조금씩 지치기 시작했다. 지영은 의료가방을 뒤져 각성제를 꺼냈다.

항정신성약물이 다량 함유된 알약인데, 되도록 먹지 말라는 당부를 임수민에게 들었었다.

'하지만 지친 정신으로 싸우는 것보단 낫지……'

괜히 정신성 약물이라 기피하고 안 먹었다가, 목숨이 날아가면 완전 손해 보는 게임이었다. 약을 먹자 알싸한 박하 향이 처음에 느껴졌다가, 1분도 채 지나지 않아 피부가 짜릿짜릿해졌다.

환각성을 제거한 각성제.

이 알약은 흡사 B사에서 만든 게임의 스팀팩 같은 효과를 지영에게 선사했다. 하지만 지영은 오히려 정신을 냉정하게 다듬고 있었다.

'내가 그래도 약물 따위에 정신이 물들 정도는 아니지…….'

이런 극한 상황? 지긋지긋하게, 정말 물리게 겪었다. 이전 생은 뭐 말할 것도 없고, 임은이의 삶만 해도 끝은 처절의 연속이었다. 그럼 이번 생은? 이 새끼들한테 붙잡혔을 때 지영이 받은 고문은 일반인의 상상을 아득히 초월하는 경지였다. 물리적인 고문, 정신적인 고문, 약물을 이용한 고문까지 다 당했다.

물고문, 전기고문, 수면고문, 채찍, 송곳, 칼, 자백제까지 온갖 고문을 당했지만 그래도 정신을 유지했던 게 지영이다. 그러니 이 따위 약물에 정신을 놓기란 지극히 어려웠다.

"후우… 후우……."

그러나 육체는 약물을 아주 제대로 받아들였다. 심장박동이 거세게 몰아쳤고, 전의까지 활활 타올랐지만 지영은 오히려 그 모든 것들이 어느 정도 연소될 때까지 기다렸다.

─사장님.

이 와중에도 사장이라고 부르는 김지혜도 참 대단했다.

"말하세요."

─안젤라, 유리 팀 교전 시작했습니다. 발루스는 그쪽으로 합류했어요.

"……."

이 새끼 봐라…….

이쪽으로 안 올라오고, 오히려 내려갔다는 건 놈도 지금 올려보낸 병력으로 지영을 잡을 수 없다는 걸 느꼈다는 뜻이었다. 그래서 오히려 지원군과 합류, 다시 올라와 지영을 공격할 마음을 먹은 것이다.

"놈의 위치는 계속 지켜봐 줘요. 아마 유리나 안젤라 앞으로는 안 나가고 후방에 있을 겁니다."

ㅡ네.

발루스 그놈의 목적은 지영이었다.

그러니 괜히 앞에서 깝치다가 살인 병기의 손에 목이 날아가는 짓은 하지 않을 거라고 생각했다. 그리고 애초에 그렇게 용기가 넘쳤으면 지원군과 합류하지 않고 지영을 직접 죽이러 왔을 것이다.

그런데도 안 왔다.

'확실한 때를 기다리거나.'

아니면 이 정도 전투력을 보여주는 지영이 두렵거나.

하지만 어떤 거라도 상관없었다.

이 차이는 지영에겐 지금 죽이나 나중에 죽이나 차이 정도밖에 없었다.

무전을 끝낸 지영은 정순철의 무전을 받았다.

ㅡ무사합니까?

"그럼요. 팀장님은요?"

ㅡ생생합니다. 하하. 놈들 조용한 걸 보니 좀 쉬다 올 것 같은데요?

"그래요? 흠……."

쉰다라.

지영은 씩 웃었다.

'누가 쉬게 해주겠대?'

안 오면, 이쪽에서 간다.

얌전히 기다리는 전투를 할 지영이 아니었다.

"나갈 거니까 지원 부탁해요."

―하하, 네.

그렇게 다시 무전을 끝낸 지영은 장비를 점검하고 자리에서 일어났다. 약발 때문인지 허벅지를 포함한 몸에서 느껴지는 통증이 상당히 죽어 있었다. 걷는 것도 문제는 없었다. 상체를 바짝 숙인 채 지영은 고양이처럼 살금살금 움직였다. 낙엽을 밟는 데도 소리가 거의 들리지 않을 정도의 은밀한 움직임이었다.

파랗게 날이 선 눈빛이 요요하게 빛났다. 그리고 그 눈빛은 역시 나무 위에 편히 자세를 잡고 촬영 중인 드론에 의해서 전 세계 고스란히 송출이 되고 있었다. 그걸 지영도 알지만 신경 쓰지 않았다. 어차피 나중을 위해 보여주고 있으니 어떤 모습이 나가건 상관없었다. 10분쯤 움직이던 지영은 조용히 총구를 들어 올렸다.

꾸물꾸물.

수풀 안쪽에서 동물인지 사람인지 모를 기척이 느껴졌다. 지영은 잠자코 기다렸다. 괜히 급하게 쏠 필요는 없었다. 잠시 기다리자 수풀이 흩어지더니 하얀색 옷감이 보였다. 아주 짧은 틈이었지만 지영은 그걸 놓치지 않았다.

푸슝! 푸슝!

퍽! 퍼억!

둔중한 소리 뒤에 피 보라가 훅 피어나더니, 등판과 뒤통수가 뚫린 반군이 앉은 자세에서 뒤로 벌러덩 넘어졌다.

지영은 확인 사살할 필요도 없이 바로 다른 장소로 움직였다.

"훅, 후욱."

숨은 최대한 짧게 끊어 쉬면서 기척을 죽였다. 지금의 총성은 이 고요한 숲을 제대로 흔들었을 테니 남은 반군 놈들도 총이나 칼을 들고 자세를 다시 잡았을 것이다.

부슝⋯⋯!

퍼억!

정순철의 저격이 꽤 떨어진 곳에서 터졌고, 한 놈이 이승을 하직하는 소리가 뒤이어 들렸다.

스페셜급 저격수와, 전천후 레인저의 조합은 정말 무시무시했다. 이걸 지켜보는 모든 군사관계자들이 고개를 절레절레 저을 정도였다. 물론 특수훈련을 받은 군인들과 싸우면 지영도 이렇게는 불가능하다.

하지만 반군은 특수훈련을 받은 놈이 그리 많지 않았다. 아니, 거의 없었다. 특히 여기 올라온 놈들 중엔 아예 없다고 봐도 됐다. 그렇게 실력 좋은 놈들은 당연히 중앙에서 뽑아 가기 때문이었다.

여기 이놈들은 발루스 밑에 있으면서, 학살을 많이 자행해 본 놈들이었다. 전투다운 전투도 치르고, 살아남은 놈들이었다. 하지만 딱 그 정도였다. 전투에는 베테랑이라고 해도 되겠지만, 애초에 급이 다른 훈련을 받은 이들과는 비교조차 할 수 없었다. 해서도 안 됐다. 벌써 두 놈이 죽었다. 그리고 발루스도 산 아래로 내려가 지휘관도 없었다. 지휘선의 붕괴가 이미 이루어진 뒤였다.

치익.

―버텨! 곧 올라간다!

눈치 없이 울린 발루스의 무전에 지영의 총구가 당연히 움직였다. 하지만 창졸간 울린 무전이라 정확히 위치를 잡기는 어려웠다. 대신 뒤로 슬금슬금 물러났다. 거리가 애매했고, 재수 없으면 오히려 당할 만한 곳에서 울렸기 때문이었다. 그런 생각에 물러나는데 둘레가 엄청난 나무 뒤에서 총구가 슬그머니 나오는 게 보였다. 시꺼먼 총구라 안 보일 수도 없었다.

스윽.

지영도 총구를 마주 올렸고, 슬그머니 대가리도 나오자 그대로 방아쇠를 당겼다.

푸슝! 푸슝!

픽! 퍼억!

머리와 가슴에 한 방씩 먹인 지영은 곧바로 몸을 옆으로 굴렀다.

투다다다!

지영이 있던 자리에서 곧바로 흙이 튀었다. 이놈들은 이렇게 꼭 미끼를 하나씩 던졌다. 그래서 지영은 미끼만 잡아먹고, 바늘을 버리는 걸 택했다.

'약이 아주 바짝 오르고 있겠지…….'

몸을 굴려 다시 제법 큰 바위 뒤로 몸을 숨긴 지영은 후우… 한숨을 내쉬었다.

―특전사들 출발했어. 세 개 분대. 지휘관 김건명 대령.

낯익은 이름이었다.

─도착 1시간 전. 두 개 팀은 산 아래서 올라올 거고, 김건명 대위가 이끄는 팀은 점프할 거야.

"점프? 아직 저격수 있을걸."

─스모크 갈기고 뛰겠지.

"점프 전에 이쪽 채널로 신호하라고 해. 최대한 시선 끌 테니까. 그리고 주지시켜. 발루스 그놈 목은 내 거라고. 그러니까 용모파기 확실하게 파악하고, 절대 손대지 말라고 해줘."

─오케이.

무전을 끊은 지영은 눈을 감고 입술을 꽉 깨물었다. 이제, 이 지긋지긋한 싸움을 끝낼 시간이 왔다. 아직은 결론이 나오지 않았지만 승리의 여신은 지영에게 손을 이미 반쯤 들어 올리고 있었다.

쿠르릉!

우릉!

시꺼먼 하늘을 대동한 뇌성이 천지를 울렸다. 그리고 멈췄었던 빗방울이 조금씩 대지로 떨어지기 시작했다. 비가 오기 시작하자 사위가 대낮인데도 검게 물들기 시작했다. 산속은 당연히 더욱 어둠에 잠겼다.

"비네……."

유리는 물을 때리기 시작하는 빗방울에 저도 모르게 웃었다. 이런 우천 전투는 그녀가 가장 좋아하는 전장 중 하나였다. 특히 숲속이면 자신의 장기를 최대한 살릴 수 있는 전장이기도 했다. 그래서 그녀는 기분이 좋아졌다.

50.

정확하게는 발루스까지 50하고 1.

총 51명이다.

벌써부터 놈들이 심상치 않은 기세를 풍기며 숲으로 진입하고 있었다. 하지만 유리는 크게 두렵지 않았다. 이런 전투는 정말 신물이 나게 치러봤기 때문이다. 구 소비에트 연방에서 살인 기계를 양성하던 프로그램을 그대로 따라 만들어진 게 유리였다. 러시아에서는 우는 애도 그치게 만든다는 악명 높은 KGB 출신 아버지의 과한 충성심 때문에 유리는 걸어 다닐 때부터 칼과 총을 만지기 시작했다. 그녀 나이 열한 살 때 첫 살인을 했고, 훈련은 더욱 더 강도가 높아졌다.

실제로 16살 땐 이런 비 오는 숲에서 지역 갱단과 일전을 벌였다. 그것도 전부 아버지가 갱단에게 유리의 목에 현상금을 거는 미친 짓을 했기 때문이었다. 결과는, 갱단의 전멸로 나왔다. 40명이 넘는 악명 높은 러시아 마피아가 고작 16살 소녀의 칼과 총에 전멸해 버린 것이다. 유리는 천부적인 킬러였다.

애당초 정보 공작 쪽으로는 재능이 없었다. 하지만 요인 암살, 폭파 쪽으로는 엄청난 두각을 나타냈다. 그래서 전투 쪽을 집중적으로 팠고, 그녀는 소름끼치는 살인 기계가 됐다. 그렇게 스무 살이 넘도록 부모의 어긋난 충심으로 살인을 저지르다가 오히려 타깃에게 부모가 죽고 나서야 자유를 찾았다.

이후 세계를 떠돌다가 우연찮게 파리의 한 카페에서 안젤라를 만났다. 둘은 서로를 단숨에 알아봤다.

영화나 드라마를 보면 요인이나 킬러끼리 서로 기세를 느끼고 알아보는 장면을 종종 연출하는데 실제로 둘은 딱 마주치자마자 아무리 씻어도 지워지지 않는 진한 피 냄새를 맡았다. 당연히 그 자리에서는 싸우지 않았다. 서로 자신을 노리고 있다고 판단해 자리를 이동, 아무도 안 보는 골목에서 격렬하게 싸웠다. 그러다 그 첫 싸움에 골목을 어슬렁거리던 프랑스 갱단과 만났고, 둘은 싸우던 것과 반대로 이번엔 힘을 합쳐 갱을 전멸시켰다.

그 이후 오해가 풀렸고, 함께 다니기 시작했다. 십 년이 넘도록 둘은 우정을 이어왔고, 결국 오늘 이 자리까지 함께하게 됐다.

─슬슬 움직일 거지?

안젤라의 무전에 유리는 작게 웃었다.

"응."

─몸조심해.

"응."

대답을 한 유리는 칼을 천천히 뽑았다. 올라타고 있는 나무 근처로 반군의 사나운 기세가 느껴졌다. 유리는 그 기세를 느끼면서 아이러니하게도 지영을 생각했다. 조금도 닮지 않은 기세지만, 이런 전장을 스스로 찾아오게 만들어준 강지영이란 인간이 떠오른 건 유리 본인이 생각하기에도 참 어처구니가 없었다. 그런데 신기하게도 그를 생각하면 입가에 미소가 지어졌다. 자신보다 나이도 한참 어리지만, 마치 오빠 같았다. 오빠가 있었다면, 지영같지 않을까 생각했다.

'이상한 사람……'

그래서 유리는 지영의 옆이 좋았다.

도리도리.

유리는 생각을 정리했다.

지금은 전투 중. 아니, 이제 시작이다.

쓸데없는 생각은 적의 총과 칼에 맞기 딱 좋다고, 거의 영혼에 각인된 세뇌의 효과였다.

스륵.

수풀을 뚫고 반군 하나가 전방으로 총을 겨눈 채 지나갔다. 하지만 유리는 미동도 없이 기다렸다. 놈이 지나가자 그 뒤로 두 놈이 더 지나갔다. 하지만 유리는 여전히 기다렸다. 기척이 느껴졌다.

'세 놈 전부 미끼……'

참 많이도 뿌렸다는 생각이 들었다.

1분쯤 지나자 수염이 덥수룩한 놈 하나가 전방을 경계하며 슬그머니 기어 나왔다. 유리는 놈이 바로 앞을 지날 때 몸을 날렸다. 쉬이익. 바람이 갈라지는 미약한 소리가 들렸지만 떨어지기 시작한 빗소리에 잡아 먹혀 바로바로 사라져 버렸다.

푹!

정확하게 목덜미에 칼을 꽂아 넣은 유리는 놈이 버둥거리자 바로 목을 감아 당긴 뒤, 다시 칼의 손잡이를 잡아 좌우로 한 번씩 그었다.

서걱! 서걱!

놈이 힘을 잃고 축 늘어지기 시작하자 유리는 바로 총기를 뺏어 나무 뒤로 몸을 숨겼다. 아무리 비가 온다지만 바닥에 착지하며 난 소리가 상당해서 아마 앞서 나간 놈들도 알아차렸을 게 분명했다.

타당! 타다당!

푹! 푸부부북!

슬슬 고이기 시작한 빗물에 허무하게 탄이 박혀 사라졌다. 어둠이 짙게 깔려 있어서 소리는 들었어도 유리의 위치를 파악하기란 어려웠던 것이다. 유리는 조급하게 움직이지 않았다. 이런 싸움은 좋아하지만 안젤라와의 연계가 더욱 중요했다.

푸슝!

퍽!

어둠 속에서 총성이 울림과 동시에 사람 몸이 뚫리는 소리가 찰나지만 빗소리를 뚫고 숲을 울렸다 사라졌다.

안과 밖.

안에서는 유리가 진형을 뒤흔들고, 놈들이 당황에서 움직이면 안젤라가 밖에서 저격하는 전술. 이는 둘이 물리게 했던 전술이었다. 이제는 척하면 척, 따로 무전이 없어도 감각으로 연계를 맞출 정도였다. 지영이나 성수정, 정순철과의 호흡도 좋았지만 가장 막강한 시너지 효과를 내는 건 바로 둘이 움직일 때였다.

푸슝!

퍽!

또 한 놈이 총에 맞은 소리가 들렸을 때 이번엔 유리가 움직였다. 급한 모습으로 좌우를 두리번거리는 반군이 보였다. 거리가 꽤 있고 어둠이지만 이 정도 거리는 충분히 명중시킬 실력이 되는 유리였다. 탕! 따앙! 놈의 등짝에 두 발을 연속해서 먹인 유리는 총기를 버리고 숲속으로 스며들었다.

녹슨 AK소총 총성은 듣기 괜찮은 소리가 아니었다.

─쯔… 총기 관리 좀 하지. 얘들이 얼마나 예민한 애들인데.

아니나 다를까 총기에 엄청 예민한 안젤라의 푸념이 들려왔다. 총에 살고 총에 죽는 안젤라 다운 무념이기도 했다.

유리는 작게 웃고는 다시 몸을 날렸다.

빗물이 고였지만 이 정도는 가볍게 피한 유리가 얼마 지나지 않아 반군을 발견했고, 주변에 동료가 없는 걸 확인하곤 조심스럽게 뒤로 접근해 다시 적막한 숲을 깨웠다.

푹! 서걱!

뒤에서 입을 막고 찌르고, 울대를 그어버리자 푸들푸들 떠는 반군의 마지막 몸부림이 느껴졌다. 잠시 뒤 축 늘어지는 반군을 조심스럽게 바닥에 눕힌 유리는 뒤에서 느껴지는 섬뜩한 느낌에 바로 몸을 굴렸다.

따다당!

따당!

역시나 유리가 서 있던 곳의 진흙이 사방으로 튀기 시작했다. 푸슝! 푸슝! 그리고 불이 튀었던 곳으로 안젤라의 사격이 날아들었다. 유리는 마치 거미처럼 네 발로 빠르게 수풀로 들어간 다음 주변을 살폈다. 유리가 셋, 안젤라가 넷에서 다섯. 벌써 열 놈 정도를 잡았다. 이렇게 쉽게 전투가 펼쳐져도 되나 싶었지만 원래 전투가 이런 법이었다.

'이제 기만 좀 더 꺾으면 되겠어.'

한쪽이 전멸할 때까지의 전투? 그건 솔직히 잘 안 나온다. 작정하고 승자 측에서 다 죽이려고 마음먹지 않는 이상 기세가 꺾인 쪽이 보통 항복하게 마련이었다. 게다가 이번엔 이쪽의 원군이 오고 있었다. 점프한다고 했으니 그들이 도착해서 전장에 투입되는 순간 전투는 얼마 지나지 않아 끝날 것이다.

'그럼 지금 필요한 건……'

철저한 요격전.

나를 숨기고, 적의 숨통만 끊어 안전을 최우선으로 생각한 기습전. 이건 유리 본인이 가장 잘하는 작전이라 걱정이 없었다. 대신 근접 전투 능력이 떨어지는 안젤라를 지키며 수행해야 했다.

찰박, 찰박.

'괜찮아, 할 수 있어.'

여태껏 했던 대로.

그의 지시가 없어도, 여태껏 수행했던 대로.

그렇게 움직이면 되겠다는 마음을 먹은 유리는 막 앞을 지나가는 반군의 발목을 잡아당겼다.

"억!"

화악!

반군의 중심이 무너지는 순간 유리는 이미 수풀을 뚫고 나가 총구의 영향권에서 벗어났다. 그리고 왼손에 들린 칼날이 빛살처럼 공간을 갈라, 목덜미를 갈랐다. 서걱! 하고 날카로운 절삭음이 들렸다. 반군은 반사적으로 총을 놓고 목을 움켜쥐었지만 갈라진 살에서 천천히 뿜어지기 시작한 피를 막는 방법은 이 세상에 어디에도 없었다.

"큭, 크르륵……."

모르는 사람이 보기엔 안타까운 몸부림이지만 유리는 거기서 그치지 않고 뒤로 이동해 목을 잡아 돌렸다.

우드득! 뚜둑!

두 번에 걸쳐 확실하게 숨통을 끊은 유리는 이번에도 지체 없이 현장을 떠났다. 다만 아까처럼 전방이 아닌 안젤라가 있는 쪽이었다.

쿠릉!

콰앙!

별안간 뇌성이 울리더니 번쩍! 우레가 내리쳤다. 그 때문에 어두웠던 세상이 갑자기 확 밝아졌다. 아주 찰나였지만 유리는 사선에서 자신을 보고 있는 반군을 확인할 수 있었다. 적을 발견한 유리의 행동은 신속했다.

쥐고 있던 칼자루를 잡고 그대로 휙! 하고 던지자 빗줄기를 뚫고 날아간 대검이 막 총구를 들어 올리는 반군의 목을 그대로 뚫어버렸다. 후욱, 후욱. 꽉꽉꽉! 질퍽이는 소리가 났지만 유리는 빠르게 내달렸다. 그리곤 커다란 나무 뒤에 숨어 숨을 골랐다.

짧지만 격렬하게 움직였더니 숨이 확 치고 올라왔다. 하지만 올라왔던 것만큼 진정도 빠르게 됐다. 거칠게 뛰던 심장이 가라앉았을 때쯤, 투두두! 투두두! 지금까지와는 다른 총성이 갑자기 숲을 찢어발겼다.

―윽…….

흠칫!

안젤라의 신음을 무전으로 들은 유리는 깜짝 놀랐다. 하지만 바로 움직이진 않았다. 여기서 급하게 구하러 가다간 둘 다 죽을 수도 있기 때문이었다. 잠잠해진 심장이 다시 안젤라에 대한 걱정 때문에 급박하기 뛰기 시작했다.

"어디 당했어?"

ㅡ허벅지… 스쳤어, 걱정 마.

"거짓말. 스친 것 정도로 신음 흘리는 여자 아니잖아."

ㅡ오랜만에 스친 거라서?

"안젤라. 나 화낸다."

유리가 작게 으르렁거리자 하아, 한숨이 넘어왔다.

ㅡ허벅지 총상. 제대로 박혔어. 됐어? 이제 좀 속이 시원하니? 나쁜 것. 누군 눈 먼 총알에 맞아서 쪽팔려 죽겠는데.

"그 자리 고수해. 내가 지킬 거니까."

ㅡ됐네요. 혼자 충분해.

"내가 안 괜찮으니까, 말 들어."

유리의 냉정한 말에 다시 한숨이 들려왔다가 '위' 하고, 짧게 답이 건너왔다. 답을 들은 유리는 작전을 모조리 수정했다. 이제는 기습전이 아닌 지키는 작전으로 넘어가야 했다. 최대한 이쪽으로 시선을 끌어서 안젤라 쪽으로 총구가 못 다가가게 해야 했다. 허벅지가 뚫렸으니 기동성은 날아간 거나 마찬가지니 안젤라를 지키려면 유리 본인도 위험을 감수해야 하는 상황이었다. 하지만 지금은 어쩔 수 없었다.

안젤라의 신음을 들었는지 적이 적극적으로 나오기 시작했다.

푸슝!

퍼억!

하지만 안젤라는 허벅지를 다쳤어도 안젤라였다. 총상으로 인해 기동력을 잃었지만 사격 실력은 여전히 건재했다.

푸슝! 푸슝!

두 발의 총성이 더 울렸다.

픽! 픽!

하나는 사람에게 맞은 것 같은데, 하나는 그냥 나무에 맞은 것처럼 둔탁했다. 유리는 바로 몸을 낮춰 달려 나갔다.

투다다!

투다다다!

안젤라가 있던 곳으로 사격이 쏠렸지만 설마 그녀가 엄폐물도 없이 총을 쐈을 거란 예상은 하기 힘들었다. 유리가 달려 나오자 인기척에 깜짝 놀란 반군이 다급하게 총구를 그녀에게 돌렸지만 유리가 더 빨랐다.

타앙! 타앙! 탕타앙!

달리던 자세에서 권총 사격은 정말 명중률이 형편없지만 거리가 가까우면 크게 문제가 될 것도 없었다. 두 놈의 이마와 가슴을 뚫은 유리는 그대로 멈추지 않고 달렸다. 이번에 시선을 확 잡아당겨야 했다.

탕! 타앙!

숲 아무 곳이나 막 갈기면서 유리는 최대한 달려서 미리 봐둔 바위 뒤로 몸을 날렸다.

투다다!

퍽! 퍼버벅!

유리가 몸을 숨긴 바위가 총탄에 마구 깨져 나갔다.

탕! 타앙! 타앙!

세 발의 사격을 더 갈긴 뒤 탄창을 가는데, 귓가에 반가운 무전이 들려왔다.

—지원군 점프합니다.

"……"

이 날씨를 뚫고도 용케도 날아왔다.

유리는 탄창을 갈고는 안도의 한숨을 흘렸다.

대한민국 특전사의 실력은 알아주니, 조금만 버티면 이제 무사히 전장을 빠져나갈 수 있을 것이다.

'지영, 괜찮지?'

다치면 안 돼.

그리고 직접 구해주지 못해서 미안해.

나중에 만나면, 꼭 나 머리 쓰다듬어 줘야 돼?

유리는 이제, 지영과 언제 재회하게 될지 모르는 이별을 해야 할 때가 되었음을 깨닫고는 슬픈 눈으로 웃었다.

우르릉!

콰광!

뇌성과 벼락이 내리치면서 빗줄기는 점점 거칠어졌다. 하지만 치누크 수송 헬기는 그런 악천후를 뚫고 목적지로 향하고 있었다.

두드드드드!

프로펠러 도는 소리에 귀가 먹먹했지만 오히려 헬기 안은 지독한 침묵이 맴돌고 있었다. 현재 치누크 헬기 안에는 대한민국 707특수부대 세 개 팀이 타고 있었다. 한 조에 12명씩, 세 개조니 총 서른여섯 명이었다. 그들은 현지 날씨에 맞춰 물이 빠진 군복을 입었고, 총기와 대검, 로프에 낙하산까지 전부 꼼꼼히 점검한 채 대기하고 있었다. 이들을 이끄는 지휘관 김건명은 감았던 눈을 떴다.

"이삼 팀."

"네."

"네."

김건명의 말에 2팀, 3팀을 이끄는 지휘관이 각각 대답을 했다. 김건명은 둘을 바라보며 건조한 목소리로 말했다.

"점프와 동시에 반군을 모조리 사살한다."

"네."

"알겠습니다."

"또한 발루스 그 새끼의 목은 귀빈이 원하시니 얼굴 확인하고, 되도록 숨은 붙여놔라."

두 번째 말에 둘은 다시 고개를 끄덕이며 대답했다. 귀빈이란 코드명으로, 강지영을 뜻했다. 2팀 조장이 손을 들고 김건명에게 물었다.

"그럼 손님은 어떻게 합니까?"

"적당히 모른 척해. 우리가 점프하면 알아서 신호가 갈 거라 예상되니 아마 귀빈의 손님이라면 호흡을 맞춰주면 맞춰줬지, 오인 사격을 하진 않을 거다."

"알겠습니다."

귀빈의 손님은 당연히 지영의 동료를 말했다. 여기 있는 대원들도 이미 지영이 누구랑 움직이는지 정도는 파악을 했다. 지금도 방송되고 있는 목적지에서 처절하게 싸우고 있는 지영과 지영의 동료는 아주 유명한 사람들이었다.

강지영이야 말할 것도 없고, 골 때리게도 숲속을 헤집으며 반군을 사살하고 있는 여자 둘은 특급 히트 맨들이었다. 인터폴 적색 수배 대상이라는 보고를 받았을 때는 기가 막히기도 했다. 하지만 김건명에게 그건 아무래도 상관없었다.

그가 받은 명령은 딱 하나.

'귀빈과 수행인을 모시고 한국으로 돌아가는 것.'

그것 하나였다.

우르릉!

콰앙!

스텐바이! 스텐바이!

앞에서 조종사가 악을 쓰는 소리가 들렸다. 그러자 2팀과 3팀이 눈을 빛내곤 장비를 재빠르게 다시 점검하고, 낙하산을 착용한 뒤 일어났다.

"명심해라. 반군은 죽이고, 손님은 보호해라. 발루스는 살려두고."

"흐흐, 걱정 마십시오. 확실하게 조져놓겠습니다."

"맡겨두십시오."

날씨가 지랄 같았지만 이 정도 조건에서 점프를 해줘야 대한민국 특전사 아니겠는가. 그것도 그중에서 가장 강력하다는 707특임대대다. 아주 오랜만에 조국이 준 임무다. 그것도 그냥 그저 그런 임무가 아닌 피가 끓는 임무였다. 여기 있는 모든 대원들은 시리아로 날아오며 위성TV로 강지영이 싸우는 걸 전부 지켜봤다.

피가 들끓었다.

솔직히 강지영이란 인간이 평범한 영화배우라고 생각하는 사람은 사실 아무도 없었다. 이미 그가 알음알음 보여줬던 일화는 회사는 물론이고 대한민국의 난다 긴다 하는 특수부대에는 전부 퍼져 있었다. 그게 가능한 건 대부분의 회사 사원들이 특수팀 출신이었기 때문이었다. 그러니 지영이 범상치 않은 인간인 줄은 알고 있었는데, 이 정도일 줄은 몰랐었다. 저격 라이플과 돌격 라이플을 웬만한 특수 팀 대원보다 잘 다뤘다.

원 샷, 원 킬.

영화에서나 나오는 엄청난 명중률을 보여줬다. 게다가 미끼는 절대로 건드리지 않았고, 먹어도 상관없는 것들만 숨통을 땄다. 총기 사용, 수류탄, 그리고 어이없게도 부상 처지 또한 특수 팀 저리 가라 할 정도의 모습을 보였다. 근접전도 마찬가지였다. 역으로 쥔 대검을 기가 막히게 다뤘다.

반군의 칼을 모조리 파하고 목과 심장, 옆구리 등을 가르는 모습을 보면 인간의 급소를 정확히 알고 있었다. 과한 손속도 아니었다. 딱 죽을 정도만, 숨이 끊어질 정도만 갈라 버리는 모습은 소름이 끼칠 정도였다. 하지만 그래서 그만큼 처절했다. 후방에 지원해 주는 팀원이 한 명 있는 것 같긴 했지만 지영은 혼자서 100에 가까운 반군을 상대했다. 그러면서 부상도 꽤 입었는데도 눈빛이 새파랗게 살아 있었다.

'그때와 확실히 달라.'

김건명은 지영을 몇 차례 본 적이 있었다.

처음은 이태리에서 만났다.

그때 만난 지영은 칙칙하고, 음울했다.

다크 포스를 사정없이 뿌려대는 그를 정의하자면 한마디로 이렇게 말할 수 있었다. 회색. 칙칙한 잿빛을 흩날리는 것 같은 착각을 일으킬 정도로 그는 회색빛 아우라가 가득했었다. 두 번째는 좀 정상으로 돌아왔으나, 굉장히 시니컬했고, 날이 바짝 서 있었다. 그러나 지금은? 전혀 달랐다.

일격 필살의 살인 기계를 보는 것 같았다.

솔직히 숲에서 일대일로 붙어도 김건명은 지영을 잡을 수 있다는 확신을 할 수가 없었다. 전장을 이용하는 것 하며, 무기, 은신, 엄폐, 사격술, 격투술까지 이건 뭐 무슨 미래에서 온 인조인간이 아닌가 싶을 정도였다. 하지만 그런 그의 모습은 외로워 보였다. 순간순간 짓던 실소에는 마치 외로움을 담아 내보내는 게 아닌 가 싶었다. 착 가라앉은 눈빛을 보고 있자면 가슴이 울컥할 정도였다.

눈빛, 기세만으로도 심장을 저리게 만들었고, 그렇게 외로운 싸움을 홀로 지탱하고 있었다. 그래서 피가 끓었다. 거칠게 뛰는 심장이 통제가 안 될 정도로 흥분도가 올라왔다.

"레디! 레디!"

지잉…….

조종석에서 다시 한번 외침이 울렸고, 치누크의 문이 열렸다. 엄청난 바람과 빗방울이 마구 들어왔다. 스윽. 김건명이 손바닥을 펼쳐 들어 올리자 다시 안에서 고! 고! 무브! 무브! 외침이 들렸다.

짝. 짝. 짝.

점프! 점프!

김건명과 하이파이브를 한 특전사 대원들이 모두 몸을 날려 비바람 속으로 자취를 감췄다. 24명의 대원들이 점프를 하고 나서야 김건명은 일어나 장비를 점검하고, 낙하산을 맸다. 점프는 금방이었다.

"레디! 고우! 무브! 무브!"

이열로 선 대원들이 차례대로 점프를 했고, 김건명도 마지막 순번으로 몸을 날려 어둠 속으로 빨려 들어갔다.

＊   ＊   ＊

ㅡ점프!

귓속에서 울린 김지혜의 외침에 지영은 안도의 한숨을 흘렸다. 솔직히 말하면 비바람이 너무 불어 혹시 못 오는 건 아닌지 걱정했었다. 하지만 대한민국 특전사는 이 악천후를 뚫고 결국 도착해 점프를 했다. 본래는 지영이 적의 시선을 끌 예정이었지만 시간이 지나면서 훨씬 더 세상이 어두워져 그럴 필요까지는 없을 것 같았다. 그래도 꽤 높은 곳에서 뛰었을 테니 여전히 위험하긴 마찬가지였다. 강풍에 재수 없으면 산이 아닌 다른 곳으로 떨어질 수도 있었지만 지영은 특전사들의 실력을 믿었다.

ㅡ오나 봅니다. 하하.

"어깨 괜찮아요?"

—끄응, 깔끔하게 관통한 모양이라 오히려 괜찮습니다. 하하.

지영도, 정순철도 이어진 한 시간의 전투 간 결국 부상을 더 입고 말았다. 정순철은 어깨에 구멍이 뚫렸고, 지영도 옆구리와 어깨, 그나마 괜찮던 허벅지를 탄이 스치고 지나가는 부상을 입었다. 제법 깊게 스쳐서 피가 철철 흘렀지만 그래도 다행히 지금은 지혈제와 붕대 덕분에 출혈은 멎은 상태였다.

—그나저나 저희, 잡기도 참 많이 잡았습니다.

"그러게요. 반의 반도 안 남았을걸요, 이제?"

—크크, 정말 다시 생각해 봐도 미친 작전이었습니다.

"그런 미친 작전을 저보다 더 좋아하신 것 같던데요?"

하하하.

정순철의 무전을 들으면 지영은 흐릿해지는 의식을 잡기 위해 혀를 씹었다. 그동안의 교전으로 꽤 많은 부상을 입었다. 등, 옆구리, 어깨, 양 허벅지까지. 목숨을 위협하는 부상은 아직까진 없지만 문제는 피를 너무 쏟았다는 점이었다. 지영도 인간인지라 피를 많이 흘리고 나니 시야가 멀어졌다 가까워졌다, 의식이 흐릿흐릿해졌다. 물이나 이런 걸로는 당장 어찌할 수 없어 그냥 악으로 깡으로 버티는 중이었다. 이런 불행 중 다행이라면, 지영에게 덤벼들던 반군들은 이미 대가리를 처박고 덜덜 떠는 상황이었다. 이 악물고 달려들었던 동료 전부가 죽어 고혼이 되었고, 고작 둘에게 그렇게 당했다는 사실이 그들의 전의를 완전히 꺾어버렸다. 이렇게 해도, 저렇게 해도 죽지 않는 괴물.

아무리 지랄 염병을 떨어도 자신의 목을 먼저 치고 말 괴물이란 생각이 들기 시작하자 두려움이 올라왔고, 그 두려움은 반군들의 발목을 꽉 잡은 채 놓아주지 않았다. 그래서 지영이 이렇게 적당한 공간에 숨어 정순철과 만담을 할 수 있었다. 하지만 지영은 긴장의 끈을 놓은 상태는 아니었다.

오히려 더욱 날카롭게 주변을 살펴보는 중이었다. 이제 전투의 끝인데, 긴장의 끈을 놓았다가 저승길로 가고 싶은 마음은 조금도 없었다.

부스럭.

부스럭.

하필이면 지영이 총구를 겨누고 있는 곳으로 하얗게 질린 반군 하나가 걸어 나왔다. 허벅지를 지영에게 뚫렸는지 절뚝절뚝거리고 있었지만 지영은 봐주고 싶은 마음은 없었다. 놈의 얼굴을 보니 미끼 같았다. 최후의 발악. 얼굴은 많아봐야 스물 전후……

'수많은 학살을 자행했으니 저 나이에도 저기 끼어 있는 거겠지……'

그런 놈에게 베풀어줄 자비는 없었다.

푸슝! 푸슝!

픽! 퍼억!

이마와 목이 뚫린 반군이 컥컥거리다가 뒤로 썩은 짚단처럼 넘어갔다. 지영은 곧바로 몸을 돌려 다시 바위로 숨었다. 이제는 사격도 없었다. 모두 대가리만 처박고 알라를 찾고 있을 게 분명했다.

공포가 머리끝까지 잠식하고 있는 상황이면 이 이상 나가지 않는 게 오히려 좋았다. 괜히 지랄 발광 하는 눈 먼 총알에 머리가 뚫릴 수도 있는 상황이었다.

―특전사 착지 시작했습니다.

위를 바라봐야 어차피 보이지도 않을 것이다. 지영은 안도의 한숨을 내쉬었다. 이 정도까지 버텼고, 이제 전투의 끝을 마무리 지을 특전사들이 내려온다. 애초에 혼자서 전부 끝낼 생각은 없었다.

솔직히 불가능하다고 생각도 했다. 지원군은 예상하지 못했지만 마침 이쪽에서도 지원군이 도착해 전선을 그 상태로 유지할 수 있었다. 그게 지금까지 버틸 수 있던 이유였다. 지영도 많은 상처를 입었지만 놈들의 기는 아주 확실하게 꺾었다. 저기서 저 놈들은 살아남는다고 해도 알라보다 지영이 이제 더 무서운 존재로 각인했을 것이고, 기억을 떠올리는 것만으로도 덜덜 떨 것이다.

치익.

―특수 팀 김건명 대위입니다. 귀빈을 모시러 왔습니다.

착지했는지 몇 번 들어보았던 목소리가 들려왔다.

"귀빈입니다."

―내려갈 테니 현재 위치 설명 좀 부탁드립니다.

그의 말에 지영이 고개를 끄덕이곤 위치를 설명했다. 10분쯤 지났을 때였다. 뒤에서 인기척이 느껴지기 시작했고 지영은 뒤로 돌아 총구를 겨눴다. 특전사 팀일 게 분명하지만 그래도 혹시 모르기 때문이다.

부스럭, 부스럭.

전방에 위장 크림도 바르지 않은 김건명이 주변을 경계하며 다가왔다. 그는 지영을 발견하곤 수신호로 팀원들에게 경계 명령을 내렸다. 그리곤 그는 똑바로 바위에 등을 기대고 있는 지영에게 다가왔다. 경계를 나선 특수 팀들은 지영을 지나칠 때 전부 짧게 고개를 숙이고 지나갔다.

전투를 봤을 것이고, 외롭고 힘든 전투를 홀로 치러낸 지영에 대한 존중과 경의가 담긴 인사였다.

"괜찮으십니까?"

"네, 뭐… 죽을 것 같진 않네요."

"고생하셨습니다. 이제부터는 저희가 맡겠습니다."

"부탁할게요. 아, 그리고……."

"발루스라면 미리 말해두었습니다."

피식.

굳이 말 안 해도 되겠다.

지영은 그의 부축을 받아 일어나, 정상 쪽으로 향했다. 정상에서는 정순철이 특전사 팀원 한 명에게 치료를 받고 있었다.

"괜찮아요?"

"음… 오랜만에 뚫렸더니 뼈가 시리는 느낌입니다. 하하."

"농담하는 거 보니 살 만하신가 보네요."

지영은 근처에 적당히 앉았고, 정순철의 치료를 끝낸 팀원이 다시 지영에게 다가왔다. 온몸이 피로 범벅이 되어 있는 지영이었다. 특히 허벅지의 상처는 엄청 심했다. 붕대를 풀고 상처를 확인한 팀원이 대번에 인상을 찌푸렸다.

"음……."

김건명도 그런 지영의 상처를 보곤 낮은 침음을 흘렸다. 이런 다리로 그런 근접전을 펼쳤다는 사실에 그는 경이롭다는 표정으로 지영을 바라봤다. 자신은 할 수 있을까? 자신에게 물어봤지만 이내 그는 고개를 젓고 말았다.

치익.

―이 팀 준비 완료.

치익.

―삼 팀 준비 완료.

준비가 모두 끝났다.

김건명은 지영을 보던 시선을 돌려 산 아래를 노려봤다. 차갑게 굳은 눈빛엔 격렬한 적의가 들끓고 있었다.

"작전 시작."

치익.

치익.

그 말을 끝으로 전투의 끝을 장식할 소탕전이 시작됐다.

대한민국 특전사.

특히 이 중 707 특임대는 전 세계적으로도 알아주는 특수부대였다. 미국의 그린베레, 델타포스를 위시한 수많은 특수부대들, 영국의 SAS, 러시아의 스페츠나츠 등과 실력 자체만 놓고 겨룬다면 거의 대등하다는 평가를 받는 유명한 특수부대.

그런 특수부대 세 개 팀이 작정하고 섬멸전을 펼치니 반군으로서는 뭘 어떻게 할 재간이 없었다. 1점사로 끊어서 두세 방씩 갈기는데 거의 모든 것이 몸에 명중을 했다.

푸슝! 푸슈웅!

픽! 퍼억!

빗소리를 뚫고 간헐적으로 들려오는 그 소리에 지영은 이제 전투도 끝이겠구나란 생각이 들었다. 혼자 남은 요원 하나가 놓은 약 때문에 지영은 의식이 엄청 몽롱해진 상태였지만 정신을 놓지는 않았다.

아직 해야 할 일이 있고, 그걸 끝내기 전까진 의식을 놓을 수 없었다. 정순철은 약을 세게 놓았는지 이미 고개를 떨구고 있었다. 10분일지, 20분일지 모르는 시간이 속절없이 흘러갔다. 잠이 올 것 같아 지영은 혀를 으득 씹었다.

아찔한 통증이 올라오면서 정신이 일시적으로 개었다. 지영은 그렇게 정신을 차리곤 자리에서 일어났다. 정순철만 세게 놓은 게 아니라 자신에게도 약을 엄청 세게 놨구나란 사실을 지영은 일어나서 알았다.

불로 지지는 것 같던 통증이 느껴졌던 허벅지가 그냥 좀 걸리적거리는 느낌만 들 뿐, 크게 아프지 않았다. 산이 내려다보이는 곳에 털썩 주저앉은 지영은 포켓에서 담배를 꺼냈다. 하지만 담배는 이미 비와 피에 젖어 엉망이었다.

"담배 찾으십니까?"

그때 지영과 정순철에게 약을 놓은 특전사 요원이 그렇게 말하며 다가왔다. 목소리를 들어보니 지영보다 나이는 많겠지만 그래도 서른은 넘지 않을 것 같았다. 녹색, 갈색 등을 섞어 위장한 얼굴은 시골에서 마주쳤으면 간첩 신고를 하고도 남을 비주얼이었다.

"네, 한 대 태우고 싶네요."

"여기 있습니다."

그가 물려준 담배에 그가 내민 라이터로 불을 붙인 지영은 고개를 다시 산 아래로 가져갔다.

푸슝! 푸슝!

거의 4, 5분에 한 번꼴로 저렇게 총성이 울렸다. 널찍하게 라인을 잡고 아래로 몰아가는 게 분명했다. 그러는 동안 빗방울은 점점 거세졌다.

우르릉!

콰앙!

저 먼 시꺼먼 하늘에 갑자기 벼락이 치더니 세상이 일시에 밝아졌다가 다시 껌껌해졌다.

쏴아아아…….

그러거나 말거나 비는 여전히 엄청난 기세로 쏟아졌다. 마치 비뚤어진 세상을 물로 잠기게 만들 기세였다.

푸슝! 푸슝!

그리고 그 소리를 뚫고 다시 총성이 울렸다.

'발루스, 곧 보겠어…….'

의식이 몽롱해도 지영은 저 소리를 엄청 많이 들었다는 걸 알고 있었다. 그리고 남은 머릿수를 생각하면 산 위쪽에 있던 놈들은 거의 정리가 끝났을 거라 생각했다. 지원군으로 온 놈들은 아마 더 빨리 정리가 끝났을 것이다. 안젤라와 유리가 저격했고, 특전사 두 개 팀이 투입됐기 때문이었다.

지영이 담배를 세 개째 태우기 시작했을 때쯤이었다.

"반군 소탕 완료했답니다."

"……."

"그리고 발루스는 생포, 어떻게 하냐고 중대장님이 물어봤습니다."

"내려가죠."

어차피 여기서 벗어나려면 산을 내려가야 했다. 올 때는 편하게 수송 헬기를 타고 왔지만 지금은 비가 하도 쏟아져서 착지가 마땅치 않았기 때문이었다. 지영의 말을 특전사 요원이 전달했다.

그리곤 따로 지시를 받았는지 다시 지영을 바라봤다.

"잠시 기다리시랍니다. 대원들 올려 보내겠다고."

"괜찮아요. 정 팀장님만 챙겨서 내려와 주세요. 저는 이대로 갈 수 있어요."

"음… 알겠습니다. 그렇게 전달하겠습니다."

말을 마친 지영은 천천히 자리에서 일어나 산을 내려가기 시작했다. 절룩이며 내려가는데 응? 벌써 끝났어? 하며 깨는 정순철의 목소리가 들려왔다. 비의 축축함과, 죽음의 기운이 가득 서린 산속을 걸으며 지영은 이 빌어먹을 짓을 제발 그만하고 싶다는 생각이 들었다.

살인?

'지긋지긋하다, 진짜.'

지영이라고 죽이고 싶어서 죽였겠나, 안 죽이면 허무하게 이번 생이 끝나니 그랬지. 하지만 언제 하든 남을 죽이는 행위는 뭐라 설명할 수 없는 찝찝함을 지영에게 선사했다. 한참을 걸어 숲으로 들어섰다. 어둠이 가득 메우고 있는 숲이지만 곳곳에 죽어 나자빠진 반군들의 모습이 보였다. 하나둘 정도가 아니었다. 혀를 길게 내빼고 죽은 반군, 머리가 형체도 없이 날아간 반군, 목덜미가 반쯤 갈려 버린 반군, 심장에 큼직한 칼을 박고 있는 반군까지, 참 형태도 다양했다.

"……."

지영은 그 길을 말없이 걸었다.

후두둑 떨어지는 빗방울이 뒤집어쓰고 있던 우의를 때리며 마치 죽은 반군의 원한이 들러붙는 것 같은 더러운 기분을 선사했다. 그럼에도 지영은 말없이 걸었다. 숲을 지나 지영이 두 번째 방어선으로 삼았던 곳에 도착했다. 저 멀리 특전사들이 사주 경계를 서고 있는 모습이 보였다. 지영이 모습을 드러내자 대원 하나가 빠르게 다가왔다. 절룩이는 지영을 부축할 생각 같았다. 하지만 지영은 고개를 저어 만류했다. 끝까지 혼자 가고 싶은 이상한 고집이 생긴 탓이었다.

"……."

지영의 고갯짓에 그는 동료에게 경계를 맡기고, 앞장서서 길을 열기 시작했다. 절벽 같은 곳에선 손을 내밀어 잡아줬다. 그렇게 다시 한참을 내려오자 김건명과 다른 특전사들이 보였다. 동그랗게 원을 그리고 있었는데 그 중간에는 모하메드 발루스가 포박 당한 채 무릎을 꿇고 있었다.

지영은 절룩이며 발루스에게 그대로 다가가며 어깨에 걸려 있던 대검을 뽑아 들었다.

스르릉.

서늘한 소리를 내며 뽑혀 나온 대검의 소리에 발루스가 고개를 들고 지영을 바라봤다.

"크흐흐……"

지영은 발루스가 웃자 마주 미소를 지어줬다. 하지만 그 미소에는 시퍼런 살기가 가득 담겨 있었다. 발루스의 앞에 도착한 지영은 놈의 머리채를 잡아당겼다. 그리곤 뽑아 든 대검을 귀에 가져다 댔다.

"사지를 절단하고 싶은데… 일단 그건 좀 보고."

서걱, 서걱!

"끄으……!"

발루스는 지영이 귀를 썰기 시작하자 억눌린 신음을 흘렸다. 하지만 지영은 멈추지 않고 그대로 귀를 잘라 버렸다. 끄으으! 놈이 악을 썼지만 지영은 오히려 더욱 싸늘하게 웃었다.

"이건 안혜성 몫이야."

건물 잔해가 귀 옆을 때려 안혜성의 귀는 짓뭉개져 있었다. 그녀의 귀를 수습할 어떻게 수습할 수 없었던 지영은 그냥 곱게 펴줄 수밖에 없었다. 그런 안혜성의 모습은 지영의 가슴에 담겨 있었다.

빡!

발루스를 걷어찬 지영은 이번엔 대검을 놈의 무릎이 접히는 쪽에 가져다 댔다.

"이건 이혜성의 몫."

서걱! 서걱! 서걱!

고기를 썰 듯이 무자비하게 썰자 발루스는 다시 죽는다며 비명을 질렀다. 지영은 그럼에도 멈춤이 없었다. 길게 썬 뒤, 발목과 종아리를 잡아 그대로 비틀어 버렸다.

우드득!

뚜득!

"끄으으윽!"

뼈와 연골이 박살 나는 섬뜩한 소리가 빗소리에 잠시 대항하다가, 흩어졌다. 그런 지영의 모습을 특전사들은 질린 표정으로 바라봤다. 이렇게까지 하는 건 정말 웬만한 독심으로는 어림도 없는 일이었다. 그들은 이런 머뭇거림을 없애는 훈련을 받았다. 하지만 실전을 거쳐야만 익숙해지는 게, 이렇게 사람을 철저하게 죽이는 일이었다. 지영은 그런 시선을 특전사들이 보거나 말거나, 하던 일을 계속했다.

칼을 버리고 일어난 지영은 놈의 머리채를 다시 잡아 일으켰다.

"흐흐, 흐흐흐……."

잔인하게 웃는 걸 보니 제정신은 아닌 것 같았다. 이런 놈이랑 대화를 해서 뭘 할까. 어차피 죽일 놈인데.

우드득!

뚝!

지영은 놈의 목을 돌린 다음, 다시 위로 치켜 올려 경추를 죄다 박살 내버렸다.

"이건 이민정 감독의 몫."

"크르르……."

거품 빠지는 소리를 내더니 동공에서 서서히 빛이 빠져나가기 시작했다. 건물 잔해에 머리를 직격당해 목이 아예 부서진 이민정 감독의 몫까지 갚고 나자 이미 발루스는 죽음 일보 직전까지 몰렸다. 이대로 둬도 놈은 분명 죽을 것이다. 그런데도 눈빛이 독기를 품고 있었다.

"그래, 시시껄렁한 놈이 아니어서 좋네."

지영은 그렇게 말한 후 씩 웃었다.

그런 뒤 몸을 돌려 손을 뻗었다. 그러자 김건명이 바로 권총을 뽑아 지영에게 건넸다.

철컥, 철커덕.

"발루스. 넌 지옥으로 떨어져도 어차피 정화가 부족한 개새끼니까, 니가 믿는 알라신의 곁으로 가서 발바닥이나 핥으면서 살아."

지독한 신성모독과 함께 지영은 방아쇠를 당겼다.

타앙! 탕! 탕!

"혹시 알라신이 널 불쌍히 여겨 되살아나거든, 꼭 다시 날 찾아와라. 그땐 내가 사지를 찢어줄 테니까."

타앙!

가슴에 두 방, 그리고 미간에 두 방을 먹인 지영은 복수를 끝냈다. 혀를 길게 빼고 죽은 놈의 모습을 보자 역시나 짙은 허무함이 지영을 찾아와 안기기 시작했다. 복수. 안 할 수는 없었다.

하지만 아예 이런 일이 없는 게 더 낫다.

'그럼 그 사람들은 살아 있었을 테니까……'

씁쓸한 웃음을 지은 지영은 몸을 돌려 다시 권총을 김건명에게 건넸다.

"고마워요."

"…아닙니다."

그는 그저 그렇게 대답하고는 몸을 돌렸다. 지영은 적당한 바위 위에 걸터앉았다. 그런데 신기하게도 지영이 바위에 앉자 비가 조금씩 그치기 시작했다. 그리곤 몇 분이 지나기도 전에 마치 누가 하늘 위에 비구름을 강제로 흩어놓은 것처럼 날이 개기 시작했다. 세상을 가득 메우고 있던 어둠이 불러가고, 찬란한 빛줄기가 구름을 뚫고 내려왔다.

피식.

그 빛을 보면서 지영은 피식 웃을 수밖에 없었다.

"사람 놀리는 것도 아니고……."

지영은 품을 뒤져 산 정상에서 받은 담뱃갑을 꺼냈다. 그리곤 하나 물고, 불을 붙였다.

치익.

"후우……."

올라가는 연기를 보며 지영은 기분이 점점 더러워지기 시작했다. 그걸 눈치챘는지, 적당한 중재자가 무전을 날려왔다.

―수고했어.

"그래, 니 덕분이다."

―복수를 끝낸 기분이 어때?

"어떻긴, 더럽지."

복수는 이게 문제였다.

복수를 끝냈다는 충족감보다, 이런 허무함이 가득한 찝찝함이 느껴져서 사람을 아주 기분 더럽게 만든다.

―역시, 너도 나도 이런 감정을 느끼는 걸 보면, 인간이긴 한 가 봐.

"그럼 괴물일까? 후우……."

―후후, 이제 우리 일이나 좀 처리하자. 시리아 공군기지에 특별기가 도착했어. 그거 타고 바로 한국으로 오게 될 거야.

"마지막까지 고맙다."

―고맙기는. 나 좋자고 하는 일인데. 그럼 와서 봐.

"응. 아, 맞다. 다른 사람들은?"

―걱정 마. 무사히 빠져나갔어.

"다행이네."

―잠잠해지면 찾아간다고, 기다리라는데?

"큭… 얼마든지."

고마운 사람들이었다.

안젤라와 유리가 합류하지 않았으면 어떤 일이 벌어졌을지 아무도 몰랐다. 심지어 어쩌면 지영이 당하는 그림이 나왔을 수도 있었다. 50의 추가는 그리 단순한 수학적 계산이 아니기 때문이었다.

언젠가는 다시 만나게 될 테니 지영은 아쉬워하지 않았다. 임수민과의 무전도 끊고, 한참 뒤에 정순철이 부축을 받으며 산을 내려왔다. 제법 피를 흘렸는지 그의 안색은 매우 좋지 않아 보였다.

"괜찮아요?"

"네, 이 정도야 거뜬합니다. 야, 건명아! 담배 하나 줘봐라!"

특전사 지휘관에게 그렇게 소리치는 걸 보니 아마 군대에 있을 때 인연이 있었던 것 같았다. 지휘관이지만 장난스러움이 가득했고, 게다가 정순철을 다른 특전사들도 알고 있는지 그리 기분 나쁜 얼굴은 아니었다.

치익.

"후우……."

김건명이 담배를 물려주고 불을 붙여주자 정순철은 주먹을 내밀었다.

툭.

"이제 속이 좀 시원합니까?"

"뭐, 인마."

"실전을 못 뛰어서 답답해 뛰쳐나간 거 아닙니까?"

"하하, 뭐 그랬지."

"그러니 이제 좀 속이 시원합니까?"

"나쁘진 않다."

"…그럼 됐습니다."

그는 작게 웃고는 다시 자리로 돌아갔다. 그가 돌아가자 정순철은 하하하, 제 맞후임이었습니다. 하며 웃었다. 그에 지영도 피식 웃었다. 구름이 쪼개지고 대지로 떨어진 빛줄기가 점점 지영을 향해 왔다.

지영은 그 빛을 피하지 않았다.

마치 모든 것이 끝났기에, 그를 축복하는 빛처럼 느껴지기도 했다. 아니면 이 힘든 모든 걸 이겨낸 지영에게 보내는 선물 같기도 했다. 하지만 지영은 밑에 그리 큰 의미를 담지 않았다. 그저, 어쩌다가 왔을 뿐이라 생각했다.

담배를 두 개째 피고 있는데 저 멀리서 빛을 등지고 시꺼먼 동체를 가진 헬기 두 대가 나타나더니, 힘찬 프로펠러 소리를 내면서 다가오기 시작했다. 지영은 그 헬기를 확인하곤 바위에서 일어났다.

지옥에서의 작전은 끝났다.

이제, 돌아갈 시간이었다.

전 세계는 냉탕과 온탕을 오가는 것처럼 끓었다가 식었다가를 반복했다. 지하 토굴에 갇혀 있던 인질들을 구했을 때만 해도 우와! 하고 소리를 질렀다. 하지만 그 열광은 오래가지 못했다. 모든 정규 방송을 대체하며 나오기 시작한 지영의 전투 장면은 충격, 그 자체였다. 80, 90년대도 아닌 지금 이 시대에 사람이 사람을 죽이는 장면을 본다는 건 굉장히 힘든 일이었다. 그리고 그 장면이 자신들이 나와서 희생해 달라고 부탁했던, 스스로 미끼가 되어 구출 작전을 수월하게 만들어준 강지영이란 인간이란 점이 그들을 더욱 힘들게 만들었다. 그러나 그들은 눈도 돌릴 수 없었다.

어디를 틀어도 지영이 싸우는 영상만 나왔다. 그것을 보지 않으려면 아예 TV를 꺼버리는 것밖에는 방법이 없었다. 하지만 무의식이, 처절하게 싸우는 지영의 모습을 두 눈에 담게 만들었다. 지영의 싸움은 앞서 얘기했던 것처럼 처절했다. 피가 튀고, 살이 갈라지는 건 예사였다. 벌어진 허벅지 살 사이로 붕대를 접어 넣는 장면은 말할 것도 없었고, 상대의 몸을 대검을 푹푹 찌르는 장면은 구토감까지 일으켰다.

인질들을 구출했다는 기쁜 소식은, 그 구출 작전에 일조한 지영이 홀로 처절한 싸움을 벌이는 것에서 모조리 식어버렸다.

내가, 내가 무슨 개소리를 한 거야!

그들이 원했던 대로 지영이 나와 희생하기 시작했지만 누구도 그에게 잘했다고 박수치지 못했다. 목숨을 담보로 싸우는 건 숭고한 의지에서 비롯됐는지, 아니면 그의 개인적인 이유로 시작됐는지는 아직은 알 수 없었다.

하지만 팩트는 이거였다.

너, 나, 우리는 모하메드 발루스가 지목한 붉은 눈의 사신이 나와 희생해 주기를 바랐다.

바로 이 부분이었다.

회사에서, 학교에서, 지하철에서, 거리에서, 카페에서, 인터넷에 접속 가능 한, TV를 볼 수 있는 모든 곳은 고요, 정적만 감돌았다. 우는 사람들도 있었고, 광분하는 사람도 간혹 있었지만 전투가 시작될 때면 항상 모두가 숨을 죽이고 영상을 봤다.

제발, 제발 살아 돌아오세요.

한 어린 여성 스트리머가 영상을 보며 울며 한 말에 모두가 공감했다. 그리고 그녀처럼 속으로 제발 지영이 살아 돌아오길 기도했다. 전투는 계속됐다. 비가 왔지만, 숲이 어둠이었지만 누가 지영이고, 누가 반군인지는 확실히 파악이 가능했다. 피는 계속 튀었고, 그럴 때마다 지영의 모습은 흡사 악귀처럼 변해갔다.

피와 비.

같은 액체지만 서로 다른 색을 흠뻑 뒤집어쓴 지영도 슬슬 지쳐가는 게 보였다. Warning! 문자가 큼지막하게 적혀 있는 케이스에서 요상한 색의 알약을 먹고, 몸을 떠는 지영의 모습도 고스란히 나갔다.

일반인들은 모르지만 군사직에 종사 중이거나, 의료계에 종사하고 있는 이들은 그 케이스에 담긴 알약이 뭔지 단숨에 알아봤다. 환각 성분을 제거한 현대판 마약. 모르핀보다 몇 배는 더 강력한 각성제이면서, 진통제로 쓰이는 캡슐이었다. 그런 걸 먹어가면서까지 이 악물고 생존을 위해 싸우는 지영의 모습은 아이러니하게도 어둠이 가득한 공간이어서 그런지, 빛나 보였다.

그렇게 빛나는 지영이 오히려, 숭고한 정신이 깃든, 신의 사자 같았다.

아가리로만 알라를 찾는 반군이 아니라, 신을 믿지 않는 지영이 오히려 더욱 신의 사자(使者)이자, 신의 전사(戰士)로 보였다. 전투는 지속됐다. 사위는 더욱 어두워졌고, 드론에 부착된 카메라로도 지영의 모습이 확인이 안 될 때쯤, 갑자기 시꺼먼 하늘에서 날아오는 치누크 헬기 한 대를 담기 시작했다. 그리고 그 아래 하단으로 대한민국 707특임대가 현장에 도착, 구출 작전을 시작한다는 자막이 나가기 시작했다.

대한민국 707특임대.

웬만한 밀덕이라면 모를 리가 없는 아주 유명한 특수부대였고, 그 특임대 세 개 팀이 구출 작전에 섬멸전을 동시에 진행한다는 소식은 드디어 지영의 전투가 끝을 고하게 됐음을 알리는 것이나 다름없었다. 그리고 그렇게 예상했던 것처럼 전투는 곧 종료가 됐다. 산 정상으로 올라와 담배를 피는 지영. 슬픈 눈으로 하늘을 올려다보는 지영. 그리고 아래로 내려가 생포한 발루스의 온몸을 작살내고는, 무시무시한 기세로 발루스의 숨을 끊어버리는 지영까지, 거기까지 나온 뒤 영상은 종료됐다. 전쟁영화 같은 엔딩에 그제야 사람들의 숨통도 트였다.

아… 살았구나.

그는 살아남았구나.

사람들은 안도의 한숨을 내쉬었다. 지쳤는지 기절하듯 잠드는 사람들도 늘어났다. 하지만 많은 사람들이 잠든 사이, 인터넷을 떠도는 하나의 단어가 있었다.

Glory Day.

영광스러운 날.

혹은.

영광의 날.

이 단어가 떠오르기 시작한 건 당연히 좋은 의미가 아니었다. 인간이라는 동물의 무한 이기적인 성향과, 집단의 광기, 무지. 그리고 인간성의 바닥을 확인할 수 있었다 전무후무한 날이 될 것이란 뜻에서 나온 비꼼 가득한 단어였다.

*　　　　　*　　　　　*

영광의 날이라…….

피식.

실소를 흘린 지영은 패드를 내려놨다.

"영광의 날이라, 제법 그럴싸하지 않습니까? 하하."

"그러게요."

정순철의 말에 지영은 몸을 다시 뉘이며 대답했다. 그런 지영의 옆에는 정순철이 앉아 있었다. 어깨에 붕대를 돌돌 감은 그는 혈색도 제법 좋아진 상태였다. 깔끔하게 관통상 하나가 부상의 전부였기 때문이었다. 하지만 지영은 아니었다. 여기저기 긁히고 찢긴 상처가 수두룩했고, 지영이 볼 수는 없었지만 어깨쪽 상처가 굉장히 컸다. 허벅지처럼 제대로 찍혀 살이 쩍 벌어져 있었고, 계속해서 전투를 치르면서 근육이 엄청 찢어져 버린 상태였다. 그래서 한국에 도착과 동시에 긴급 수술에 들어갔고, 거의 7시간이 넘는 대수술을 끝내고 나서야 병실에서 휴식을 취할 수 있었다.

지영의 복귀는, 한국은 물론 전 세계적으로 이미 알려진 상태였다. 특별기가 성남에 착륙하는 걸 이미 외신을 포함한 국내 모든 언론에서 집중적으로 다뤘다. 그렇게 한국에 도착한 지영은 엄청난 대병력의 호위를 받으며 경찰병원으로 이동했고, 지금도 대테러 팀이 병원을 아예 포위하듯 둘러싼 가운데 휴식을 취하고 있었다. 언론은 들끓고 있었다. 지영이 보여준 장면이 워낙에 쇼킹해서 그를 욕하는 사람도 있었다. 그들 대부분은 인권을 따지는 이들이었는데, 지영이 아무리 그래도 살인은 하면 안 된다고 하며 말도 안 되는 소리를 하며 성토를 하는 이들이었다.

근데 실제로 '살인'은 어느 상황에서도 용납되지 않는 행위였고, 일부 안전한 국가에 사는 사람들은 그런 지영을 이해 못 하는 사람들이 꽤나 많았다. 물론, 그 반대가 훨씬 많았다. 대한민국의 분위기는 거의 대다수가 지영을 옹호하는 쪽이었다.

"이거 참, 분위기가 요상합니다. 하하."

일어나서 창밖의 상황을 살피는 정순철의 말에 지영은 한숨을 내쉬었다. 지영을 취재하기 위해 모여든 기자들이 밖에 엄청나게 많았다. 노란 머리, 검은 머리, 하얀 머리… 인종도 엄청 다양했다. 지영의 상태는 극비였기 때문에 그거라도 알아내려는 기자들로 수두룩했다. 하지만 지영 본인도, 그리고 정부도 지영에 대한 정보는 극비로 다루기로 했다.

"그보다 가족분들은 안 만나보셔도 됩니까?"

"이런 상황에 여기 오면, 못 돌아갈걸요?"

"아… 하긴 그렇습니다. 어휴. 진짜 벌 떼처럼 몰려왔네요. 쩝."

"그러니까요. 그런데 여기 계속 있어도 돼요? 간호사들이 뭐라고 할 것 같은데?"

지영의 병실은 1인실이었다.

그리고 정순철도 옆방 1인실을 잡고 따로 쓰고 있었다. 그런데도 정순철은 이렇게 틈만 나면 지영의 방을 찾아왔다. 물론 심심해서 놀러온 거였다.

"안 그래도 매일 욕먹고 있습니다. 어딜 그리 빨빨거리고 싸돌아다니냐고. 쩝. 한국에 들어와서 흥분한 모양입니다. 하핫!"

"좀 쉬세요. 괜히 어깨 탈나서 더 오래 치료받지 마시고요."

"네, 그래야겠습니다. 어이쿠, 슬슬 저녁 먹을 시간이네요. 아는 동기 놈한테 보쌈이랑 족발 좀 넣어달라고 했는데 좀 가져다 드릴까요?"

"주시면 잘 먹을게요."

안 그래도 한국 음식이 당기긴 했었다. 자극적이고, 익숙한 그 음식 말이다. 정순철이 옆방으로 가고 지영은 침대에서 일어났다. 이놈에 병원은 올 때마다 느끼는 거지만 정말 심심하고 무료한 곳이었다.

정순철이 갔던 곳으로 간 지영은 커튼을 슬쩍 열어봤다. 그러자 살인자 강지영을 처벌하라! 인권을 모독한 강지영을 처벌하라! 라는 별 같잖은 문구가 적힌 피켓을 들고 시위를 하고 있는 인권운동가들이 보였다.

피식.

"병신들……."

지들이 당당하지 못하다는 걸 아는 걸까? 얼굴을 꽁꽁 싸매고 피켓을 들고 지랄을 하는 사람들이 보이자 피가 다시금 끓는 기분이 들었다. 지영은 궁금했다. 과연 지 가족이 아무런 죄도 없는데 처참하게 사지가 잘려 죽어도 과연 살인범의 인권을 저리 극진하게 챙겨줄지.

글로리 데이.

인간의 인간성의 바닥을 확인한 날.

그렇게 비꼬는데도 저들은 아직도 깨닫지 못하고 있었다.

근데 어딜 가나 꼭 저렇게 인간성의 바닥을 보이는 인간들이 있었다. 물론 지영은 저 정도에 흔들릴 정도로 멘탈이 약하진 않았다. 애초에 돌아와서 받을 손가락질을 걱정했다면 거길 가지도 않았을 것이다. 다시 커튼을 친 지영은 절룩이는 걸음으로 소파로 와서 앉았다.

띠링.

TV를 켜자 역시 지영에 대한 얘기가 나오고 있었다. 지영의 행보는 거의 모든 것이 베일에 가려져 있었다. 시작은 그의 죽음부터였다. 전 세계가 추모했던 배우의 장례식을 프로그램은 처음으로 다뤘다.

조작된 죽음.

아니, 자살부터 다루기 시작해서 그가 사라진 시간, 시리아에서 벌어진 일련의 사건들까지. 도대체 어떻게 한낮 배우가 자살을 위장하고 시리아로 몰래 건너가 피의 복수를 벌였는지, 도대체 누가 도왔는지에 대한 의문을 집중적으로 다뤘지만 다들 이랬을 것이다. 저랬다 카더라. 등의 말밖에는 할 수가 없었다. 왜냐하면 지영에 대한 정보를 그 어느 곳도 풀지 않았기 때문이었다.

자칭 전문가들은 말했다.

지영의 자살을 그때 그 삼엄한 감시 속에서도 위장할 수 있었던 건 분명 국가기관의 묵인이 있었을 것이라고. 그건 정답이었다. 지영의 계획을 들은 정순철은 자신과, 옆에서 떼를 쓰는 성수정의 합류를 조건으로 그가 가진 권한 내에서 넘버1까지 직보로 올려 세계적인 사기극을 만들어냈다. 특수 분장 팀을 섭외해 지영의 시체를 전신사진을 바탕으로 만들었고, 몇날 며칠 밤을 새며 시나리오를 만들었다. 정부, 기관, 병원, 그리고 강지영. 이렇게 넷의 동의가 없었으면 절대로 일어날 수 없는 일이 일어난 것이라며 이 부분은 정부가 반드시 확인을 해줘야 한다고 성토했다.

"날카롭긴 하네."

지영도 이 부분은 인정했다.

패널로 나온 전문가는 또한 지영의 시리아에서 움직인 행보는 강대국의 레이더망에 충분히 잡혔을 것이라 예상했다. 특히 세계적인 정보력을 가진 미국이나 러시아, 중국은 지영의 작전을 알고도 남았을 것이라 말했다.

지영은 이 부분은 음… 하고 침음을 흘렸다.

솔직히 알고 있었는지 아닌지는 지영도 파악하지 못했다. 임수민이 별다른 말을 안 했기 때문에 아직 걸리지 않았을 거라 생각할 뿐이었다. 뒤로도 이런 저런, 마치 서프라이즈 프로그램처럼 지영에 대한 의문을 다뤘다. 하지만 어느 것 하나 속 시원하게 해결해 주는 부분은 없었다. 그렇게 자신에 대한 이야기를 한참을 보는데 똑똑, 노크 소리가 들리더니 문이 열렸다. 열린 문으로 정순철과 간호사 한 명이 양손 가득 음식을 들고 들어왔다.

Chapter110
그놈 목소리

지영은 테이블에 하나씩 펼쳐지기 시작한 요리를 보며 헛웃음을 흘렸다.

"아니, 뭔⋯ 식당 털어 왔어요?"

"하하, 오늘 친구 놈이 여러 가지 많이 보냈네요. 하하."

"그 친구분⋯ 식당하세요?"

"어? 어떻게 아셨습니까?"

"⋯하하. 이거 보면 알 만하죠⋯⋯."

하나씩 나열해 보면 정말 음식이 엄청났다.

아까 얘기했던 족발과 보쌈, 제육볶음, 살이 두툼하게 붙어 있는 쪽갈비에 갈비찜, 김밥, 육회, 육개장에 맑은 무국, 김치찌개에 콩나물국 등등, 엄청났다. 쌈 재료도 다양하게 왔고 마늘과 고추, 그리고 찍어 먹을 장까지 합치니 테이블 하나로는 어림도 없었다.

"이걸 다 먹어요?"

"남겨도 되지 않겠습니까? 어후, 소주를 못 마시는 게 한이네요."

"담당의가 알면 기겁할걸요. 안 그래도 담배 피나 안 피나 시간마다 들어와서 확인하는데."

"그러게 말입니다. 옛날과 다르게 참 빡빡해졌습니다. 자, 먹을까요?"

"네, 친구분께 맛있게 먹겠다고 전해주세요."

"하하, 네."

지영은 젓가락을 들고 뭘 먹을까 고민하다가 가장 맛깔난 자태를 보이고 있는 제육볶음을 집어서 입에 넣었다. 그리곤 몇 번 씹다가 피식, 실소를 흘렸다. 익숙한 맛이었다.

"팀장님. 이거 어떻게 들었어요?"

"네? 그게 무슨 말이십니까?"

"제가 우리 엄마 음식을 먹고 몇 년을 컸는데 맛 하나 기억 못 할까요?"

"하하… 맞습니다. 다 준비해 주셨고, 여기 조리실에서 따로 만들어서 올라왔습니다. 만나는 건 아직 안 되니 최소한 식사라도 챙겨주고 싶다고 하시더라고요."

"어머니답네요."

쩝.

지영은 아직 한국에 와서 가족을 만나지도 못했다. 그리고 동화도 못 했다. 전화를 한 번 걸 만도 한데, 아직까지도 정리가 된 것도 없고 해서 계속 미루고 있는 상태였다. 하지만 실제로는… 달랐다.

'면목이 없어서……'

전화?

솔직히 하려면 언제고 할 수 있었다.

지영이 한국에 와서, 이 병원에 도착해서 일거수일투족을 감시당하고 있는 건 맞지만 그렇다고 아예 구속당한 것처럼 대접을 받는 것도 아니었다. 휴대폰도 솔직히 지금 침대 옆 테이블 위에 올려둔 상태였다. 물론 예전에 쓰던 폰이 아니라 저장되어 있는 번호는 없지만 중요한 사람들의 번호는 전부 기억하고 있는 지영이었다.

지영은 말없이 식사를 계속했다. 요리가 이렇게 중구난방인 건 아마 뭘 해야 할지 몰라 유선정의 도움을 받아 이것저것 전부, 허겁지겁 만들었기 때문일 거라 지영은 생각했다. 음식은 맛있었다.

구이와 족발은 유선정의 특제 소스 맛이 났고, 보쌈과 갈비찜은 임미정의 손맛이었다. 육회도 지영이 즐겨 먹던 간장소스만 딱 만들어서 보내줬다. 아무것도 바르지 않은 생 육회에 새콤달콤매콤한 간장 소스는 지영이 가장 좋아하는 메뉴 중 하나였다. 김밥도 마찬가지였다.

"하… 맛있네요."

"어, 우시는 겁니까?"

"팀장님이 그 말만 안 했으면요."

"아, 이런…아깝네요. 하하. 그런데 어머님 손맛이 기가 막힙니다. 이런 음식 정말 처음 먹어봅니다. 와⋯⋯."

몇 가지는 유선정의 솜씨지만 지영은 굳이 그걸 밝히지는 않기로 했다. 지영은 정말 오랜만에 음식이 턱까지 걸린 것 같단 느낌을 받을 때까지 밥을 먹었다. 항상 움직일 여유를 두기 위해 적당히 먹다가, 오늘은 정말 과식을 했다. 솔직히 말해 조금도 빼놓지 않고 싹 먹고 싶었지만 그러기엔 음식이 너무 많았다.

소화제를 부탁하며 식사를 끝낸 지영은 잠시 말없이 음식을 뒤적거렸다. 더 이상 들어갈 공간이 없으니 의미가 없는 행동이었지만 지영은 이상하게도 이 행동 자체에서 따뜻함을 느꼈다.

아주 사소한 것.

하지만 아주 거대한 것.

극단적인 감정이 느낄 수 있게 해주는 게 바로 어머니의 음식이었다. 그런 지영의 상태를 알아본 건지 정순철이 조용히 음식을 치우고 방을 나갔다. 그가 나가자 커튼을 살짝만 연 지영은 창문을 열었다. 몰래 들여온 담배를 꺼내 입에 문 지영은 걸리면 담당의가 난리를 칠 게 뻔했지만 그냥 불을 붙였다.

휘이잉.

시리아의 공기와는 전혀 다른 공기였다.

텁텁, 퀴퀴한 공기가 아닌, 어딘지 답답한 서울의 공기는 지영에게 안정감을 선사했다. 그리고 그것보다 훨씬 큰 그리움도 선사했다.

"전화를 드릴까⋯⋯."

좀 정리가 되면⋯ 아니, 면목이 좀 서면, 마음의 준비가 끝나면 연락을 드리려고 했었다. 지영과 임수민이 계획한 마지막 전투 영상송출에 두 분이 너무 큰 상처를 받았을 것 같아서, 그게 무서웠다.

솔직히 말해 지영이 한 행동은 쉽게 이해하기 불가능한 행동이었다. 아무리 자식이라도 사람을 죽이는 모습을 그렇게 적나라하게 보여줬으니 두려움을 느끼기엔 충분했다.

'그게 무서운 거니까……'

돌아갈 곳이 사라졌다는 걸 알게 될까 봐.

아무것도 무섭지 않은 지영도, 그건 무서웠다.

하지만 지영은 왜 이 음식이 배달됐는지 알 것 같았다. 이건 지영에게 보내는 메시지였다. 먼저 연락할 방도도 없고, 얼굴은 보고 싶지만 그럴 수도 없고, 그래서 보내는 메시지.

연락이라도 좀 해다오.

목소리라도 듣고 싶은 임미정의 마음이 담긴 음식인 것이다. 지영은 그럼에도 고민이 됐지만, 결국은 폰을 손에 들었다. 누구에게 걸까. 강상만? 임미정? 유은재? 지영은 잠시 고민 끝에 임미정의 번호를 눌렀다.

뚜르르.

뚜르르.

몇 번의 신호음 끝에 익숙하면서도, 힘없는 목소리가 들려왔다.

—네, 임미정 이사입니다…….

"……."

—여보세요?

매우 지친 목소리였다.

그래서 지영은 더더욱 말을 꺼낼 수 없었다. 하지만 여자의 촉은 무서울 정도로 넘어서 위대하다.

—…지영이니?

"……."

—맞나 보네……. 됐어. 엄마 아들 목소리 들었으니까.

피식, 거짓말이 아니라 진짜 지영은 그렇게 실소를 흘렸다. 아무런 말도 안 했는데 그녀는 지영의 목소리를 들었다는 말을 했다. 그건 아마 지영을 향한 배려이기도 할 거고, 정말 지영의 죄스러운 마음을 들은 것일 수도 있었다. 그래서 지영은 더 이상 말문을 닫고 있을 수 없었다.

"죄송합니다."

—죄송하기는, 괜찮아. 엄마는 다 이해하니까. 맞다! 보내준 음식 먹었니? 우리 아들 입맛 없을까 봐 평소 좋아하던 것만 해서 보냈는데…….

"네, 너무 맛있게 먹었어요. 딱 엄마 음식인지 알아보겠던데요?"

—그치? 호호, 엄마가 한 솜씨하지. 호호.

억지로 웃는 티가 역력해서 지영은 아랫입술을 지그시 깨물었다.

"감사해요."

—얘는! 감사는! 엄마가 아들한테 밥해주는 건데! 그게 뭐 감사할 일이니! 그런 말 말고 건강히 나아서 돌아와. 알았지?

"네. 아버지는요?"

—밖에 나가셨어. 따로 전화드리면 되겠다.

"네, 그럴게요. 지금 번호로 연락주시면 돼요. 이제 받을 수 있으니까."

―그래? 그렇게 할게!

활짝 피는 임미정의 목소리에 지영은 전화드리기를 잘했다는 생각이 들었다.

―얼른 전화 끊고, 아빠한테도 전화드려! 아들 전화 많이 기다리고 계실 거야.

"네, 저기……."

―응? 아들 왜?

"정말 죄송해요… 어쩔 수 없는 선택이었어요."

―…아들이 많이 생각하고 내린 결정이겠지. 엄만 아들 선택 존중해. 그리고 세상이 아들을 손가락질해도 엄마는 언제나 아들 편이야. 그러니 잘 마무리하고, 이제 우리 함께 살자.

"네."

역시…….

어머니는 이런 존재였다.

―엄마 끊을게. 아빠 기다리시겠다. 잘 자고, 아들!

"네, 어머… 엄마. 쉬세요."

―그래…….

깊은 숨소리를 내쉰 임미정이 전화를 먼저 끊자, 지영은 답답한 마음에 담배를 하나 더 꺼내 물었다.

끼익.

"어? 아, 지영 씨 담배… 는, 그게……."

지영이 붉게 변한 눈으로 담당의를 바라보자 그는 한 소리 하려던 기세였지만 곧바로 꼬리를 말았다. 한국에 들어온 지 며칠 지나긴 했지만 그 이전엔 전장에서 군인처럼 살았던 지영이었다. 그래서 기세가 예전과는 비교도 할 수 없을 정도로 살벌했다. 예리한 칼날 같음을 넘어, 이미 피가 뚝뚝 흐르는 칼날 같은 기세였다. 감정이 격해지면서 저도 모르게 문을 열고 들어온 낯선 이 때문에 날이 서버린 것이다.

"아, 그게… 드레싱할 시간입니다……."

"잠깐만요. 십 분만 있다가 들어오시겠어요?"

"아, 그러겠습니다."

담당의는 찔끔한 표정으로 나갔고, 지영은 바로 강상만에게 전화를 걸었다. 임미정 때처럼 몇 번 가지 않아 바로 연결이 됐다.

—네, 강상만입니다.

지영과 똑같은 인사법이었다.

"저예요."

—지영이냐. 몸은 어떠냐.

담담한 목소리. 역시 변함없는 목소리였다. 임미정은 잘게 떨렸었는데 강상만은 좀 힘이 없어 보일 뿐, 그런 것도 없었다.

"네, 아버지."

—잠시 기다려라. 지금 청와대 들어와 있다.

"네."

잠시 북적거리는 소리가 들리더니 2분쯤 지나 소리가 멎었다.

—됐다. 이제 말해도 된다.

"참… 변한 게 없으시네요. 아버지는."

—사고뭉치 아들내미를 뒀으니 애비라도 이렇게 있어야 하지 않겠냐. 하하.

나직한 강상만의 웃음에 지영도 조용히 웃었다. 변하지 않는 사람들. 좋은 사람들. 수많은 삶을 살게 되면서 지영은 부모라는 존재를 크게 엄청! 중요하다고 생각하지는 않게 됐다. 그것도 꽤 오래 전이었다. 낳기만 하고 방치하는 부모가 한둘이 아니었기 때문이었다. 그래서 이전에도, 그 이전에도, 그보다 훨씬 이전의 삶에서도 부모란 존재를 크게 생각하지 않았다. 하지만 이번 삶은 아니었다.

감사하고, 고마운 존재들이었다.

"저… 괜찮아요. 수술도 잘 끝났고요. 어깨도, 허벅지도 괜찮아요. 잘 먹고 잘 자고, 잘 쉬기만 하면 된대요."

—그러냐. 후우, 다행이구나. 엄마한테는 전화했고?

"네, 먼저 드렸어요."

—잘했다. 집에는 언제 올 수 있을 것 같으냐?

마치 여행 간 아들에게 하는 말 같았다. 지영은 이조차도 당연히 강상만의 배려임을 알았다.

"그건 아직 모르겠어요. 검사가 좀 더 남았고, 그리고 해결해야 할 일도 좀 있고요. 금방 끝날 것 같진 않아요."

—안 그래도 그 문제 때문에 늙은 애비가 청와대에 들어와 있다. 대통령님과 좀 있다가 말씀 나눠봐야 알겠지만 아마 그 문제로 날 부른 게 아닐까 싶다.

"괜찮으신 분이니까요. 크게 걱정 안 하셔도 될 거예요."

—그거야 애비도 알지. 일단 알았다. 얘기 나누고 다시 연락하

마. 이 번호로 전화하면 되는 거냐?

"네, 제가 쓸 번호예요."

—그래, 저녁은 먹었고?

"어머니가 푸짐하게 보내셨더라고요."

—음식이 그래도 잘 도착했나 보구나. 아침부터 그거 만든다고 잠도 제대로 못 주무셨다.

"…죄송해요."

—죄송하면 이제 효도해라, 이놈아.

"네……."

효도하란 말에 지영은 작게 대답하며 고개를 끄덕였다. 안 그래도 그럴 생각이었다. 배우? 이제 안 할 생각이었다. 자신이 노출되면, 또 괜히 그 새끼들을 자극할 위험이 있었다. 그래서 지영은 남은 생, 조용히 살 예정이었다.

—또 연락하마. 쉬어라.

"네."

뚝.

"후우……."

전화를 끊고 났더니, 지영은 이상하게도 매우 지쳐 버렸다. 하지만 아직 전화할 사람이 남아 있었다. 뛰던 심장을 진정시킨 지영은 이제 마지막, 그녀에게 전화를 걸었다.

뚜…….

—여보세요.

"나야."

—…이제 다 끝났어?

"응, 아마도……."

─그럼 나… 이제 울어도 되는 거야?

"응……."

─흑, 흐윽…….

흐극!

흐아앙……!

지영이 울어도 된다는 말과 함께, 은재의 서글프고, 서러운 울음소리가 넘어오기 시작했다.

지영에 대한 이야기가 조금씩은 가라앉을 시간, 한 달이 지났다. 뜨겁게, 차갑게, 그리고 더럽게 타올랐던 분위기가 냉각이 되자 어느새 쌀쌀한 겨울이 왔다. 북녘에서 넘어온 찬바람이 온갖 잡다한, 그리고 사악한 것들을 싹 훑어 날려주는 것 같았다. 지영은 그 동안 많은 사람들을 만났다.

미국, 중국, 러시아, 영국을 필두로 강대국에서 나온 조사관들을 만났다. 세계적으로 하나 협의된 게 있었다.

강지영의 신변을 구속하지 말 것.

지영은 숭고한 전투를 치렀다.

강대국들이야 으득으득 이를 갈았을지 몰라도 아무도 해결해 주지 못하는 더러운 전투를 지영 혼자 감내했다. 그 과정에서 보여준 처절한 전투는 세계인들을 자극했고, 모두가 그 전에 지랄했던 게 있어서 모두 지영이 그 어떠한 처벌도 받지 않기를 원했다. 이에, 이번에는 예상외로 미국이 가장 먼저 찬동했다.

대통령이 직접 나서서 자국민 구출을 도와주고, 숭고한 전투를 치른 지영에게 그 어떠한 책임도 묻지 않을 것임을 천명했다. 이런 발표는 영국과 유럽 국가들을 움직였고, 중국과 러시아도 같은 의견을 내놓았다.

지랄 맞게 시리아는 조용했지만 어차피 이제 그들이 할 수 있는 건 없었다. 이 모든 국가들이 지영을 건드리지 않는다는 말과 함께 한 마디씩을 더 남겼는데, 그에 대한 보복은 자국민 구출을 위해 힘써준, 국빈 이상으로 그를 생각하는 자국에 대한 모독으로 간주, 처절한 보복전을 펼치겠다고 공언한 것이다.

미국 하나만 나서도 시리아의 반군은 모조리 지하로 숨어 들어가야 했다. 그런데 유럽 열강과 빅2, 빅3까지 나서자 그 어떤 도발도 모조리 막혀 버렸다. 대신, 지영은 그에 대한 보답으로 그날 있었던 일을 포함해 시리아에서의 작전을 순순히 알려줬다. 모든 조사관들이 지영의 말을 듣고 아무리 그래도 어떻게 고작 5인으로? 라는 의문을 가졌다. 하지만 지영은 거기까지 설득시키진 않았다.

대신, 블랙마켓을 언급했고, 용병 고용을 언급했다.

그 두 가지로 조사관들은 고개를 끄덕였지만 전부 수긍한 건 아니었다. 또한 같이 전투를 치른 사람들에 대한 인적 사항도 원했지만 지영은 그것도 얘기해 주지 않았다. 정순철과 지영이야 어차피 구출됐기 때문에 어쩔 수 없었지만 나머지 세 사람은 밝힐 수 없었다. 이 중 성수정은 정순철과 퇴사 시기가 비슷했기 때문에 리스트에 올랐지만 행방이 묘연했기에 확인할 길도 없었다.

그리고 시크릿 레이디와 마타하리도 용의선상에 올랐었지만,

당연히 확인할 길은 없었다. 블랙마켓을 통해 철저하게 변장하고 움직인 탓에 아무리 영상을 뒤져봐도 나오지 않았기 때문이었다.

그렇게 지영에 대한 일들이 마무리가 됐다.

그리고, 첫눈이 내리기 시작했다.

*   *   *

"좋다… 흐흐."

떨어지는 첫눈을 보며 은재가 던진 감상에 지영도 고개를 끄덕였다. 한 달이 좀 더 지나고, 지영은 조용한 시골로 내려왔다. 장소는 언제고 글램핑을 다녔던 충주였다. 서충주 근처에 은재의 은솔재단도 있어 그쪽에서 멀지 않은 거리로 정했고, 다행히 괜찮은 곳에 집이 나온 게 있어서 거길 구매하고, 모든 짐을 들고 이사를 갔다. 지영이 이곳으로 이동한 건 정말 극비 중에 극비였다.

그렇게 집에 적응하면서, 지영은 첫눈을 맞이하고 있었다. 휠체어를 굴리며 즐거워하는 은재를 지영은 조용히 바라봤다. 은재에겐 언제나 미안했다. 그 긴 시간 동안 자신을 기다려 줘서 고맙기도 했다.

은재는 지영이 전화한 날, 정말 펑펑 울었다.

꺼이꺼이, 10분을 쉬지 않고 울었다.

울음을 그친 후엔 바보처럼 헤실헤실거렸다. 옆에서 너 울다 웃으면 똥꼬에 털 난다! 하는 김은채의 놀림이 들렸지만 은재는 반대로 흐흐흐, 하는 특유의 웃음을 바보처럼 흘렸다. 만난 건 얼마 되지 않았다.

급하게 이곳 집을 알아보고, 이사를 하는 날 둘은 다시 만났다. 서로 손을 잡고 빤히 보는 것만으로 반가움을 표현한 둘이었다. 그렇게 다시 둘은 같이 살게 됐다.

지영은 벤치에 멍하니 앉아 떨어지는 눈을 바라봤다. 회색빛 하늘에 하얀 눈. 바람도 거의 불지 않아 하늘하늘 떨어지는 눈 꽃송이를 보고 있자니 이상하게도 마음이 차분해졌다. 지난날의, 열사의 땅, 척박하고 칙칙한, 퀴퀴했던 곳에서 싸우던 일이 전부 꿈같았다. 지영은 정말 오랜만에 지친 정신을 위로받는 것 같았다.

"너무 좋다. 그치? 흐흐."

"응."

은재의 말에 지영은 짧게 대답했지만 그녀는 그리 신경 쓰지 않았다. 돌아본 지영의 표정이 매우 기분 좋아 보였기 때문이었다. 휠체어를 굴려 지영의 곁으로 온 은재는 팔을 뻗어 그를 안았다.

"너무 좋아. 첫눈도. 너도. 이 순간이 전부."

"나도."

"으으, 내 남자 무뚝뚝해진 것 보소."

"미안."

"너 일부러 그러는 거지?"

"하하. 티 났어?"

"나지 그럼! 홍!"

콧방귀를 뀌는 그녀지만 그리 기분 나쁜 기색은 아니었다. 둘은 나란히 앉아 한참을 눈 오는 걸 구경했다. 나란히 앉아 있는 이 시간이 둘에게는 너무나 기다려 왔고, 그렇기 때문에 소중한 시간이었다. 지영은 이 시간을 방해받고 싶지 않았다. 하지만 조금씩 어둠이 지기 시작할 때쯤 불청객이 찾아왔다.

우릉! 우웅!

거친 엔진 소리와 함께 마당으로 들어온 새하얀 지프 차량. 지영은 그 차의 주인을 아주 잘 알고 있었다.

벌컥 열린 보조석에서 익숙한 여자가 내려서 지영에게 마구 달려왔다.

콰당!

그리고 눈길에 미끄러져 엎어지면서… 코미디를 찍었다.

"……."

"……."

운전석에서 내린 여인, 임수민이 엎어진 여인을 한심스럽게 보면서 입을 열었다.

"아주 잘한다. 잘해."

"으잉……."

좀 전의 기세는 사라지고 주섬주섬 일어난 여인, 송지원은 옷에 묻은 눈을 털어낼 생각도 안 하고 지영에게 다가왔다.

"누나 왔어요?"

"누나 왔어요?"

"오랜만이에요, 반가워요."

"오랜만이에요, 반가워요? 지금 그게 할 말이야!"

꽥 소리를 지르는 송지원을 보며 지영은 웃었다. 고마운 사람, 반가운 사람이었다. 은재만큼이나 지영을 챙겨주는, 못 본 사이에 세월의 흔적이 느껴지는 송지원은 많이 고생한 얼굴이었다.

'날 친동생 이상으로 생각하는 사람이니까……'

그러니 많이 힘들었을 것이다.

지영은 그래서 미안했다.

하지만 미안하다고 말하면 어째 송지원은 눈물을 터뜨릴 것 같았다. 안 그래도 힘들어 보이는 얼굴이 지영은 이제 그녀가 울지 않았으면 했다. 하지만 그런 지영의 의도를 무시하듯 송지원의 눈가에 습기가 마구 차올랐다. 그리곤 곧 동그란 눈물방울을 만들어냈다. 은재는 그런 송지원을 바라보다가 웃으며 바퀴를 굴려 지영의 옆자리를 양보했다. 그녀도 송지원이 얼마나 힘들었는지 잘 알고 있었기 때문이었다. 김은채만큼이나 은재를 챙기기도 했었다. 그러니 지금 이 재회의 시간은 송지원에게 양보하고 싶었다.

"걱정했잖아……."

"…미안해요."

지영은 결국 송지원이 울먹이며 한 말에 지영은 결국 미안하단 말을 담을 수밖에 없었다. 팔을 뻗어 지영의 목을 안은 송지원은 어깨를 들썩이며 오열했다. 지영은 그런 그녀의 등을 가만히 두들겨 줬다.

지영이 없던 시간, 그 시간이 매우 힘들었는지 살이 많이 빠져 있었다. 펑퍼짐한 후드를 입고 있었는데 지영에게 안기자 옷이 바람 빠진 풍선처럼 줄어들었다. 그게 전부 자신의 잘못인 것 같아 지영은 입술을 꾹 깨물었다.

"잘 왔어, 잘했어……. 정말… 흑."

"……."

너무나 따뜻한 온기가 지영을 감싸기 시작했다. 작은 체구. 가족처럼 생각하는 이에게 따뜻함을 선사해 주고 싶은 마음 때문인 것 같았다. 재회는 그렇게 눈물로 시작해서, 눈물로 끝났다.

저녁은 첫눈을 풍경 삼아, 바비큐 파티였다. 임수민이 차에 실어 온 고기를 유선정표 양념에 잘 재웠다가 불을 피우고, 천막아래 모여 이야기꽃을 피웠다. 비닐 천을 씌워 산바람도 별로 들어오지 않았고, 열기가 감도는 효과가 있어 추위는 없었다.

도란도란.

사막에서는 느낄 수 없었던 따뜻함이 있었다. 모닥불이 주는열기가 아닌 사람 자체가 주는 따뜻함에 지영은 돌아온 이후로가장 많이 웃을 수 있었다. 10시쯤, 거나하게 취한 송지원과 은재는 안으로 먼저 들어갔다. 자리에는 지영과 임수민만 남았고,지영이 담배를 꺼내 무는 걸로 이제부터 둘만의 이야기가 새롭게 시작됐다.

치익.

"후우… 전에 얘기 했던 조짐이 뭐야?"

언제고 임수민이 말한 적이 있었다. 뭔가 이상하게 돌아가는것 같다고. 그건 당시 시리아 내 지영이나 반군, 열강들이 이상하다는 게 아니고, 서로만 공유하는 비밀에 대한 말이었다.

"확실하진 않은데… 뭔가 이상한 느낌이 자꾸 들어."

"음… 하아."

지영처럼 담배를 하나 꺼내 문 임수민의 대답에 지영은 고개를 끄덕이며 조용히 한숨을 내쉬었다.

'산 넘어 산이라더니…….'

지금이 딱 그 짝이었다.

지영은 임수민의 말을 100% 신뢰하고 있었다. 더욱이 그녀는 지영보다 '감(感)'이 좋았다. 단순히 그냥 좀 더 좋다가 아닌, 그녀는 영적인 감이 좋았다. 전에 호텔에서 이전 생의 인격과 동화되었던 적도 있을 만큼 예민한 감각을 가지고 있었다. 지영은 그런 임수민의 감을 무시하지 않았다.

그녀가 감각적으로 이상하다면, 그건 어떠한… 신격(神格)이 문제일 가능성이 컸다. 강지영이란 인간과, 임수민이란 인간을 이렇게 만든 존재가 느껴지는 중일 수도 있다는 뜻이어서 지영은 이 문제는 꼭 제대로 짚고 넘어가야 되겠다는 생각이 들었다.

"정확히 어떤 느낌인데?"

"그냥… 늪에 빠진 느낌?"

"늪?"

"응."

"늪이라……."

그럼 끈적끈적하거나, 뭐가 끌어당기거나, 그런 느낌이란 뜻일 것이다.

"후우……."

담배 연기를 내뿜은 지영이 다시 질문을 했다.

"정확히 언제부터였어?"

"이상한 느낌을 받기 시작한 건 꽤 됐어."

"그래?"

"응."

"근데 왜 말 안 했어?"

"워낙 둘 다 정신이 없었으니까."

서로 정신이 없던 시기, 어쩌면 사고가 나기 좀 이전 같았다. 대성백화점 폭발 테러 사건. 그때는 지영도, 임수민도 바쁜 시간을 보내고 있을 때였다.

"뭔가 조짐이 있다는 소리네, 그럼."

"……."

지영의 말에 이번엔 임수민이 고개를 끄덕였다. 고개를 끄덕인 그녀는 유리잔에 복분자주를 가득 따랐다. 지영도 잔을 내밀어 가득 술을 받았다. 술이 당겼다. 그냥 이유는 없었다. 속도 뜨뜻하고, 머리도 좀 복잡했지만 그냥 술이 당겼다.

"나는 천 번. 너는 천 번이 넘었다고 했지."

"응."

세 번인가 네 번인가, 임수민은 지영보다 더 많은 환생을 거쳤다. 그러니 일종의 선배라고 봐도 무방했다. 하지만 횟수는 둘에게 그리 중요한 게 아니었다. 그들에게 중요한 건 이 빌어먹을 '환생'이 언제 끝나냐, 바로 이 부분이었다. 새로운 사람을 삶마다 만나는 것? 그건 나쁘지 않다. 솔직히 말하면 그런 마음이다. 하지만 그게, 이 지긋지긋한 저주를 계속 받고 싶은 마음이 들게 해주진 않았다.

그리고 그다음으로 중요한 건.

'대체 왜 우리가 이런 저주를 받고 있느냐 거지……'

육하원칙이란 게 있다.

'누가, 언제, 어디에서, 무엇을, 어떻게, 왜' 라는 명제에 따라 뭔가를 설명할 때 따라야 하는 기본적인 원칙을 바로 육하원칙이라고 한다.

지영은 이런 저주를 받은 '이유'가 분명히 있을 거라고 생각했다.

'하지만 내 기억에는 없어.'

구백구십구 개에 달하는 기억서랍을 모조리 열고 뒤져봐도 지영은 자신이 잘못한 이유를 찾을 수가 없었다. 그리고 그건 임수민도 마찬가지였다. 그녀도, 지영도, 잘못을 한 기억이 없었다. 그래서 화가 나는 것이다.

'단순한 변덕? 아니, 설마 아니겠지……'

지영이 그런 생각을 막 했을 때였다.

[가소롭구나.]

번쩍!

머릿속으로 울린 그 목소리에, 숙였던 고개를 번쩍 드니 임수민도 놀란 눈으로 고개를 들고 지영을 보고 있었다.

"으윽……"

"윽……"

뇌리에 울린 그 소리에 지영도, 임수민도 곧바로 머리를 부여잡았다. 마치 인간이 감당할 수 없는 초음파 공격을 당한 것처럼 목소리가 들린 직후 속이 뒤집히기 시작했다. 시야가 쭉 멀어졌다가 다시 당겨지는 것을 보니 현기증까지 같이 돌기 시작한 것 같았다.

[깔깔깔, 누가 그래? 너에게 죄가 없다고?]

이번엔 다른 목소리였다.

좀 전의 목소리가 중후했다면, 이번엔 여성의 교소가 섞인 것 같은 목소리였다. 하지만 어떤 목소리든 속이 뒤집히는 건 똑같았다.

우왝!

결국 임수민이 먼저 오늘 먹은 걸 전부 게워냈고, 뒤이어 지영도 먹은 음식을 전부 확인할 수밖에 없었다. 한참을 토하고 임수민이 의자에 길게 드러누웠다. 지영도 상태가 별반 다르지 않았다.

[그대들이 기억나지 않는다고 하여, 죄가 없다고 확신할 수 있는가?]

욱……

누워 있던 임수민이 그 말에 대번에 몸을 일으켰다. 누워서 들을 정도의 소리가 아니었다. 으득! 지영은 심판관의 같은 그 목소리에 이를 갈았다.

"그럼 우리가 뭘 잘못했는데… 뭘!"

대체 뭘 잘못해서!

끝없는 환생의 굴레 속에서 살아야 하는데!

[너는 본질을 아직도 깨닫지 못했나 보구나?]

이번엔 어린아이의 목소리였다.

뒤이어 까르르! 하는 소성이 이어졌다. 지영은 다시 배를 부여잡고 몸을 숙였다. 지끈거리는 골 때문에 숨조차 제대로 쉬기 힘들었다. 장이 꼬인 것처럼 뒤집어진 속이 더 이상의 생각하는 걸 방해했다.

[아이야, 그걸 찾는 여정이란다.]

이번엔 할아버지가 손자에게 이야기를 해주듯, 인자한 목소리였다. 아주 많은 형태. 목소리의 형태는 남녀노소 가리지 않고 들려왔다. 술까지 마신 상태라 임수민은 벌써 눈이 뒤집히고 있었고, 지영도 시야가 흐릿해지고 있었다. 하지만 지영은 의식이 잃기 전에 혀를 아작! 씹었다. 혀끝이 터지면서 비릿한 피 맛이 입안을 타고 돌았고, 덕분에 정신이 조금이나마 돌아왔다.

퉤!

임수민도 피가 가득한 침을 뱉고는 몸을 숨을 헐떡이기 시작했다. 얼마 만에 들려온 목소리인데, 이렇게 다시 정신을 잃긴 싫었던 것이다.

[하지만 참 신기해요. 어째서 이 아이들의 길은 항상 목적지를 어긋나는 것일까요?]

[그 또한 운명이겠지.]

[깔깔깔! 그럼 영원히 계속 환생하는 거야? 아하하!]

길에서… 어긋난다?

뭐가 길인데, 기억을 찾는 길?

내가 저지른 죄?

대체 뭘 했는지……! 알 수가 있어야지!

'도대체 뭘 어쩌라고…….'

하지만 그래도 단서 하나는 찾았다.

기억.

죄.

되찾는 것.

이런 단어들을 조합하면 결국엔 이전에 자신이 저지른 죄를 떠올린 뒤 속죄하라는 뜻이 됐다. 하지만 도대체 무슨 죄를 지어서? 이런 끝도 없는 환생을? 도대체가… 뭐 하나 확실하게 알려주는 게 없었다.

[이제 마지막인데, 너무 가혹하지 않나요?]

[어쩔 수 없음이다……. 그게, 그분의 뜻이니.]

끝? 가혹?

끝이라고?

임수민의 시선이 지영에게 바로 넘어왔다. 지영이 듣는 건 그녀도 똑같이 듣고 있었다. 놓쳐서는 안 되는 뭔가를 들은 기분, 지금이 딱 그랬다.

[깔깔깔! 축복을 받은 환생이 될지!]
[히히히, 그대로 소멸이 될지는.]
[그대들에게 달렸음이다.]

여자, 노인, 심판관의 목소리가 차례대로 들렸다가, 이내 사라졌다. 연달아서 목소리가 하도 들려와 머리가 지끈거렸다. 혀를 씹은 걸로는 버틸 수 없는 미증유의 현기증이 찾아왔다. 버티던 임수민과 지영의 눈이 서서히 풀렸고, 의식이 딱 꺼져가는 순간 목소리가 재차 들려왔다.

[힘내렴, 아가…….]

엄마처럼 따뜻한 목소리.
아련하게 들려오는 따뜻한 목소리를 끝으로 지영은 그대로 의식을 잃었다.

*　　　　*　　　　*

다시 눈을 떴을 때는 한 시간쯤 시간이 지나서였다. 거의 동시에 정신을 차린 둘은 의자에 앉아 멍하니 앞만 바라봤다. 머리가 정리가 되지 않아 아직 복잡하기만 했다. 10분쯤 그렇게 멍하니 있다가 임수민이 먼저 일어나 토사물을 치웠다. 지영도 그녀가 움직이자 같이 움직여 일단 자리를 정리했다.

밤을 새워야 할 정도로 어째 오늘 할 얘기가 많아질 것 같았다. 30분쯤 걸려 말없이 자리를 싹 치우고, 다시 세팅을 했다. 이 놈에 몸뚱이는 골 때리게도 토했다고 배고픔을 느끼고 있었다.

불을 다시 피우던 지영은 그런 정직한 몸에 결국 실소를 흘리고 말았다.

"왜 웃어?"

"아니, 이 와중에 배고파서 불을 다시 지피고 있으니 그게 어이가 없어서."

"다 먹고 살자고 하는 짓인데… 먹을 때 먹자. 남들은 먹고 싶어도 못 먹는 것들이니까."

"요즘에도 있냐?"

"넘쳐나지, 아프리카 가봐. 너 있던 시리아도 만만찮고."

"아… 하긴."

시대가 어느 시댄데 아직 세상에는 굶주린 사람들이 넘쳐났다. 인간의 욕심, 아집, 그리고 비뚤어진 사상이 아무런 죄도 없는 선량한 이들에게 고통을 선사하고 있었다.

치이익.

고기가 올라가고, 술이 다시 가득 찼다.

둘은 말이 없었다.

일단 배가 고파서 고기를 굽고는 있지만 이미 머릿속은 아까 들려온 목소리 때문에 심히 복잡한 상태였다. 저번처럼 하나의 형태가 아닌 여러 가지의 형태로 목소리가 들려왔다.

"한 사람일 수도 있고, 여럿일 수도 있다는 건가."

"인격이 여러 개일 수도 있겠지. 신이라고 단일 존재라는 보장은 없으니까."

지영의 혼잣말을 임수민이 비슷한 어조로 받았다.

"하나일 수도, 전부일 수도?"

"복잡하네, 뭐 하나 확실한 게 하나도 없어."

지영의 표정이 전에 없이 짜증스럽게 변했다. 고기를 굽는 손길도 자연히 거칠어졌다.

"고기 태우지는 말자."

"이 와중에?"

"진정하잔 소리지."

"후우……."

진정은 개뿔…….

지영의 혼잣말에 임수민이 픽 웃음을 터뜨렸다. 잘 구워진 고기를 적당히 접시에 잘라 나무 테이블에 올린 지영은 의자에 털썩 앉았다. 그리고 말없이 배를 채웠다. 허기가 미친 듯이 지는 신기한 경험 중이라, 분위기에 안 맞게 이러고 있으니 먹다 말고 둘 다 몇 번이나 실소를 흘렸다.

그렇게 고기 두 접시를 비운 후, 대화가 다시 시작됐다.

"끝이란 얘기, 들었지?"

"응, 찾지 못하면 소멸이란 얘기도……."

"소멸이라……."

이건 솔직히 생각지도 못한 단어였다.

인간은 누구나 죽으면 소멸한다.

솔직히 말해 여기서 자유로울 수 있는 인간은 없을 거라는 게 지영의 생각이었다. '본인'이 굉장히 특별한 존재였지만 그건 어디까지나, 본인 만이었다. 인간은 누구나 죽고, 죽음 뒤에 세계는 알 수가 없었다.

아주 많은 종교에서 사후세계를 다루지만 그건 어디까지나 종교적인 이야기일 뿐이었다. 이걸 확증할 수 있는 사람? 단 한 사람도 없었다. 물리적 증거가 없는 주장은 어차피 인정받지 못한다.

이번까지, 천 번째 환생 중인 지영도 사후세계를 경험해 본 적은 없었다. 그저 어디까지나, 기억을 가진 채 다시 살아날 뿐이었다. 그러니 인간에게 소멸은 아주 당연한 일이었다. 그건 짐승도, 사물도 마찬가지였다.

절대불멸의 진실.

그게 바로 소멸일 것이다.

그런데 여기서, 그걸 뒤집는 이야기가 터져 버렸다.

"우리가 만약 소멸이라면… 다른 인간들은? 짐승은? 소멸하지 않는다는 건가?"

"아마도… 그렇겠지? 그런 전제 조건이 붙지 않으면 영원한 소멸이란 말을 굳이 할 필요가 없잖아."

"윤회가 진짜 실존한다는 건데……."

지영은 종교적 지식이 없는 편은 아니었다.

하지만 어느 정도 알고 있을 뿐이지, 그쪽 바닥에서의 진리를 깨우치지는 못했다. 이유야 간단했다.

'없기 때문에…….'

세상에 절대적인 건 죽음, 시간 빼고는 없다고 생각하는 지영이었다. 그래서 탐독은 했어도 그게 진실, 진리라고 생각한 적은 없었다. 수박 겉핥기 정도는 아니어도 고승 이상은 또 아니란 소리였다.

"골 때리네……. 알려지면 아주 세상이 뒤집히겠어."

"하지만 검증은 불가능해."

"그 정도야 알지. 우리가 아는 게 어디 한두 개야?"

"그렇긴 하지."

지영은 담배를 하나 꺼내 물었다. 속이 매스꺼웠지만 머리가 더욱 혼란스러웠다. 그들이 전한 메시지를 다시 상기해 봐도, 결국에는……. 알아서 찾으라는 뜻이었다.

"도대체 뭔 죄를 지어서……."

"……."

어느 정도 죄어야만, 이런 무시무시한 한 일을 겪어야 하는 걸까? 임수민이 술을 한 잔 마시곤, 눈살을 잔뜩 찌푸린 채 말했다.

"하지만 결국엔 찾아야겠지. 우리가 서로 협조하는 건 이 지긋지긋한 족쇄를 끊기 위해서잖아."

"알아. 근데 어디서부터 어떻게 찾지? 뭔 각성이라도 하는 것처럼 내가 한 죄가 갑자기 확 떠오르는 것도 아닐 텐데."

"그래주면 얼마나 좋겠어……"

여태 단 한 번도 그런 적이 없었다.

뭔가 깨달음처럼 꽉! 하고 찾아온 적이 정말 단 한 번도 없었다. 꿈으로도, 현실로도 말이다. 지금까지 지영의 인생은 그냥 사람과 똑같았다.

"참 불친절해……."

"혹시 말이야."

"응, 뭐?"

임수민의 말에 지영은 그녀를 빤히 바라봤다. 생각에 곰곰이 잠긴 그녀의 모습은 뭔가를 알고 있는 모습처럼 보이기도 했다.

"사람처럼 사는 것, 여기에 해답이 있는 게 아닐까?"

"사람?"

"응, 생각해 보면 그렇잖아. 만약 정말 신이라면, 우리를 다른 방법으로도 구속할 수 있었을 거야. 충분히 괴롭게 벌을 줄 수도 있었을 거야. 그런데 봐봐. 우린 여전히 인간이야. 인간으로 태어나서, 인간으로 죽고, 그 기억을 간직한 채, 다시 인간으로 태어나. 계속해서, 끝도 없어."

"음……."

"항상 궁금했거든. 왜 인간일까? 왜 사람일까? 윤회가 있고, 그렇다면 사후세계가 존재한다는 건데 거기서는 벌을 못 받나. 지은 죄를 씻을 수 있는 그 어떤 방법도 없는 걸까? 말이 안 되잖아?"

"그런 생각은 안 해본 건 아닌데, 흠… 지금 저 소리를 듣고 나서 다시 생각해 보니 그럴듯한데?"

지영도 임수민의 말에 동감했다.

지영이라고 이런 고민을 안 해봤던 게 아니었다.

'삶아온 세월이 얼만데…….'

당연히 했었다.

하지만 한 번도 그 생각을 굉장히 진지하게 생각했던 적은 없었다. 그게 정답인지 아닌지도 모르고, 오늘처럼 어떤 단서가 있던 것도 아니었기 때문이었다. 하지만 지금 생각해 보면 확실히, 의문이 들었다.

"윤회가 존재하면 우린 짐승으로도, 식물로도, 벌레로도 태어날 수 있었어. 심지어 미생물로 태어났을 수도 있겠지."

"하지만 단 한 번도 그런 적이 없지. 모든 환생이 인간이었으니까."

"맞아. 여기에 집중해 보자, 사람답게. 생각해 보면 우린… 사람답지 않았잖아. 인간에서 한참 벗어난 짓도 엄청 했잖아."

"그렇기야 하다만……."

솔직히 이번 생만 해도 그랬다.

어려서부터 천재 이상으로 두각을 나타난 게 바로 지영이었다. 지영의 어린 시절을 보면 그냥 인간 같지 않다고 해도 과언이 아니었다.

"하지만 이게 정답은 아니겠지. 일단은 염두에만 넣자."

"그래."

"난 쉬어야겠어. 머리가… 너무 아프네."

그 말을 끝으로 임수민은 일어나서 안으로 들어갔다. 지영도 들어갈까 하다가, 머리도 복잡하고 그래서 의자에 깊게 몸을 뉘였다. 임수민이 하얗게 질린 얼굴로 들어간 것처럼 지영의 몸도 정상은 아니었다.

여전히 속은 울렁거렸고, 머리도 뒷골을 누가 바늘로 찌르고 있는 기분이었다.

"하⋯⋯."

지영은 긴 한숨을 내쉬었다.

지금까지 강한 정신력으로 그렇게 많은 사건 사고를 견디며 여기까지 왔다. 그때도 지치고 힘들 때가 있긴 했지만, 오늘 정도는 아니었다. 오늘은 진짜 지쳤다. 정신적으로도, 육체적으로 너무 지쳐서 움직이고 싶지도 않았다. 그래서 저도 모르게 눈을 감았는데⋯ 갑자기 누군가가 잡아당기는 것처럼, 지영의 의식이 어딘가로 끌려가 버렸다.

Chapter111
비틀림

지영이 다시 눈을 떴을 땐, 살벌한 눈발이 그치고 신기하게도 따스한 햇볕이 내리쬐는 아침이었다. 감고 있던 눈을 번쩍 뜬 지영은 천창을 멍하니 바라봤다. 가장 먼저 느껴지는 당연히 추위였다. 아무리 불을 피워놨다고는 하지만 장작을 더 넣지 않아 이미 불은 다 꺼져 버린 뒤였다.

　지영은 일단 모든 걸 제쳐두고 바로 안으로 들어가 따뜻한 물에 샤워를 했다. 온수에 몸이 녹기 시작하자 지영은 좀 살 것 같았고, 머리도 다시 돌아가기 시작했다. 동시에 고요하게 뛰던 심장이 거칠게 뛰기 시작했다. 피가 거꾸로 솟구치는 것 같은, 더러운 기분이 심장에서 공급하는 피를 타고 전신으로 퍼지는 기분이었다. 그러다 보니 자연히 지영의 기세가 확 뒤바뀌었다.

　이러다간 유리라도 깰 것 같아 지영은 샤워를 끝내고 밖으로 나왔다. 소파에 차를 한 잔 타서 앉고, 다시 생각을 시작했다.

'뭐였지, 그건⋯⋯.'

이상했다.

어제 분명 눈을 감았고, 의식이 누군가 잡아당긴 것처럼 어딘가로 끌려갔다. 그건 분명했다. 그런데 눈을 떴을 땐 아침이었고, 흐릿하게 안개가 낀 것처럼 기억이 나질 않았다.

'분명 뭘 보긴 했는데⋯⋯.'

단순한 꿈?

지영은 고개를 저었다.

단순하게 자각몽과, 이질적인 꿈을 구별 못 할 정도는 아니었다. 게다가 어제 마침 '목소리'를 들은 이후라 더욱 확신이 섰다.

'봤어, 분명 무언가를.'

근데 대체 그게 뭐였지?

안개처럼 흐려서 뭘 봤는지 도무지 생각이 나질 않았다. 그래서 아침부터 기분이 확 다운됐다. 지영이 인상을 쓰고 소파에 앉아 있는데 임수민이 멍한 얼굴로 나왔다.

"이상한 꿈을 꿨어⋯⋯."

"너도?"

"응⋯ 근데 아무것도 생각이 안나⋯⋯. 미치겠네. 꿈에서 막 울부짖었던 것 같은데⋯⋯."

"⋯⋯."

그래, 저렇게 지영도 감각은 남아 있었다. 임수민은 울부짖었다고 하지만, 지영은 그와 비슷하지만 달랐다. 광기, 분노, 세상을 불태워 버리고 싶었을 정도로 열화와 같은 분노를 느꼈다. 지영이 차를 한 잔 타서 가져다 줄 때쯤, 건너편에 앉은 임수민의 분위기도 이미 바뀌어 있었다.

"너는 울부짖었고, 나는… 분노했어. 세상을 불태워 버리고 싶을 정도로……. 지금도 그 화가 가라앉질 않아."

"비슷한데… 달라. 아니, 같은가?"

지영의 말에 임수민은 머리를 흔들었다.

어제도 그렇더니 오늘도 이렇게 답이 나오질 않는 문제에 직면했다. 짜증스러웠다. 그냥 시원시원하게 뭐가 문제인지, 도대체 무슨 잘못을 했는지 알려주면 좋으련만, 그딴 게 하나도 없었다.

전부 그냥 알아서 찾으라는, 마치 모래밭에서 바늘을 찾으라는 것과 비슷하게 문제들을 찾아왔다.

"기분 드럽네, 진짜……."

"후우, 그래도 이게 어디야. 단서라도 잡은 거잖아. 좋게 생각하자, 그냥."

"그러고 싶어도 심장이 진정이 안 돼. 지금 누가 앞에서 시비라도 걸면 그냥 목을 돌려 버리고 싶을 정도야."

"그 정도야?"

임수민의 물음에 지영은 고개를 끄덕였다. 지영의 말은 거짓이 아니었다. 아니, 오히려 어쩌면 축소됐다고 해도 과언이 아니었다. 샤워 때부터 뛰기 시작한 심장이 지금까지 그 속도를 일정하게 유지하고 있었다. 그러다 보니 올라온 화가 가시질 않았다. 단순히 기억도 나지 않는 꿈 때문에 이런 상태가 됐다고 생각하니 그것도 어이가 없었다.

"너는 안 그래?"

"나는… 그 정도는 아닌… 아니다. 나도 비슷하다. 나는 누군 가를 원망하는 기분이야. 너처럼 대상이 없는 분노가 아니라, 특정인을 죽이고 싶은 분노. 어렴풋이 기억나는 건… 화마가 도시를, 세계를 휩쓸고 있는 장면이었어."

"어, 보였어?"

"응… 아주 흐릿하게, 너무 희미해서 뭔 안개에 가려진 기분이야."

그건 지영도 마찬가지였다. 하지만 다른 게 있었다. 임수민은 기억하고, 지영은 기억하지 못한다는 것. 이는 결정적인 차이였다. 서로 똑같이 꿈을 꿨는데, 한 사람은 기억하고, 한 사람은 기억하지 못한다?

이는 모순이고, 농락이었다.

지영이 고개를 갸웃하자, 임수민은 그런 지영을 빤히 바라봤다. 그리곤 얼마 안 가 고개를 푹 숙였다.

"이상하다……."

"뭐가?"

"이상하게, 널 보면… 화가 나, 갑자기 막 심장이 거칠게 뛰어. 아깐 그냥 꿈 때문인 줄 알았는데… 아니야."

"……."

지영은 눈을 가늘게 떴다.

임수민이 이렇게 말하는 건 그냥 하는 말이 아닐 것이라는 생각 때문이었다. 항상 냉정하고, 항상 사리 판단이 확실한 게 임수민이다. 그런데 갑자기 지영을 볼 때마다 분노를 느낀다? 이건 쉽게 생각해 넘길 일이 아니었다.

"확실해?"

"아… 응. 맞아. 나는 지금… 너를 보면 화가 나. 왜지? 여태 좋은 관계를 유지했는데?"

"꿈… 꿈이 무슨 작용을 한 거야. 너는 슬프고, 화가 나서 울부짖었다고 했어. 그리고 한 사람을 죽이고 싶다고 했지."

"응."

"반대로 나는 전체야. 맹목적인 살의, 분노, 순수한 악의로 점철되어 있는 기분을 느꼈어."

"너랑 나랑, 전생에서 지은 죄가 연관이 있다는 거야?"

"전생은… 아닐 거야."

"뭐? 전생이 아니라고?"

임수민의 되물음에 지영은 고개를 끄덕였다.

짧은 순간의 고민이었지만, 임수민의 말과 어제 목소리로 들은 것을 종합해 보면, 지영이나 임수민이나 둘의 태생이… 이곳, '지구'일 리는 없었다.

'천 번의 환생이 가능한 마당인데, 다른 차원이라고 없으리란 법은 없겠지……'

결정적인 증거는 아까 임수민이 얘기했던 도시가, 세계가 화마에 휩싸였단 말이었다. 아무리 꿈이라지만 그건 꿈이 아닐 것이다.

"봉인되어 있던, 혹은 강제로 누군가가 지워 버린 기억. 그게 오늘 너와 내 꿈으로 되살아난 거겠지……."

"음……."

"그럼 생각해 봐. 나의 첫 기억은? 원시 시대야. 그때 문명이 있었어? 도시라고 부를 만한 게 있었나? 애초에 그 시대에 세계를 화마에 휩싸이게 만드는 것 자체가 가능해?"

"……."

지영의 말에 임수민은 바로 인상을 굳혔다. 그런 그녀를 보며 지영은 자리에서 일어났다. 안방에서 인기척이 들렸고, 곧이어 송지원이 부스스한 얼굴로 나왔다.

"둘 다 일어났네……."

"잘 잤어요?"

"응……."

"선정 이모가 아침 밥 준비해 놓은 거 같으니까 씻고 먹어요."

"먹고 씻을래……."

그러더니 화장실로 쏙 들어갔다. 지영은 임수민에게 신호를 주곤 밖으로 나갔다. 두툼한 패딩을 입었지만 한겨울의 산속 날씨다. 어제 밖에서 기절했던 지영은 정말 운이 좋았다. 조금만 더 쌀쌀했으면 아마 입 돌아가는 정도로 끝나지 않았을 테니 말이다. 모닥불을 다시 피운 지영은 담배를 하나 입에 물었다.

피어오르는 연기를 직시하던 지영이 다시 입을 열었다.

"니가 말한 것과, 내가 느낀 것, 이 두 가지가 충족되려면 많아 봐야 두 가지 가정밖에 없어."

"원시 시대 이전에 다른 문명이 존재했어야 하거나……."

"아니면, 다른 차원의 문명이어야 하거나."

"…하!"

임수민은 기가 막히는지 헛웃음을 터뜨렸다. 그리고 그건 지영도 마찬가지였다. 자신이 내뱉은 말이지만 이건 어이가 없어도 너무 없었다. 셀 수도 없이 많은 환생을 거쳤다. 그래서 웬만한 판타지는 다 인정하는 지영이었다.

세상에 정체를 숨긴 마법사가 있을 수도 있고, 무협 소설처럼 현실세계의 이면에 무림고수들이 있다고 해도 그런가 보다. 하고 넘어갈 수 있었다. 자신에게 가해진 '벌'을 생각하면, 그 정도야 좀 기가 막히긴 해도 이해할 수 있었다.

"다른 차원이라니······."

그러나 이건 상상 이상으로 스케일이 컸다.

무한 환생과 다차원.

이 두 가지를 저울에 올려놓으면 뭐가 더 무거울까? 그 무게를 재는 값은 '현실성' 정도가 될 것이다.

지영은 인정할 건 인정했다.

자신이야 무한 환생을 겪으니 그게 너무 당연하게 느껴지는 것뿐이었다. 즉, 환생은 지영에겐 판타지가 아니란 소리였다. 하지만 다차원은 지영에게 완벽한, 순도 100%짜리 판타지였다. 이러니 임수민이나 지영이 기가 막혀 하는 것도 무리는 아니었다.

"물론 확실한 건 아니야."

지영의 말에 임수민은 머리가 아픈지 다시 관자놀이를 꾹꾹 눌렀다.

"확실하지 않아도··· 미치겠네. 어디서부터 어디까지 받아들여야 할지 감이 안 잡혀."

"본 대로, 들은 그대로 받아들여야지."

"골치 아프네."

임수민은 그 말을 끝으로 자리에서 일어났다.

"난 일단 집에 가서 정리 좀 해야겠어."

"지금도 그래?"

"응, 너 아까 누가 시비 걸면 목 돌려 버리고 싶다 그랬지?"

"……"

"지금 내가 그래……."

그 말을 끝으로 입술을 꾹 깨문 임수민은 바로 밖으로 나갔다. 그리고 밥도 안 먹은 송지원을 데리고, 그대로 서울로 올라가 버렸다. 지영은 떠나는 그녀를 보면서 아마도 눈치챘을 가설 하나를 조용히 떠올렸다.

'너랑 난… 아무래도 적이었나 보다.'

그녀가 가진 울분, 슬픔, 한 사람을 향한 적의. 아마 그건 자신일 거라고 지영은 생각했다. 반대로 지영은 세상을 파멸시킬 악의를 품고 있었다. 순수한, 너무나 순수해서 해맑은 어린아이의 악의라고 생각할 수도 있을 정도였다. 그걸 생각하면 결국, 남는 답은 하나였다.

'내가 세상을 파멸로 몰고 갔고, 임수민은 내게 대항했던 자.'

결국엔 이렇게 생각할 수밖에 없었다. 그래서 머리가 아팠다. 골이 지끈거려서 답답하기까지 했다. 안 그래도 판타지였는데, 이제는 도저히 어떻게 정리가 안 될 레벨로 가고 있었다. 머리가 지끈거리다 못해 허탈해졌다.

왜.

"도대체 왜……."

나와 그녀는 끝없는 환생을 하는 걸까?

그것도 가정 상 서로 적이었던, 죽이고, 죽여야 하는 사이였던 둘을 같이 세트로 묶어서?

"아직, 아직 확실한 건 아니니까……."

이제 와서 임수민과 적으로 돌아선다?

농담도 그런 농담은 정말 말로 설명할 수 없을 만큼 끔찍하기만 했다. 지영은 생각을 정리하고 안으로 들어갔다. 송지원과 임수민이 떠나자 은재는 눈을 끔뻑이며 의자에 앉아 무슨 일인가 하는 표정으로 멍하니 앉아 있었다.

은재를 보며 웃으려던 지영은, 눈꼬리를 실룩일 수밖에 없었다.

'왜……'

두근, 두근! 쿵! 쿵쿵!

심장이 다시 거칠게 뛰기 시작했다.

"지영아, 잘 잤어?"

항상 달콤하기만 했던 목소리가 귀에 들어오고 나니, 도저히 말로는 설명이 불가능한 적의, 분노가 들끓기 시작했다. 지영은 이게 임수민이 자신에게 느끼던 감정이라는 걸 곧바로 알아차렸다.

"지영아?"

"응……."

지영은 웃었다.

은재는 괴상하게 웃는 지영을 보며 고개를 갸웃했다. 그 모습은 지영의 눈에 지극히 귀여워 보여야 정상이었다. 하지만 지금은… 그 눈을, 그 목을…….

"하아… 하하."

지영은 허탈함에 웃었다.

웃지 않고는 버틸 수가 없었다.

"지영아, 왜 그래?"

"아무것도 아니야… 하하."

"음?"

은재는 여전히 영문을 모르는 표정이었지만 지영은 눈을 감았다. 갑자기 울컥해졌다. 눈물이 앞을 가리는 정도가 아니라, 정말 서러워서 눈물이 마구 차올랐다. 왜, 대체 왜? 신이란 작자가 왜 이렇게까지 자신에게 가혹한 운명을 내리는 건지, 도저히 알 수가 없었다.

'내가 뭘 그렇게 잘못했는데……!'

기억도 안 나는데!

대체 뭘!

지영은 자신이 느끼는 이 감정이 뭔지, 아주 명확히 알고 있었다. 적의, 살의. 사람을 죽이고픈 욕구. 도저히 살려둘 수 없는 불구대천지구의 원수에게서나 느껴질 법한 감정이면서도, 그러면서도… 반대로 사랑하는 연인에게 느껴지는 애정. 지영은 결국 무릎을 꿇었다. 그리곤 눈물이 차오르는 얼굴을 양손으로 가리고는, 울면서 결국 한마디를 중얼거렸다.

"잔인하네……."

연인을, 사랑하는 연인을… 내 손으로 죽이게 만들 작정인 거야?

신이 존재한다면, 그 새긴 개새끼가 틀림없었다.

시간이 지났다.

하루, 하루 더. 만인에게 공평한 시간이 계속해서 흘렀다. 그렇게 다시 한 해가 지나고 한 달이 더 흘렀지만 한겨울에 찾아온 동장군은 여전히 맹위를 떨치고 있었다. 역대급 한파. 기상이변으로 인해 한반도를 덮친 추위는 온 세상을 얼어붙게 만들었다. 오죽했으면 노숙자들이 추위에 얼어 죽기 시작했고, 그에 정부에서 피난처를 만들었을 정도로 살벌한 추위가 기승을 부렸다.

그 추위는 3월까지 이어졌다.

모든 어린이집, 학교 등이 거의 휴교를 한 채 날이 풀리기를 기다렸다. 고등학교나 대학교는 어쩔 수 없이 개학을 했지만, 그래도 학생이 반도 등교를 못 하는 상황이 벌어졌다. 엎친 데 덮친 격으로 신종 감기 바이러스까지 돌기 시작했기 때문이었다.

비상사태.

정부는 정말 비상에 걸려 버렸다.

추위, 감기의 세트 플레이는 대한민국을 거의 1/3쯤 마비시키는 결과를 가지고 왔다. 독감 바이러스라 고열, 기침은 기본으로 동반했고, 전염성도 정말 엄청났다. 일간에서는 북에서 만든 바이러스가 아니냐는 말까지 나돌았는데, 실제로 그 말을 믿는 사람이 꽤나 많았을 정도였다. 이러한 추위, 바이러스에서 지영도 무사하지는 못했다.

힘든 날.

그날 이후 지영의 시간을 표현하자면 딱 그랬다.

"지영아, 괜찮아?"

"응… 옮는다니까. 왜 또 들어왔어……."

물수건을 갈아주며 걱정스럽게 묻는 은재의 말에, 지영은 거우거우 부운 목으로 대답을 했다. 편도선이 아주 팅팅 부어서 숨을 쉬는 것조차 지금 괴로운 지영이었다. 화근은 대형마트에 장을 보러 갔을 때였다. 마스크를 했는데도 사람이 워낙에 많다 보니 결국 바이러스에 감염됐고, 딱 새벽부터 몸이 으슬으슬 떨리더니 사람을 아주 환장하게 만들기 시작했다. 그렇게 벌써 열흘째였다.

아직 백신조차 만들어지지 않아 잡는 방법조차 없는 이 신종 감기 바이러스는, 진짜 지영을 간만에 제대로 미치게 만들었다. 문제는 비단 이것뿐만이 아니었다. 가뜩이나 아파서 짜증 나는데, 운명의 '비틀림'은 지영을 독감 바이러스 이상으로 미치게 하고 있었다. 보는 것만으로도 괴로웠다. 지켜보는 게, 지옥 같았다.

너무나 사랑스러운 사람인데, 증오하게 되었고.

평생을 함께하고 싶은 사람인데, 눈앞에서 사라져 줬으면 싶었다.

이런 마음이 계속 드니 지영은 정말 제정신이 아니었다. 하지만 그럼에도 지영은 웃었다. 지을 수 있는 가장 온화한 미소로 은재를 바라봤다. 은재가 절대 지금 자신의 상황을 알아차리기를 바라지 않았다. 그리고 이게 지영이 할 수 있는 최선이었다.

"난 괜찮다니까……."

"으… 내가 안 괜찮아……. 너까지 쓰러지면 정말 큰일

나…… 그……"

콜록콜록!

올라온 기침에 인상을 잔뜩 썼던 지영은 다시 말을 이었다.

"그러니까… 내 걱정 말고… 이 방에 들어오지 마……"

지영의 말에 은재는 인상을 와락 썼다.

"나쁘다, 진짜! 어떻게 안 들어오냐!"

"……"

"너라면 그럴 거야? 응? 너라면 내가 이렇게 아프면 방에 안 들어올 거냐구!"

"……"

지영은 그런 은재의 말에 아무런 말도 할 수 없었다. 자신이라 면 당연히 그 방에 들어갈 거다. 이번 생에선 정말 목숨만큼 소중한 사람이었기 때문이었다. 그러니 지금 자신의 말이 얼마나 이기적인지 잘 알고 있었다. 하지만 그래도 지영은 은재가 아프 기를 원하지 않았다. 이번 독감은 진짜, 말도 안 되는 강력한 놈 이라 은재까지 아프면 진짜 답이 없기 때문이었다.

은재는 지영의 말이 서운한지 닭똥 같은 눈물을 줄줄 흘렸다.

'하아……'

그리고 지영은 그런 은재에게 미안하다고 할 힘도 없었다.

말 몇 마디 했다고 벌써 목이 찢어질 듯 아팠기 때문이었다. 지영은 결국 다시 힘없이 눈을 감았다.

그러자 은재는 그런 지영을 가만히 보다가, 다시 몸을 돌려 나 갔다. 그녀가 문을 닫고 나가는 순간 지영은 그대로 잠에 빠져들 었다. 다시 잠에서 깼을 때는 네 시간이 지나 있었다. 그나마 몸

상태가 괜찮아져 상체를 세워 일어난 지영은 흠뻑 젖은 티셔츠를 벗고, 옆에 잘 개어져 있던 티를 집어 입었다. 그리곤 마스크를 쓰고 밖으로 나가자 고소한 냄새가 진동을 했다. 주방을 보니 은재가 유선정과 함께 음식을 만들고 있었다.

지영은 그 모습을 잠시 보다가 힘없이 걸어 소파에 앉았다. 지영이 나오자 두 사람의 시선이 돌아왔다.

"깼어?"

"……."

지영은 말없이 고개를 끄덕였다.

목이 따끔거려서 지금은 말을 하지 않는 게 그나마 빨리 낫는 지름길이라 생각했다.

"저녁 다 되어가니까 조금만 기다려, 알았지?"

"……."

지영은 은재의 밝은 말에 힘없이 웃으며 고개를 끄덕였다. TV를 틀었더니 곧바로 지독한 독감에 대한 뉴스가 나오고 있었다. 무시무시한 전염성, 바퀴벌레보다 끈질긴 생존력에 대한민국이 진짜 두 손, 두 발 다 들고 있었다.

항복.

진짜 완전 백기를 들고 투항해 버렸다.

이건 뭐 진짜 답이 없었다.

그나마 다행인 건 초기부터 대응을 잘해 사망자 수가 많지 않다는 점이었다. 그리고 그나마도 사망자는 면역력이 약한 유아와 노인들뿐이었다. 물론 그 결과도 그리 좋은 건 아니었다.

재앙.

누군가가 쓰기 시작한 재앙이란 단어가 정말 잘 어울리는 현대한민국이었다. 지영은 TV를 껐다. 저걸 보고 있자니 골이 또 지끈거렸다.

상은 금방 차려졌다.

지영의 목이 많이 부어서 자극적이지 않은 반찬들이 주를 이뤘다. 지영은 따로 상을 받았다. 아무래도 독감인데 같이 먹다가 두 사람이 옮으면 그땐 진짜 셋 다 그냥 병원에 입원해야만 했기 때문이었다. 게다가 지금은 병실도 거의 없는 상태, 지영은 제발 거기까지는 안 갔으면 했다.

넘기기 쉽게 죽처럼 묽은 밥과 반찬을 지영은 악착같이 먹었다. 그는 아플 때 잘 먹어야 더 빨리 낫는다는 걸 아주 잘 알고 있었다. 아프다고 몇 술 뜨고 말면 영양소가 흡수가 안 되어 몸이 더 안 좋아지면 안 좋아졌지, 결코 좋아지는 일은 없었다. 육류부터 시작해 곡류까지, 꾸역꾸역 한 상을 비우고 약을 먹은 지영은 30분도 지나지 않아 약기운에 다시 쓰러지듯 잠에 빠져들었고, 그렇게 며칠을 더 앓았다.

＊　　　　＊　　　　＊

짹짹.

새 지저귀는 소리에 잠에서 깬 지영은 거의 반사적으로 자신의 몸을 체크했다.

"아아, 음음."

목은 괜찮았다.

머리를 흔들어도 괜찮았고, 허리가 끊어질 것 같던 몸살기도 다 빠져나갔다.

"하……."

다시 벌러덩 누운 지영은 이제야 몸이 정상으로 돌아왔음을 알고는 긴 한숨을 흘렸다. 정말 죽는 줄 알았다. 가뜩이나 생각할 것도 많은데 일주일 넘게 앓느라 거의 아무것도 못 한 지영이었다.

"이런 독감이 아프리카 같은 곳에서 터졌으면… 진짜 재앙이었겠네."

만약 정말 아프리카에서 이런 바이러스가 돌았으면 위생과 병원 인프라가 좋지 않은 특성을 고려했을 땐, 현대판 흑사병이 터지고도 남았을 것이다. 그런 생각에 고개를 절레절레 저은 지영은 일어나 화장실로 가서 몸에 진득하니 묻은 땀을 전부 씻어냈다. 깨끗이 씻고 나오자 그나마 기분이 좀 괜찮아졌다.

몸을 말리고 난 지영은 집밖으로 나갔다.

"어, 왜 나왔어?"

밖에서 길고양이에게 먹이를 주던 은재가 지영을 보곤 눈을 동그랗게 떴다.

"이제 괜찮아졌어."

"진짜?"

"응."

그 말에 활짝 웃으며 다가오는 은재. 지영은 순간 눈매를 꿈틀 거렸지만 억지로 버텨냈다. 며칠간 앓았다고 다시 하던 연기가 풀릴 조짐을 보였다. 지영은 언제나 힘들었다. 몸이 아픈 건 둘째 치고, 은재를 볼 때마다 감정이 계속 흔들렸다.

'빌어먹을 신 새끼…….'

잔인한 운명이었다.

임수민이 자신을 보면서 살심을 느꼈던 것처럼, 지영도 은재를 보면 감정이 흔들리게 만들어놨다. 그것도 그냥 흔들리는 게 아니라, 죽이고 싶었다. 원인은 아직까지 찾지 못했지만 당연히 감은 잡고 있었다.

자신이 임수민에게 원수였다면, 은재는 지영 본인의 원수였다. 하지만 정말 그런 걸까?

'신이 장난치는 건 아니고?'

이걸 확신할 수가 없었다.

"이잉……."

은재는 지영이 괜찮아졌다는 말에 다가와 품에 안겼다. 지영은 그런 은재를 가만히 안았다. 이를 꽉 깨물고, 평정을 유지했다.

"다행이다, 다행이야, 진짜……. 얼마나 걱정했는데! 히잉……."

"괜찮아. 이제 다 나았어. 은재 넌 어디 아픈 데 없고?"

"나는 완전 멀쩡하지!"

"그래, 휴……."

은재가 아프지 않은 건 정말 다행이었다. 그녀를 볼 때마다 올라오는 감정과는 별개로 지영은 유은재란 인간을 정말로 사랑하고 있었다. 사랑과 증오. 현재 딱 그런 상태였지만 지영은 그 중심을 아주 잘 잡고 있었다.

벤치에 앉아 도란도란 얘기를 나누다가 아침을 먹고, 은재는 재단에 볼일이 있어 유선정과 함께 집을 비웠다. 혼자 남은 지영은 그녀를 배웅하곤 임수민에게 전화를 걸었다. 몇 번의 신호 끝에 예의 그 나른한 목소리로 임수민이 전화를 받았다.

—응…….

"아직도 그래?"

—응… 니 목소리 들으니까 분노가 확 올라온다… 하하. 너는?

"후우, 나도 그래."

—미치겠네…….

"뭐 더 알아낸 건 없고?"

—있어…….

"있다고?"

지영은 정신이 번쩍 들었다.

"뭔데?"

—이 모든 사달이… 너 때문이라는 것.

"……."

나 때문이라고?

지영은 일단 침묵했다. 솔직히 지금 임수민이 하는 말을 반도 이해하지 못한 지영이었다. 하지만 그와 별개로, 지영 역시 그런 느낌은 받고는 있었다. 하지만 확실하지 않아 인정하지 않고 있을 뿐이었다.

"…확실해?"

—응… 꿈을 꿨어. 너는 누군가로 인해 분노해, 그리고 세계를 태웠지. 정말 불태웠어. 아주 확실하게. 그 때문에 나는 분노했

고, 너를 처단하려고 했지.

"……."

그건 대체 무슨 판타지냐고 물을 뻔했다. 하지만 지영은 곧 그녀가 마지막에 만났을 때 그녀가 꿨다는 꿈을 떠올렸다. 그 꿈이 정말로 최초의 삶이었다면, 그건 곧 꿈이 아니게 된다. 그 자체가 바로, 지영이나 임수민이 지은 죄를 입증하는 것이나 다름이 없었다.

―아직은 여기까지야. 어렴풋이 해야 할 일도 떠오르긴 했는데, 이건 확신이 없어.

"그래도 얘기해 주지?"

―너도 알고 있잖아. 우린 죄를 지었고, 벌을 받고 있어. 그럼 뭘 해야 할까?

"속죄겠지."

―정답. 알고 있네. 우린 아마 많은 생을 그렇게 살아야 했을 거야. 하지만… 그러지 않았지.

"……."

―너도, 나도 미쳐서 날뛴 생이 어디 한두 번이야?

"많지……."

대륙 간 전쟁을 일으켜 무수히 많은 사람이 죽게 만든 적도 있었다. 당장 폭군 이건 때만 해도 광기가 골수까지 찬 지영은 무자비하고, 처참한 살육을 일으켰다. 그가 왕위에 앉아 있던 기간은 고작 1년이 채 안 되지만, 그 시간동안 죽은 사람의 수가 못해도 삼백에 달했다. 하지만 반대되는 삶도 있었다.

누군가를 지키려고 했던 삶.

누군가를 사랑하고, 애달팠던 삶.

누군가를 구하려다가, 목숨을 잃었던 삶까지.

지영은 나쁜 짓도 많이 했지만, 지금의 기준으로 보면 옳은 일도 꽤 많이 했었다. 지식을 전파하며 문명의 발전을 돕기도 했었다. 병에 걸린 사람들을 보살폈고, 전쟁이 터지면 사람들을 인솔해 안전한 곳으로 대피해, 먹여 살리기도 했었다. 종류는 매우 다양했고, 옳고 그름의 삶 또한 다양했다.

'본질과 길, 목적지…….'

그리고 어긋남.

지영은 전에 들었던 그 목소리를 떠올렸다.

순리(順理)라는 말이 있다.

그 말들을 떠올려 보면 지영은 그 순리에서 어긋났던 삶을 살았다는 소리기도 했다. 길에서 어긋남, 순리를 벗어남. 이런 식으로 해석이 가능하니 말이다.

'여태껏 그냥 살아왔던 게 그럼 잘못됐다는 소린가?'

굳이 해석하자면 그럴 수도 있었다.

그리고 결과적으로 거의 막바지에 와서 이렇게 비틀려 버렸다. 은재는 자신의 원수가 되어버렸고, 자신은 임수민의 원수가 되어버렸다. 어떻게 보면 현재 가장 소중한 존재들의 관계가 전혀 예상치도 못하고, 예상하지 못한 방향으로 비틀린 것이다.

하지만 지영은 고개를 저었다.

'그것도 확신할 순 없어.'

만약, 어떤 강제력이 간섭한 거라면?

지영에게 시련을 건네는 거라면?

이 빌어먹을 저주를 거는 것도 가능한데, 그런 것 정도는 아마 일도 아닐 것이다.

"하아."

지영은 한숨을 내쉬며 생각을 멈췄다.

이렇게 혼자 고민하고 또 고민해 봐야 어차피 답이 안 나온다는 걸 알아서였다.

"그냥 살아보자, 그러다 보면 길이 보이겠지."

―그래, 그게 답이겠지. 또 뭐 생각나면 연락할게.

"응."

전화를 끊은 지영은 한숨을 내쉬었다.

아직 이번 생도 많이 남아 있었다.

끝이 나려면 정말 한 세월이고, 그러다보면 어느 순간 길이 보일 거라는 생각이 들었다. 지영은 생각을 정리하고 집 안으로 들어갔다. 오랜만에 집 청소를 할 생각이었다. 창문을 전부 열고, 청소를 싹 했다.

주방부터 시작해 안방, 그리고 2층까지 전부 청소를 하고 나니 어느새 점심시간이 지나고 있었다. 지영은 냉장고 있는 재료로 가볍게 토스트를 해 먹고 오랜만에 느긋하게 휴식을 취했다. 감기가 다 낫고 나니, 세상 살 것 같았다.

흔들의자에 앉아 커피와 함께 책을 펼치는데 테이블에 올려두었던 전화기가 진동을 했다. 발신인은 은재였다.

"후우……."

심호흡을 한 지영은 전화를 받았다.

"어, 은……."

―지영아! 빨리! 빨리 학교로 와봐!

"응?"

―빨리! 지금 빨리 와보라니까! 학교로!

"학교로?"

흥분한 은재의 목소리에 지영은 고개를 갸웃했지만 지영은 알겠다고 하곤 전화를 끊었다. 그리곤 문득 왜 오라고 했는지에 대한 이유를 듣지 못했다는 걸 깨달았지만 가면 알 수 있겠진란 마음과 함께 옷을 챙겨 입고 차 키를 챙겨 다시 집을 나섰다.

4륜구동의 둔중한 SUV에 오른 지영은 바로 집을 떠나 은재의 학교로 향했다. 30분쯤 걸려 학교에 도착한 지영은 정문을 통과해 은솔 재단의 뒤쪽으로 향했다. 은재가 일하는 곳은 재단 부지 내 가장 후미에 위치해 있는 넓은 1층짜리 건물이었다. 예전 지영의 사고 이후 혹시 모를 테러를 대비해 가장 안쪽에 다시 건물을 짓고, 그곳을 집무실로 쓰고 있었다. 차에서 내린 지영은 주변에서 쏟아지는 따가운 기세를 곧바로 느낄 수 있었다. 전후좌우, 거의 모든 각에서 시선이 날아들었다.

지영은 이 익숙한 시선에 피식 웃음을 흘렸다.

매우 도전적의 감정이 담긴 시선들이었다. 지영은 이 시선이 강지영이란 인간에 대한 궁금증에서 비롯된 시선이라는 걸 알았다. 지영은 아직도 회사의 제1감시, 보호 대상이었다. 그렇다보니 그의 연인 은재는 말할 것도 없었고, 가족 전부에게 이렇게 회사원들이 근, 간접 경호를 하고 있었다.

지영은 주변을 한 번 둘러봤다.

저 멀리서 회사원 한 명이 다가오는 게 보였다. 앞에까지 온 그는 지영에게 인이어 이어폰을 건네주고는 조용히 다시 사라졌다. 지영은 그걸 가만히 보다가 귀에 찼다.

─하하, 반갑습니다, 지영 씨.

"와……."

오랜만에 듣는 목소리였다.

어딘지 여유 만만한 그의 목소리에 지영은 피식 웃음을 흘렸다.

"오랜만입니다? 정 팀장님."

─하하, 저 승진했습니다. 이제 부장입니다. 하하하!

"오… 받아준 것만 해도 신기한데 부장 승진까지 시켜주고, 회사가 마음이 넓네요?"

─그러게 말입니다. 저 안 그래도 원장님이랑 파트장님한테 영혼까지 털렸습니다. 감옥에 처넣는 대신 봐줄 테니까 다시 입사하라고 해서, 어쩔 수 없이 다시 입사했습니다. 하하.

"감옥도 안 가고, 실업자 신세도 면하고, 좋네요."

─하하하!

"회포는 나중에 풀어요. 은재가 급히 불러서 일단 들어갔다가 나올게요."

─네, 그러는 게 좋겠습니다. 저녁에 찾아뵙겠습니다.

"네."

무전을 끝낸 지영은 은재가 일하는 건물로 다가갔다. 쉽게 출입이 힘든 구조였다. 듣기로는 은재의 지문, 홍채 인식을 빼면 아예 출입이 불가능하고, 반대로 안에서 열어주는 경우가 아니라면 안으로 들어가는 건 불가능했다. 벽을 부수거나 강화 창문을 깨지 않는 한은 말이다. 입구에서 벨을 누르자 지영을 확인했는지 육중한 유리문이 열렸다. 기관총의 사격도 견뎌내는 강화유리였다.

안으로 들어간 지영은 은재와 유선정, 그리고 김은채와 이제갓 200일쯤 되어 보이는 아이 둘을 볼 수 있었다. 방실방실 웃는 아이들.

"웬 아이들이야?"

"까르르! 까르르! 어! 지영아! 왔어?"

"응."

"이 애들 봐봐!"

은재가 들어 안겨주는 아이. 지영은 그 아이를 안았다. 아이의 얼굴보다 가슴에 붙어 있는 명찰에 먼저 시선이 갔다.

"어……?"

안혜성.

놀란 지영은 다른 아이의 가슴 이름표도 확인했다.

이혜성.

"……"

지영은 순간 놀라서 눈만 끔뻑거렸다.

그리고 해명을 바라는 눈빛으로 은재를 바라봤다.

"우리 왜 정문에 고아 받는 데 있잖아? 거기로 오늘 새벽에 들어온 아이들이래. 십 분 간격으로 들어왔다는데, 병원 가서 검사받고 점심 넘어서야 왔거든? 근데 이름이 보니까 글쎄, 딱 그 애들 이름이잖아."

"아……"

우연일 것이다.

지영이 이번 생에서 가장 미안한 사람들을 꼽아보라면 딱 네 명을 꼽을 수 있었다. 서소정, 이민정, 그리고 이혜성과 안혜성. 지영은 이 넷에게만큼은 정말로 미안했다. 그래서 그 이름들을 들을 때면 가슴이 매우 아팠다. 유지하던 평정은 이미 흩어졌고, 지영은 안고 있는 아이를 가만히 바라봤다.

"음……?"

그런데 아이의 표정이 이상했다.

방실방실 웃는 게 아니라, 어쩐지 인자하게… 웃는 그런 모양이었다.

"꺄아."

낯도 안 가리는지 지영을 향해 손을 흔들었다. 지영은 가만히 손가락을 내밀었다. 그러자 그 손가락을 잡고 위아래로 흔드는 안혜성을 보며 지영은 저도 모르게 웃었다. 이름이 같은 건 당연히 우연일 것이다.

하지만 지영은 이미 느끼고 있었다.

"귀엽지? 응? 응?"

"응, 귀엽네. 인적 사항 같은 건 없어?"

"응, 아 아이들 시설에서 맡겨진 애들이야. 아무래도 고등학생 애들의 불장난에 태어난 애들 같아."

"음… 이름은?"

"그래도 이름은 지어주고 시설에 맡겼더래."

"그래……."

지영은 품 안에 있는 안혜성을 가만히 바라봤다. 아이는 울지 않았다. 입을 뻐끔거리고 있지만 그저 아이의 투정으로 보일 뿐이었다.

하지만 지영은 아이들을 본 순간부터 지금까지 기묘한 뭔가를 느끼고 있었다.

지영은 이런 느낌을 매우 잘 알고 있었다.

'너희들 설마……'

매순을 만났을 때, 그때 느꼈던 감각이었다.

하지만 아직은 입증할 수가 없었다.

아이는 말도 못하고, 글도 쓸 수 없기 때문이었다.

그럼에도 지영은 알 수 있었다.

"은재야."

"응?"

"우리가 키울까?"

"어… 어?"

액!

김은채의 괴상한 비명을 들려왔지만 지영은 그냥 웃었다. 포근한 미소. 다시 만나서 반갑다는 듯이 아이도 미소로 화답을 했다.

*   *   *

악몽 같았던 겨울이 가고, 봄이 왔다.

새 생명이 탄생한다는 봄도 가고, 여름이 왔다.

겨울이 너무 추웠기 때문인지 여름은 제법 선선했다.

폭염에 으아아! 하고 소리쳐야 할 8월인데도 30도를 넘는 곳이 거의 없었다. 대프리카라 불리는 대구와 그 인근만 겨우 29도, 28도를 웃돌 뿐이었다.

밑에 지방이 그러다 보니 그 위 지역은 상대적으로 더욱 선선했다.

특히 산속에 있는 지영의 집은 한 여름인데도 엄청 선선해 마치 초가을이나 초봄의 날씨처럼 느껴질 정도였다.

"어이구, 그렇게 좋냐?"

대낮인데도 놀러와 술판을 벌이고 있는 김은채의 말에 지영은 그냥 말없이 고개를 끄덕였다.

지영은 지금 이혜성, 안혜성과 놀아주느라 정신이 없었다.

지영의 하루는 아이들과 함께 시작했다가, 아이들과 함께 끝났다.

지영은 이 아이들이 정말 특이하다고 생각했다. 보통 애들은 밤낮없이 울고, 떼를 쓰게 마련인데 이 애들은 시간이 되면 잠들었다가, 지영이 일어날 때쯤 깨어나 칭얼거리기 시작했다. 원래는 전자의 경우 때문에 부모들이 정말 머리를 쥐어짤 텐데 이 애들은 신기하게도 그런 게 하나도 없었다.

어떻게 이럴 수가 있지?

의구심이 들 정도였다.

그래서 때 되면 밥 주고, 때 되면 기저귀 갈아주고, 그리고 놀아주고, 졸려하면 재워주고, 그게 전부였다.

김은채의 말에 둘이 모여 놀던 안혜성이 그녀에게 기어갔다. 술을 마시던 그녀는 안혜성이 기어오자 얼른 술잔을 놓고 아이를 안아 들었다.

"오구구, 우리 혜성이, 어디 보자… 안혜성이구나? 이리와, 언니가 놀아줄게."

그 말에 지영이 어이없는 표정으로 그녀를 보며 말했다.

"언니? 이모겠지."

"야! 나 아직 이모 소리들을 나이 아니거든? 아직 파릇파릇한 이십 대 초반이라고!"

까르르!

김은채의 성질에 안혜성이 뭐가 재밌는지 까르르 웃음을 터뜨렸다.

"그래도 나이 차이가 스물이 넘는다. 너 너무 욕심 부리는 거 아니냐?"

"흥! 이 애들이 커도 언니처럼 보일 정도로 젊을 자신 있거든?"

"어이구, 그러시냐."

"그래! 그러시다! 그치, 혜성아? 언니 아직 이모 아니지? 우쭈쭈."

지영한테는 그렇게 좋냐고 뭐라 하더니, 정작 자신에게 와서 안기자 지영보다 더 좋아 죽는 김은채였다.

애들은 그만큼 귀여웠다. 마치 어떻게 해야 사랑받는지, 예쁨 받는지 알고 있는 것 같았다.

혼자 있던 이혜성이 지영에게 엉금엉금 기어 왔다. 이제 돌이 지난 아이들.

둘은 신기하게도 생일도 같았다.

지영은 이혜성을 조심히 안아 들었다.

"새, 쌔!"

"응?"

이혜성은 지영을 올려다보며 뭐라고 입을 벙긋거렸다. 아직 말을 떼지 못했기 때문에 발음이 엉망이었다.

"쌔! 쌔!"

"쌔? 어?"

지영은 순간 놀라 눈을 끔뻑거렸다.

쌔?

'이게······.'

지영은 어이없는 눈으로 이혜성을 가만히 바라봤다.

그러자 이혜성은 씩 웃었다. 지영은 그 미소가, 분명 의미심장하다는 느낌을 받았다.

어떻게 이런 일이?

이름만 같은 게 아닌 줄은 지영도 알고 있었다.

수많은 삶을 살아왔던 지영이지만, 지금 이 상황은 처음이었다.

'매순이 있으니 환생은 가능해. 이전의 삶에서도 봤으니까. 하지만 그녀도 기억은 없었는데······.'

이 애들은 기억이 있는 것 같았다.

아직은 좀 더 검증이 필요하지만, 지영은 알 수 있었다. 이 아이들은 환생자였다.

그것도 기억을 그대로 간직한 채 태어났다. 지영은 이게 정말 신기했다.

그런 마음으로 이혜성을 내려다보며 김은채는 듣지 못할 정도로 작게 속삭였다.

"너, 이혜성 맞구나?"

"까르르!"

지영의 물음에 아이는 까르르 웃으며 고개를 끄덕였다.

허…….

이걸 누구한테 말해야 믿어줄까? 이 믿기 힘든 일이, 실제로 벌어졌지만 지영은 당황하지 않았다. 아예 불가능한 일은 아니었으니까, 다만 예외의 상황일 뿐이었다.

"나에게 기회를 준 모양이네."

"까르르!"

지영은 그 웃음에 같이 웃었다.

아이들이, 자신의 곁으로 왔다. 이건 절대로 우연이 아니었다.

'어긋났던 길.'

순리.

지영은 어째 이런 것들과, 이혜성과 안혜성이 자신의 곁으로 왔다는 사실이 연관성이 있는 것 같았다.

이혜성이 그런 지영을 올려 보다가 다시 손을 뻗었다. 그런 행동에 말없이 손가락을 내밀자 그 손가락을 잡은 이혜성은 있는 힘, 없는 힘을 써서 당기더니, 자신의 뺨에 대고 부비기 시작했다.

"……."

하…….

그 행동에 지영은 저도 모르게 탄식을 흘렸다. 이 행동의 의미는 명확했다.

미워하지 않아요. 그러니까 마음 쓰지 말아요.

이 아이는, 지영을 원망하고 있지 않았다.

그래서 결국 지영은 눈물을 터뜨리고 말았다.

Chapter112
거창하지 않은 엔딩

지영은 안혜성과 이혜성에 대한 얘기는 딱 임수민에게만 했다.

　이유야 당연히 다른 사람에게 얘기한다 한들 아무도 믿어주지 않을 게 분명했기 때문이었다.

　기억을 가진 채 환생한 것 같다는 말에 지영을 찾아온 임수민은 안혜성과 이혜성을 신기한 눈으로 빤히 바라봤다.

　"그런 것 같네……. 확실히 일반 애들이랑은 많이 달라."

　"그렇지?"

　"응. 확실히 애들 눈은 아니네."

　아직 말문이 터지지 않았지만 안혜성과 이혜성은 확실히 이전과는 다른 눈으로 지영이나 임수민을 올려다보고 있었다.

　"왜 이 아이들이 내 곁으로 왔을까?"

지영의 물음에 임수민은 잠시 곰곰이 생각하다가 말을 이었다.

"아마도 이전의 삶에 니가 해주지 못한 것들을 해주라는 뜻 아닐까? 일종의 속죄겠지."

"그렇겠지."

지영은 임수민과 같은 생각이었다.

이미 그녀가 오기 전부터 그런 마음이었지만 이런 경우는 지영도 처음이라 일단 한번 확인 과정을 거친 것이다.

"너는 없어?"

"난 아직……. 이렇게 이 아이들이 니 곁으로 온 걸 보면 나한테도 뭐가 있긴 할 건데… 영 나타나질 않네."

임수민은 답답한 얼굴이었다.

아이들을 바닥에 내려놓은 뒤에 둘은 다시 밖으로 나왔다. 선선한 바람이 불어와 얼굴을 스치고 지나갔다. 뜨겁게 달아올랐던 심정을 식히라는 것처럼 뒤이어서는 좀 전보다 더 시원한 바람이 불어왔다.

임수민은 휘날리는 머리카락을 정돈한 뒤, 담배를 하나 꺼내 물었다.

치익.

"후우……."

그녀가 지영에게 느끼는 감정은 여전했다.

변하지 않는 분노, 증오. 원망을 여전히 지영에게 느끼고 있었다. 전생에서, 어쩌면 최초의 삶에서 지영과 임수민은 명확한 적이었을 수도 있겠다 싶었다. 서로 죽고 죽이는, 그런 최악의 관계

말이다.

하지만 오랜 세월을 살며 지금에 와서 그때의 감정을 서로에게 느낀다고 해도 둘은 그 감정을 컨트롤할 정신을 지니고 있었다. 만약 그러지 않았다면 지금 이렇게 얘기는커녕 무조건 칼부림 정도는 일어났을 것이다.

지영이 은재에게, 임수민이 지영에게 느끼는 감정은 충분히 그렇게 만들고도 남았다.

"같게, 또 힘들어진다."

"그래. 혹시 못 참겠으면 미리 말해. 나도 준비 좀 해야 되니까."

"후후, 죽어주려고?"

"설마… 그건 힘들고. 막을 준비를 해야지."

"그럴 일 없어. 지금 느끼는 이 감정도 어쩌면 그들이 내게 강제로 넣은 감정일 수도 있으니까. 그런 것 따위에 휘둘리고 싶은 생각은 조금도 없어."

임수민의 말은 단호했다.

그녀는 지영에게도 분노를 느끼고 있었지만 반대로 자신을 이렇게 만든 존재를 증오하고 있기도 했다. 그런 그녀를 가만히 보던 지영은 조용히 혼잣말처럼 말했다.

"우린 혹시 신의 인형이 아닐까?"

"인형?"

"그래, 감정을 집어넣은 인형. 어떻게 움직이려는지 보려는, 신의 유희이자, 게임."

"설마……."

정말 그렇다고 생각하면 지금까지의 삶이 너무나 서글퍼질 것이다. 임수민이 부정하는 것처럼 지영도 그런 상황은 제발 아니었으면 했다. 모든 가정을 열어둬도 되기 때문에 사고의 한계는 없었고, 지영은 인형이란 생각 말고 다른 더한 것도 생각한 적이 있었다. 하지만 그건 차마 비참해서 말로 꺼내지 못했다.

"후우……."

담배를 비벼 끈 임수민이 자리에서 일어났다.

"무슨 일 생기면 또 연락해. 나도 그럴 테니까. 그리고 우린 가능하면 좀 이제 전화로만 하자. 큰일 아니라면."

"그래."

"갈게."

"……."

계단을 내려가는 임수민의 모습은 어쩐지 쓸쓸해 보였다. 지영에게는 작은 단서라도 찾아 왔지만 그녀는 아직도 오리무중이었다. 그녀가 떠나는 모습을 끝까지 지켜본 지영은 차가 문을 통해 언덕을 내려가자 그제야 담배를 꺼내 물었다.

복잡한 생각.

아주 많은 삶을 살면서 당연히 수없이 많은 생각을 했었다. 그 모든 주제는 바로 자신이었다. 왜 자신은 다시 태어날까에 대한 근본적인 의문. 수천, 수만 번을 했지만 단 한 번도 답을 찾지 못했었다.

생각은 생각에서 끝났고, 그때마다 당시의 자신을 지치게만 했었다. 지금도 마찬가지였다. 그의, 그들의 목소리를 들었지만 명확한 제시는 없었다. 확실한 해결도 없었다. 그저 두루뭉술할 뿐이었다.

지영은 이런 복잡함이 정말 싫었다.

귀찮고, 짜증이 났다.

그럼에도 감내해야 하는 현실은? 한숨만 날 뿐이었다.

이렇게 꼬고, 비틀어놓고 지영에게 길을 찾으라 강요하고 있었다.

'당신은 정말 최악의 진성 사이코패스일거야……'

악취미도 이런 악취미가 없었다.

담배를 비벼 끈 지영은 탈취제를 뿌리고 안으로 들어갔다. 조용한 거실에는 까아, 까아! 두 아이들의 맑은 소리만 울리고 있었다. 이제는 엉금엉금 기어 다니기 시작한 둘은 지영이 들어오자 동시에 지영에게 기어오기 시작했다. 지영은 그런 아이들을 번쩍 안아 들었다. 아이들이지만 아이가 아닌 아이들은 지영이 안자 예민한 후각으로 담배 냄새를 맡았는지 순간적으로 인상을 찌푸렸다.

그 모습에 지영은 웃음을 터뜨리고 말았다.

"하하, 알았어. 이제 안 피울게. 장담은 못 하겠는데 노력은 해 볼게."

"까아!"

"새! 쌔!"

지영의 말에 얼른 고개를 끄덕이는 두 아이들. 지영은 그 모습에 씩 웃고는 다시 아이들을 바닥에 내려놨다. 그러자 엉금엉금 기어 지영의 발등에 매달리곤 작은 손가락으로 옷자락을 붙잡고 잡아당겼다.

"왜?"

"새! 쌔에!"

그러면서 아주 확실하게 자기 의사 표현을 했다. 아이의 손가락은 지영이 좀 전에 들어온 현관문을 가리키고 있었고, 지영은 당연히 그 의도를 바로 알아챘다.

"나갈까?"

"까아!"

지영이 그렇게 묻자 둘은 대번에 고개를 끄덕였다.

'그래, 아무려면 어때. 이 아이들이 다시 내 곁에 왔다는 게 중요한 거지.'

지영은 그런 생각과 함께 다시 옷을 입고 아이들을 안아 들었다. 이제는 제법 무거웠지만 그래도 힘들 정도는 아니었다. 밖으로 나오기 무섭게 둘은 꺄아! 하며 좋아했다. 집 안에만 있기 갑갑했던 것 같았다. 생각해 보면 당연한 일이었다. 아이들의 인격이 어느 정도인지 모르겠지만 죽기 직전의 인격이었다면 지금의 몸은 엄청 불편할 것이다. 실제로 지영도 가장 힘들 때가 지금 딱 이 아이들 나이였었다.

그걸 생각하면 지금 아마 마음대로 움직이지 않는 몸 때문에 갑갑하고, 답답해하고 있을 게 분명했다.

지영은 둘을 의자에 내려놓고 안으로 들어가 신발과 장갑을 가지고 나왔다. 본래 이 나이 때 애들은 그냥 흙바닥에 놓으면 안 되지만, 둘은 위험한 짓은 안 할 테니 상관없었다. 신발을 신기고 장갑을 끼워주는 것을 마지막으로 바닥에 내려주자 역시 신나게 기어 다니며 놀기 시작했다. 지영은 그런 아이들을 물끄

러미 바라봤다.

복잡하던 마음이 놀고 있는 애들을 보고 있자니 싹 씻겨 나가는 것 같았다. 단순히 느낌이 아니라 실제로 지영은 그런 기분을 느꼈다.

'이번에는 내가 반드시 지켜줄게.'

지영은 아이들을 보며 저도 모르게 그런 다짐을 했다. 한참을 놀고 있는데 해가 뉘엿뉘엿 지기 시작했다. 산속이라 다른 곳보다 일찍 저녁이 오고 있었다. 그리고 해가 지자 역시 은재가 돌아왔다. 유선정이 내려 문을 열어주자 전동 휠체어에 탄 은재가 내려 지영을 향해 손을 흔들었다. 하지만 그것도 잠깐이었다.

"앗! 애들을 흙바닥에 그냥 두면 어떡해!"

은재는 소스라치게 놀라 얼른 다가와 두 아이를 안아 들었다. 잘 놀던 둘은 은재가 딱 안자 발버둥도 안 치고 조용히 품에 안겼다. 그런 둘의 표정을 본 지영은 푸하하! 웃음을 터뜨릴 수밖에 없었다.

"뭐야, 뭐가 웃겨?"

"아니, 그게… 아하하!"

두 아이의 표정은 마치 딱 이랬다.

야, 오늘은 여기까진가 보다.

응, 내일 놀자.

그 체념한 표정을 보니, 웃지 않을 수가 없었다. 그렇게 즐거운 한때였다. 지영에게는 소중한 시간이었다. 복잡하던 머리가 해소되는, 그런 시간. 그렇게 복잡하고, 치유받고 하며 세월은 제 속도로 꾸준히 흘렀다.

＊　　　＊　　　＊

5년이란 시간이 흘렀다.

순식간이란 말이 부족할 정도로 시간은 쑥쑥 지나갔고, 이제 아무런 활동도 하지 않는 강지영이란 인간은 세인들의 기억 속에서 조용히 지워져 갔다. 가끔씩 그의 기사가 나가긴 하지만 그것도 이슈화되지는 못했다. 정부가 바뀌었지만 정당이 바뀌진 않았고, 그 결과 강지영이란 인간의 흔적을 지우는 일은 계속해서 유지되고 있었다. 물론 이는 한 사람의 희생이 있었다.

바로 지영의 아버지, 강상만이었다.

그는 결국 총장직에서 내려왔지만, 지영을 지키기 위해 다시 관직을 맡을 수밖에 없었다. 직함은 법무부 장관이었고, 결국 다시 눈코 뜰 새 없이 바쁜 나날을 보내면서도, 지영을 지키고 있었다.

5년이란 시간은 한 사람의 존재를 잊게 만들기엔 충분한 시간이었다. 초등학교에 다니던 아이가 중학생이 되고, 중학생이던 아이는 대학생이 될 수도 있는 시간이었다. 그 긴 시간에 강지영이란 사람은 희미해진 기억 속으로 들어갔다.

따로 찾아보지 않는 이상 그의 영화는 방영되지 않았다. 마치 의도적으로 그를 지우려고 한다는 느낌이 강했고, 실제로 그랬지만 사람들은 이해했다.

그가 받은 상처.

그가 받은 고통.

범인은 감당할 수 없을 크기의 고난, 역경, 그 괴로움을 이겨
내고 결국에는 다시 돌아왔다. 그의 처절한 전투를 본 사람들
은, 그에게 다시 영화를 찍어달라는 말을 감히 할 수 없었다. 지
인과, 제자가 테러로 죽고 그 복수를 스스로, 처절하게 감행한
강지영이었다. 그래서 말할 수 없었다.

　그가 기억 속에서 사라져도, 그냥 그렇게 보내줘야만 했다. 그
러나 그가 없어도 세상이 도는 것처럼, 그가 없어도 영화판은
굴러갔다. 별이 지면, 새로운 별이 뜨는 것처럼 영화계에 다시 신
성이 등장했다.

　이혜성과 안혜성.

　신기하게도, 백화점 테러로 목숨을 잃었던 두 천재의 이름과
똑같았다. 물론 이 이름과 그 아이들을 결부시키진 않았지만 그
래도 새로운 천재의 등장은 영화인, 영화 팬들의 기대를 한 몸에
받았다.

　"괜찮겠어?"

　"네, 샘!"

　지영은 집을 나서는 안혜성을 보며 물었다. 이혜성은 현재 작
품 촬영차 부산에 가 있었고, 안혜성은 오늘 막 첫 리딩을 하러
나갔다. 지영은 걱정스러웠다. 이 아이들이 설마 다시 영화를 찍
고 싶다고 할 줄은 몰랐기 때문이었다.

　"그래, 조심하고. 지원 누나 곁에서 떨어지지 말고."

　"샘, 저 애 아니거든요?"

　누가 봐도 애였다.

　다른 아이들보다 발육이 좋아 초2, 3학년처럼 보이는 여섯 살

이지만 그래도 지영이 보기엔 애였다. 하지만 당시의 기억을 가지고 태어났으니 이 아이도 예전의 지영처럼 애늙은이나 다름이 없었다.

"그래, 잘 다녀와."

"넵, 샘! 갔다 올게요!"

"응."

안혜성이 떠나고 나자 지영은 흔들의자에 앉아 제자가 떠나는 모습을 물끄러미 바라봤다. 말문이 터지고 나자 지영은 안혜성, 이혜성과 많은 대화를 나눴다. 어떻게 다시 태어났는지는 두 아이들도 당연히 모르고 있었다. 어느 순간, 지영처럼 그냥 정신이 딱! 들었다고 했다. 지영을 봤을 때 둘은 너무 반가웠고, 꿈인지 생신지 모르겠지만 절대 깨어나지 않게 해달라고 빌고 또 빌었다고 했다.

그래서 지영은 물었다.

가족에게 돌아가고 싶냐고.

둘은 고개를 저었다.

지영의 곁에 있겠다고 했다.

그렇게 가족이 되었다.

둘의 호칭은 은재가 있을 때는 아빠, 아빠 하지만 은재가 없을 때는 옛날처럼 샘! 하고 지영을 불렀다.

지영은 그게 너무나 좋았다.

치유.

지영은 둘에게 속죄를 하면서, 동시에 치유를 받고 있었다.

그렇게 속죄와 치유를 받으며 시간은 또 다시 흘러갔다.

시간은 잘도 흘렀다.

스물 초반이었던 지영은 어느새 스물 후반이 되었다. 그리고 그 긴 시간 동안 단 한 번도 카메라 앞에 서지 않아, 지영은 도시 전설과 동급의 전설이 되어버렸다. 오랜 시간이 지났지만 지영에게 더 이상의 테러 위협은 없었다. 세계 각국에서 놓은 엄포에 테러리스트들도 드디어 포기를 한 것이다.

야인(野人).

문명사회와 완전히 단절된 건 아니지만 지금 지영의 모습을 본다면 떠올릴 단어로는 야인이 딱이었다. 하지만 수염을 덥수룩하게 기르고 그런 건 아니었다. 여전히 단정했지만, 밖과의 교류는 최대한 피하면서 살고 있을 뿐이었다.

변화는 지영에게만 찾아온 게 아니었다.

기억을 가진 채로 환생한 안혜성과 이혜성은 지영이 밟았던 길을 그대로 밟았다. 이름도 같은 둘은 천만 영화를 몇 편이나 찍어냈다.

물 만난 고기, 그게 딱 둘에게 어울리는 표현이었다. 기억을 그대로 가지고 있으니 어떤 장르도 소화가 가능했다. 물론 아이의 한계 때문에 로맨스 영화나 전문 액션은 불가능했지만 그래도 제2의 강지영이 등장했다며 영화계와 영화 팬들은 좋아했었다. 둘은 장르를 가리지 않았다. 그저 시나리오를 보고 본인에게 재미있는 '작품' 위주로 찍을 뿐이었다.

지영은 시나리오 결정권을 당연히 전적으로 둘에게 맡겼다. 대신 조건을 걸었다. 일 년에 두 작품만 하고 나머지는 학교에 다니기로 말이다.

변화는 그런 둘에게만 있던 건 아니었다.

지영과 은재는 결혼을 했다.

꿈에도 그렸던, 본래 시리아로 떠나기 전 계획했었던 결혼은 소소하게 이루어졌다. 지인들만 초대해 이루어진 결혼식이었지만 두 사람은 정말 만족했다. 그리고 법적으로 같이 부부가 되었을 때, 은재는 정말 펑펑 울었다.

참으로 다사다난했던 지난 시절이 떠오른 건 당연했고, 그 때문에 가슴이 아프고, 또한 반대로 슬픔에 겨웠던 것도 당연했다.

세계도 아주 많은 일이 있었다.

테러는 여전히 벌어졌고, 지구촌 잔치라는 올림픽과 월드컵은 4년마다 꼬박꼬박 열렸으며, 매년 곳곳에서 내전이 벌어져 사람들이 신음을 했다.

하지만 지영은 그 모든 것에서 손을 뗀 채 지내고 있었다. 그렇다고 놀고먹는 건 아니었다. 어차피 은정 백화점이 있어 돈 걱정이야 전혀 없는 지영이었지만, 그래도 아이들에게도 그렇고 은재에게도 그렇고 아예 아무것도 안 한다는 건 좋지 않은 인식을 줄 수가 있어서 적당히 일자리를 구했다.

그 직업은 바로, 교관이었다.

영화배우에서 회사의 교관으로 이직을 한 건 진짜 극단적인 선택이었다. 하지만 다시 카메라 앞에 서고 싶은 생각은 없고, 산에서 나가지 않아도 할 수 있는 직업은 사실 몇 개 되지 않았다. 그렇다고 은재처럼 소설을 써볼까도 했지만, 지영은 굳이 그녀의 영역에 들어가지는 않았다.

일주일에 한 번, 지영은 자신이 사는 집 주변을 지키는 사원들을 정순철과 함께 가르치고 있었다.

그건 폭우가 쏟아지는 오늘도, 마찬가지였다. 지영이 이들에게 기본적으로 가르치는 건 은신전이었다. 몸을 숨기 방법과 몸을 움직이는 방법 등을 가르쳤다. 지영의 주변에만 있는 게 아니라 나중에는 다른 현장으로도 나갈 이들에게 가능한 경험과 기술을 전달해 주고 싶어 했던 정순철의 부탁 때문에 지영도 진지하게 가르쳤다.

쏴아아.

비 오는 산은 어둡고, 칙칙하며, 음습하기까지 했다.

이런 전장은 당연히 최악이었다.

결국 마지막 남은 사원 하나가 떨어지는 체온 때문에 끝을 볼 요량으로 급하게 움직이다가 지영에게 뒤를 잡히며 훈련이 끝났다.

삐익!

호각의 날카로운 소성과 함께 사원들이 모였고, 지영은 문제점을 알려준 뒤 훈련을 끝냈다. 집으로 돌아온 지영은 바로 뜨거운 물로 샤워를 하고 소파에 앉았다.

"하아……."

한숨을 내쉰 지영은 멍하니 소파에 앉아 있었다.

모든 게 정상인 지금, 지영은 요즘 들어 매우 무기력해져 있었다.

속죄.

지영이 이번 생 동안, 갚기로 한 목표는 명확했다. 은재와 가족에게 잘하고, 자신 때문에 죽은 안혜성과 이혜성을 챙기는 것, 그것만 보며 살고 있었다. 하지만 지영은 인간이 아니지만, 인간이었다.

지영은 지쳐가고 있었다.

이 방향이 제대로 된 방향인지도 모른 채로 계속해서 살다 보니, 불안감이 드는 건 역시 어쩔 수 없었다.

아무리 정신을 다잡아도 어느 순간 의식이 축 늘어져 있는 자신을 발견하곤 했다. 지금도 마찬가지였다. 은재는 방에서 집필 중이었고, 안혜성과 이혜성은 역시나 한창 촬영 중이라 집에 없었다.

혼자 있는 적막함, 고독. 지영이 좋아하는 조건이지만 요즘은 이게 지영을 힘들게 했다.

'왜 이러지······.'

이런 감정의 변화와 기복에 올라온 짜증이 지영을 괴롭히기도 했다. 이런 감정이 지영은 싫었다. 수많은 생을 살며 이런 경우가 처음인 건 당연히 아니었다. 지영도 정신적으로 지치고 힘들어서 지금처럼 무기력해진 경우가 제법 많이 있었다. 하지만 그건 언제나 인생의 마지막에서였다.

생의 불꽃이 얼마 남지 않았을 때, 모두가 그 불꽃이 꺼지면 안식을 얻는데 본인만 다시금 회생하다 보니 거기서 받는 스트레스 때문에 무기력해지는 경우가 대부분이었다. 하지만 지금은 아니었다.

이제 지영의 나이 갓 서른에 도착했다.

아직 살날이 창창한데 벌써부터 지영은 힘겨워하고 있었다. 이런 무기력증에 시달렸던 지영의 삶은 결코 좋지 않은 방향에서 끝을 맺고 다시 시작했다.

'안 돼……'

다시금 삶이 시작될지, 이제는 안식을 얻게 될지가 이번 생에 달려 있었다. 목소리는 그 부분만큼은 분명하게 알려주고 갔다. 그렇기 때문에 무조건 극단적인 선택만은 막아야 했다.

끼익.

방문이 열리고 은재가 나왔다.

지영은 그런 은재를 바라보며 자리에서 천천히 일어났다. 솔직히 말하면 여전히 힘들었다. 그녀와 함께 자는 순간도, 함께 밥을 먹는 순간도, 이렇게 얼굴을 맞대는 순간까지도, 지영은 힘에 겨웠다.

들끓는 분노는 어떻게 된 게 조금도 가라앉지 않았다.

사랑, 애증, 분노는 전부 희석되게 마련인데 어떻게 된 게 지영이 느끼는 이 감정은 아주 조금도 변하지 않고 있었다.

"표정이 왜 그래?"

그런 지영의 얼굴 때문에 걱정스러운 표정으로 은재가 다가왔다. 지영은 그런 은재를 향해 희미한 미소를 지었다. 그녀는 참 변한 게 없었다. 앳된 모습은 다 사라지고 이제는 30대 여인의 원숙한 미가 보였지만 지영의 눈에 은재는 여전히 그대로였다.

"악몽 꿨어?"

"아니, 괜찮아."

다가온 은재는 지영의 뺨을 걱정스러운 기색으로 쓰다듬었다.

자연스러운 스킨십, 이어야 할 이 행동은 지영에게 기가 막힐 정도의 소름을 일으켰다. 하지만 지영은 여전히 감내했다.

"안색이 너무 안 좋아."

"오늘 훈련 때문에 비를 맞아서 그런 것 같은데? 감기 기운이 있는 건 아니고 따뜻한 물로 씻고 나왔더니 나른해졌나 보다."

"그래? 히잉, 아프지 마."

"알았어, 글은 다 썼어?"

"응, 오늘은 마무리했어. 날씨도 구리구리해서, 자꾸 글이 산으로 가더라고. 흐흐."

그녀의 트레이드마크라 할 수 있는 흐흐, 하는 웃음이 지영에게 안도와 분노를 안기는 동시에 기막힘을 선사했다. 그걸 아는지 모르는지 지영을 향해 은재는 밝은 얼굴로 말했다.

"우리 술 한잔할까?"

"그럴래?"

"응, 오랜만에 밖에 불 피우자. 밖에 많이 안 춥지?"

"응, 춥진 않아."

"흐흐, 그럼 불 좀 피워줘. 난 술이랑 다른 거 준비할게."

"응."

은재의 말에 지영은 자리에서 일어났다. 이곳에서 살며 지영이 가장 좋아하는 시간과 순간이 바로 둘이 오붓하게 불을 피우고, 바비큐 파티를 소소하게 할 때다. 술 한 잔의 여유와 숲의 고요함, 맑은 공기 등이 어우러지면 어지럽던 마음이 단숨에 정리가 되곤 했다. 은재도 그걸 아니 지영에게 밖에서 불을 피우자고 권한 것이다.

이제는 힘들 때가 됐는데도 어느새 유령처럼 나타난 유선정이 은재를 도와 찬을 준비하기 시작했다.

밖으로 나간 지영은 그릴을 세팅하고 그 안에 불을 피우기 시작했다. 불을 피우고 난 뒤 지영은 의자에 앉아 담배 하나를 꺼내 물었다. 어둠이 서서히 찾아오기 시작한 산속은 어떤 면에선 무섭기까지 했다.

게다가 비까지 내리니 고즈넉함을 넘어, 조금은 소름이 돋는 느낌도 선사하고 있었다.

"지영아! 이거!"

창문을 연 은재가 고기와 밑반찬, 쌈채소를 건네주기 시작했다. 그걸 받아 테이블 위에 올린 지영은 숯을 확인하고, 그 위에 불판을 올리고 고기를 굽기 시작했다. 은재가 무릎에 작년에 담근 오디주와 잔을 들고 나오면서 지영이 좋아하는 힐링 시간이 시작됐다.

치이익.

쏴아아!

두 가지 서로 다른 소음이 만나니 마음에 안정이 찾아왔다.

"맛있겠다! 맛있겠다! 흐흐!"

은재의 기대감 어린 목소리에 지영은 작게 웃으며 이제는 전문가 뺨치는 실력으로 고기를 구워 먹기 좋게 잘라 은재의 옆에 놔줬다.

"호오, 호오."

은재가 고기를 하나 구워 먹자, 지영도 크게 자른 고기 하나를 쌈을 싸서 입에 넣었다. 신기하게도 물리지 않는 고기 맛은

먹을 때마다 감탄을 자아내게 만들었다. 그렇게 고기와 술을 먹다 보니 어느새 해가 완전히 졌다. 날이 쌀쌀하진 않았지만 괜히 애들 다칠까 봐 먼저 정리를 하고, 둘은 흔들의자에 앉아 어둠에 잠긴 숲을 바라보며 다시 시간을 보냈다. 은재는 지영의 어깨에 머리를 기댄 채로, 조용히 중얼거렸다.

"지영아. 요즘 나 있지, 이상한 꿈꾼다?"

"이상한… 꿈?"

지영은 가슴이 철렁하는 걸 느꼈다.

듣는 순간 알 수 있었다. 그 꿈이 최초의 서로에 대한 것을 보여준 꿈이라는 것을. 하지만 지영은 그걸 내색할 만큼 성격이 급하진 않았다.

"응, 지영이 니가 날 너무 안쓰럽고, 애처롭게 바라봤어. 근데 그러다가 나중엔 막 화내고 그랬어. 그러다가……."

"그러다가?"

"나도 같은 감정이었나 봐. 꿈속에 내가 너를 찔렀어. 무슨 하얀빛에 휩싸인 칼이었는데 음… 내 손바닥 길이 정도? 그 정도 되는 칼로 지영이 니 가슴을 내가 찔렀어. 그리고 지영이 너도 나를 찔렀어."

"……."

지영은 그 말에 입술을 깨물 수밖에 없었다. 지영에게는 보이지 않던 것들이었다. 최초의 기억은 지영에겐 여전히 안갯속에 쌓여 있었다. 그런데 은재에게는 그게 꿈이라는 형태로 찾아온 것이다. 지영은 이번 생에 자신과 연관된 사람들이, 다들 범상치 않은 내력을 가진 사람이라는 걸 이미 깨닫고 있었다.

'아버지랑 어머니가 그렇고, 지원 누나가 그렇고… 안혜성과 이혜성이 그렇지.'

그리고… 은재 역시 그랬다.

임수민이야 말할 것도 없었다.

"그래서 어떻게 됐어?"

지영은 아무렇지 않은 척, 되물었다.

그러자 은재가 흐흐, 하고 웃더니 꿈속 내용을 이어서 말했다.

"나는 죽었는데, 너는 살아난 거야. 그런데 니가 막 분노하고 화나서, 막 다 부수기 시작했어. 근데 너 진짜 세더라, 꿈속에서. 흐흐!"

"그래? 그 정도였어?"

"응! 뭐라고 설명을 못 하겠어. 너무 말도 안 돼서. 그런데 되게 신기한 건 있지. 꿈속의 넌 지금 같은 얼굴이 아니었거든? 나도 다른 모습이었고. 근데 딱 알겠는 거 있지? 아, 저게 지영이고, 저 여자가 나구나! 우린 비련의 주인공이었구나! 이렇게. 흐흐!"

"하하. 비련의 주인공이라, 틀린 말은 아닌데?"

"아 왜? 나 요즘 엄청 행복하거든? 비련의 여주인공 아니거든요? 흥!"

은재의 삐진 척에 지영은 그저 웃었다.

하지만 딱 그 정도였다. 웃어주는 것밖에는 지금 당장 저 말에 대답해 줄 게 없었다. 지영이 속으로 한숨을 내쉬려고 할 때, 은재는 전혀 예상치 못한 일격을, 아주 갑작스럽게 지영에게 넣었다.

"지영아, 그거 꿈 아니지?"

"……."

순간적으로 들어온 말에, 지영은 바로 대답할 수가 없었다.

정말로 말문이 턱! 막히는 순간이 있는데 지금이 딱 그 순간이었다. 어느새 어깨에서 고개를 뗀 은재는 지영을 조용히 올려다보고 있었다.

"그치? 내가 꾼 거 그거, 꿈 아니지?"

"왜 꿈이 아니라고 생각하는데?"

"그게 꿈이었으면⋯ 이렇게 슬프고, 화가 날 리가 없잖아. 그냥 꿈인데."

"……."

그 말에 지영은 다시금 말문이 막혔다.

뭐라고 변명하고 싶었다. 그런데 그러지 못하고 있었다. 이는 언제고 은재가 자신이 먼저 알아주었으면 했던, 지영이 무의식에 품고 있던 마음이 작용한 결과였다. 그렇게 지영은 침묵은 긍정으로 답을 했다.

"맞나 보네."

지영의 답에 은재는 살며시 웃으며 그렇게 말했다. 지영은 그제야 시선을 돌려 은재를 바라봤다. 은재는 슬픈 얼굴이었다. 뭐라고 정의 내리기 힘들고, 복잡한 표정이기도 했다. 혼란스러울 것이다.

지영이나 임수민이 아닌 존재가 과거, 그것도 최초의 과거를 기억해 냈으니, 이는 충분히 혼란스러울 것이다. 하지만 이걸 설명해 준다고 해서 모든 게 정상으로 돌아가는 게 아니었다. 오히려 더욱 혼란스러워질 가능성이 농후했다. 지영의 이야기는 너무나 복잡했기 때문이었다.

'은재는 소설가지만… 복잡한 걸 싫어하기도 하지.'

그녀는 심플한 걸 좋아했다.

이리 꼬고, 저리 꼬는 건 그녀의 어렸을 적 일만 해도 충분한지라, 결코 자기 소설을 꼬아놓지 않았다. 그녀가 여태까지 출간한 모든 소설들이 그랬다. 그만큼 복잡한 걸 싫어하는 것이다.

'하지만 그래도 숨기기는 힘들어.'

모르고 있었다면 영원히 모르고 있어도 되는 이야기였다. 지영은 끝까지, 끝까지 속죄하는 마음으로 은재와 일생을 함께할 테니까 말이다. 그런데 알아버렸으니, 설명이 필요한 순간이었다.

드륵.

바퀴를 굴린 은재가 지영의 앞으로 이동했다.

빤…….

그리곤 지영을 조용히 올려다봤다. 설명을 바라는 눈빛이었다. 하지만 지영은 난감했다. 솔직히 말해 잘 설명할 자신이 없었다. 어디서부터 뜯어서 설명해야 할지, 감조차 잡히지 않았다.

"어려운 얘기야?"

그런 지영의 곤란한 얼굴 때문인지, 은재가 좀 더 궁금한 얼굴로 물어왔다. 그리고 당연히 지영은 그 말에 고개를 끄덕였다. 그다음 한숨을 내쉬며 대답했다.

"응, 하아. 너무 판타지해서, 당신이 믿을지도 의문이네."

"그 정도야?"

"그것보다 심해."

지영이 웃으며 그렇게 말하자 은재의 눈은 이제 아예 초롱초롱 빛나기 시작했다. 더욱 궁금해진 것이다. 자신의 남편인 강지영이란 인간이 품고 있는, 자신은 믿지 못할 이야기가 말이다.

지영은 그런 은재를 가만히 바라봤다. 얘기를 안 해줄 수는 없는 상황이었다. 은재가 이 정도까지 알게 된 것 또한, 이유가 있을 것이라 지영은 생각했다.

'그의 짓이겠지.'

그란 지영과 임수민을 이렇게 만든 존재를 뜻했다. 지영이 아는 그는 의미가 없는 짓은 하지 않는 자이기도 했다. 그의 행동은 항상 일정한 이유가 있었다. 만약 그렇지 않다 느껴졌을 때가 있다면 그건 지영이 깨닫지 못했을 때였다. 지영이라고 만능이 아니라, 의도를 깨닫지 못할 때도 많았다.

"근데도 궁금해. 다 들어보고 싶어. 우리 어차피 시간 많잖아? 나는 내 남편 얘기를 듣고, 최대한 이해해 볼게."

"괜찮겠어?"

"그럼? 당근 완전 괜찮지!"

당근이라니, 언제 적 말이란 말이냐.

요즘 '옛날' 배경 소설을 위해 그 시대 자료 조사를 하더니 가끔씩 저렇게 구시대 유물 같은 단어를 꺼낼 때가 있었다.

지영은 천천히 고개를 끄덕이곤 말을 이었다.

"그럼 일단 이것부터 이해해 보고 시작하자."

"응응, 뭔데?"

"내가 환생자라는 것."

"응?"

"사실은 내가 환생을 한 사람이라고."

"……."

은재는 지영의 그 말에 대답을 못하곤 눈만 끔뻑거렸다. 뒤이어 머리 위로 물음표가 가득 떠오르기 시작했다. 은재는 입을 벙긋거리다가 다시 고개를 갸웃, 그다음은 어물거리며 지영의 말에 겨우 대답을 했다.

"환생… 자?"

"응. 근데 한 번이 아니야."

"어… 한 번이 아니야?"

"응. 이번까지, 총 천 번."

"……."

은재의 눈이 빛의 속도로 끔뻑이기 시작했다. 이는 무슨 말인지 이해를 못 했을 때 나오는 요즘 은재의 습관이었다. 은재는 이해하지 못했다. 아니, 이해는 했는데 받아들이지 못하고 있었다.

근데 이게 당연한 모습이었다.

천 번의 환생을 겪었다는 말을 했을 때 아, 그래? 우와, 대단한데? 하는 건 아이들 말을 받아들여주는 선생님의 반응일 뿐이었다.

"진짜… 야?"

"응. 거짓말 같지? 못 믿겠지? 근데 진짜야. 그리고 이걸 믿지 않으면 내 얘기는 성립 자체가 안 돼."

"와……."

"너는 내가 티브이에 나와서 전생자라고 사기 치는 사람들이랑 같아 보여?"

"아니! 내 남편은 그런 사기꾼이 아니지!"

은재는 격렬하게 반응했다.

"어떻게, 믿을 수 있겠어? 내가 이런 사람이라는 것을?"

"음… 솔직히 믿기지는 않는다. 흐흐."

"그치? 근데 좀 전에 말했지? 이걸 믿어야만 내 얘기를 들을 수 있어. 그리고 생각해 보면 은재가 꾼 꿈, 그걸 꿈이라고 느끼지 않은 것처럼, 세상은 믿을 수 없는 얘기가 많아."

"아… 그건 그렇다."

은재는 지영의 말에 고개를 주억거렸다.

자신이 꾼 꿈을 은재는 꿈이라고 받아들이지 않았다. 분명 이상함을 느꼈고, 그래서 지영에게 물어본 것이다. 그래서 지영은 진실을 얘기해 주기 위해 자신의 얘기를 꺼냈다.

"같은 거야."

"좋아! 그럼 믿을게!"

"그래, 이제 대화할 준비가 됐네?"

지영은 은재의 반응에 웃었고, 뒤이어 천천히 하나씩, 자신에 대해 설명했다. 은재는 훌륭한 청취자였다. 대화를 방해하는 행동은 일절 하지 않았다. 잘 듣고, 잘 반응했다. 환생에 대한 부분을 지영이 전부 설명했을 때, 은재는 울고 있었다.

"흑, 흐윽……."

"……."

지영은 그런 은재를 두고 자리에서 일어났다. 그리곤 이제는 부슬부슬 내리기 시작한 비를 맞으며 공터로 나갔다.

치익.

"후우……."

연기를 내뿜은 지영은 울고 있는 은재를 바라봤다. 은재는 지영의 괴로움을 정확하게 이해했다. 수백 번을 넘어, 이제는 천 번을 찍은 환생을 거치며 지영이 얼마나 괴로워했을지, 수많은 만남, 이별, 사랑, 증오, 친우와 원수, 배신을 거치며 그가 얼마나 상처를 받았을지, 그걸 바로 깨달은 것이다.

담담하게 얘기를 꺼냈지만 지영의 목소리엔 분명히 진한 회한이 서려 있었고, 답답함이 담겨 있었다.

지영은 은재에게 그러한 것들을 전부 설명했고, 이제는 생각할 시간을 주기로 했다. 공감을 했기에 눈물을 흘리고 있지만 그래도 전부를 받아들이기란 쉬운 일이 아닐 것이다. 담배를 하나 태우고, 다시 하나를 더 태우고 났을 때야 은재는 흐느낌을 멈췄다. 지영은 그제야 다시 자리로 돌아갔다.

"다 울었어?"

"응… 너무 슬퍼……."

"괜찮아. 이제 적응됐으니까."

"넌 그런 삶을 살았는데도 이번 삶도 그렇게 힘들었던 거잖아. 그것도 나 때문에……."

"너 때문이라니? 나를 위해서였어. 그러니 그런 생각하지 마."

"힝……."

은재를 달랜 지영은 이어서 이제 현 문제에 대해 설명했다.

수없이 환생하는 이유.

무슨 죄를 지은 것인가.

그 죄를 갚기 위한 속죄.

등등, 은재가 이해할 수 있게 잘 풀어 설명했다. 그리고 은재가 꾼 꿈과 연결까지 했다. 은재는 지영의 말에 큰 눈을 끔뻑이며 매우 놀라워했다.

"그러 전생에 너랑 나는 원수였어?"

"아마도, 그럴 거라고 생각해. 너도 나도, 애증의 관계가 아니었을까, 그렇게 말이야."

풀어 설명했지만 애증보다는… 증오와 분노의 함량이 더욱 컸다.

"그럼 지영이 넌 지금 내가 미워?"

"아니. 전생의 일이잖아."

지영은 고개를 저어 부정했다.

지금 은재의 질문은 지영이 그동안 수도 없이 생각하고, 스스로에게 던져봤던 질문이었다. 나는 은재를 증오하는가?

분노하는가?

그녀를 죽이고 싶어 하는가?

그자의 장난질로 무의식은 은재를 증오하고 있었다.

'하지만 난 여전히 은재를 사랑하고 있지.'

이는 부정할 수 없는 진실이었다.

"그럼 나는 그런 꿈을 왜 꾼 거야?"

"그걸 모르겠어. 나는 나를 이렇게 만든 자를 그, 혹은 그 새끼라고 부르는데… 그 새끼의 의도는 여태껏 명확했던 적이 없었어. 이번 삶에서는 특이하게도 많은 얘기들을 들었지만, 그 어떤 것도 확실한 게 없었거든."

"아……."

은재는 이제 지영의 말을 온전히 이해했고, 인정했다. 쉬운 결정이 아닐 텐데도 용케도 그렇게 받아들이고 있었다.

"잠깐, 잠깐만… 뭐야? 그럼 결국 꿈이라는 얘기잖아? 내 남편은 그냥 대단한 사람이고, 그런 대단한 사람이랑 나는 그냥 전생에 원수였다, 뭐 이런 얘기잖아?"

"그렇지?"

"에이, 별거 없네. 그럼."

"응?"

갑작스레 변한 은재의 반응에 이번엔 지영이 눈을 동그랗게 떴다. 그러자 은재는 그런 지영을 바라보며 특유의 흐흐! 거리는 웃음을 흘렸다.

"생각해 보니 그렇잖아. 이번 생도 아니고, 그냥 옛날 일이잖아? 호랑이 담배 피던 시절도 아니고 이건 뭐… 그냥 다른 차원의 얘기라는 거잖아? 그걸 우리가 굳이 신경 써야 돼?"

"……."

아…….

'그러네…….'

이게 뭐라고……?

이걸 이렇게 진지하게?

"지영아."

"응?"

은재의 부름에 지영은 퍼뜩 정신을 차렸다.

"내 남편은 다 좋은데, 너무 진지해."

"내가……?"

그거야 당연한 거 아닌가?

지영이 그런 생각을 할 때쯤 은재의 말이 이어졌다.

"응, 우리 지영이 너무 진지해. 진짜 너무! 넌 처음 만났을 때도 그랬고, 지금도 그래. 외모는 변하지만 딱 거기서 끝이야. 성장이 없어!"

"……."

은재의 말에 지영은 당연히 바로 반박할 말을 찾지 못했다.

'성장, 성장이라…….'

확실히 그렇긴 했다.

지영의 이 인격은, 임미정의 배 속에서 어느 순간 정신을 차렸을 때 가지고 있던 인격이었다. 사고의 수준, 정도, 크기 등의 총량은 예나 지금이나 솔직히 변함이 없었다. 그렇게 태어나서, 지금까지도 변함이 없다는 소리였다.

은재의 말은 계속 됐다.

"그래서 사실 좀 이상할 때도 있었어. 왜 넌 매사에 진지하고, 항상 고민일까? 그리고 왜 남과 상의하지 않을까? 난 내 남편이 곤란한 일을 나한테 상의하는 걸 거의 본 적이 없어. 항상 알아서 생각하고 결정했지. 수민 언니랑은 좀 얘기하는 것 같은데, 그거 솔직히 나 부러웠다?"

"그랬어?"

"그럼, 어쨌든! 결론은 넌 너무 진지하다는 거야! 편하게 생각하자, 응? 과거이고, 다른 차원이고 이런 문제는 다 벗어던져. 당

장 우리만 좋으면 되는 거잖아. 응? 내 남편은 나 사랑하고, 나
도 내 남편을 사랑하고, 이건 변함이 없는 거잖아."

"그렇지."

"그럼 뭐가 문제야?"

은재의 그 말에 지영은 음… 그러게? 다시 그런 생각이 들었
다. 물론 이는 은재가 지금 지영이 자신에게 느끼는 감정을 몰라
서 그러는 것이다. 하지만 만약 그것만 빼면? 은재와 자신의 관
계에 문제될 건 정말 아무것도 없었다.

'그냥 내가 여태 생각했던 대로, 속죄하며 살면 되는 거겠
네……'

그럼 생각보다 심플해진다.

복잡한 건, 이제 자신의 환생에 대한 문제만 남는 거였다.

"오구구. 내 남편 여태 그거 때문에 힘들었구나?"

"아니라고 할 순 없지. 너도 의아하고, 혼란스러웠던 문제잖
아."

"흐흐, 그렇긴 하다. 근데 난 이제 괜찮거든. 아… 내가 그런
출생의 비밀을 품은 대단한 여자구나. 그렇게 생각할 뿐이야."

"간단하구나."

"그럼? 간단하지. 좋은 게 좋은 거 아니겠어? 흐흐!"

"나도 그랬으면 좋겠다. 난 무슨 저주라도 걸린 건지… 그렇게
생각이 안 되었었거든."

"힘들었겠다. 내 남편……."

지영의 말에 은재는 바퀴를 굴려 가까이 다가왔다. 그리곤 손
을 뻗어 지영의 뺨을 쓰다듬었다. 손끝은 차가웠다. 하지만 지영

은 그 손길에 더없이 따뜻한 온기를 느꼈다.

'어……?'

그리고 너무나 신기하게, 은재를 향해 서있던 적의, 분노, 증오, 애증이… 천천히 사라져 갔다.

치유.

그리고…….

정화.

자신에게 찾아온 축복을 지영은 분명하게 느꼈다.

정화.

축복.

지영이 인생에서 두 번 다시 겪을 수 없는 것들일 줄 알았다. 늘, 늘 저주 같았다. 생각하지 않으면 상관없지만 생각할 때면, 생각이 날 때면 항상 자신의 인생은 저주라고 생각했다. 그런데 오늘은 달랐다.

"왜 그런 표정이야?"

은재의 물음에 지영은 웃었다.

전에 없이 환한 미소였다.

"사라져서 그래."

"응? 뭐가 사라져?"

"너에게 느껴지던 증오와 분노."

"응?"

은재는 그게 뭔 말인지 모르겠던지 고개를 갸웃했다. 하지만 지영은 그냥 웃었다. 이해를 못 해도 좋았다. 지영은 지금 태어나서, 수백 번의 삶 동안 가장 충족한 행복을 느끼는 중이었다.

정말 거짓말이 아니라 너무나 행복했다. 세상이 달라지는 기분이라는 게 있다는데, 지영은 지금 그걸 확실히 느끼고 있었다.

"나 싫어하던 거? 그거? 그게 사라진 거야?"

"응, 지금… 좀 전에 다 사라졌어. 용서받은 거구나, 난……."

지영은 그 행복감에, 눈물을 흘렸다.

그러자 은재는 바로 울상이 되었다.

스윽, 뻗은 손으로 지영의 눈물을 닦은 은재는 그의 가슴에 얼굴을 기댔다.

"뭐든 다 괜찮아. 그럼 이제 우리 행복할 수 있겠네? 그것만 남은 거네?"

"응, 그것만 남았어. 하하. 하하하!"

속이 시원해서 그런지 웃음이 터졌다. 세상이 찬란해졌다. 모든 게 맑게 빛났다. 지영은 이런 기분이 느껴진다는 것에, 느낄 수 있다는 것에 정말 행복하고, 감사했다.

"흐흐, 우리 그런 의미로 건배!"

은재는 지영의 품에 안긴 채로 손을 뻗어 술잔을 잡아 올렸다. 지영은 그녀의 기분에 맞춰 잔을 들어 올렸다.

쨍.

유리잔이 부딪치며 나는 소리가 지영의 기분과는 정반대로 아직도 추적추적 내리는 빗소리에 묻혀 사라졌다. 술도 달았다. 아까는 텁텁한 느낌이었는데 생각 좀 바꿨다고 고새 술이 달았다.

모든 게, 지영의 변화 때문이었다.

둘은 그냥 말없이 서로를 안고 있었다. 이제는 따로 무슨 애기를 하지 않아도 가슴으로, 심장으로 마음이 전해져 왔다. 싱그러운 향기. 은재에게서는 늘 풀냄새가 났다. 알싸한 풀향이 아닌 상쾌한 풀향은 언제나 지영의 기분을 풀어줬다.

그렇게 한참을 안고 있는데, 어둠을 뚫고 라이트가 번쩍이기 시작했다. 벽의 건물에 희미하게 비춰지는 라이트에 은재가 지영의 품에서 몸을 빼냈다.

"앗! 애들 왔나 보다!"

"오늘은 좀 일찍 왔네."

이제는 초등학생이 된 안혜성과 이혜성이 촬영을 마치고 귀가하고 있었다. 우렁찬 엔진 소리와 함께 거대한 스타크레프트 밴이 모습을 드러냈다. 정문에 달린 감시 센서가 차량의 번호판을 인식하곤 자연스럽게 문이 열었다.

차량이 공터에 들어서고, 문이 열리더니 폴짝폴짝 안혜성과 이혜성이 우산을 펴고 내렸다. '감사합니다, 안녕히 가세요!'라며 매니저에게 인사를 한 둘은 그대로 지영과 은재에게 달려왔다.

"엄마! 아빠!"

도도도! 장화를 신은 둘이 엄청난 속도로 지영과 은재에게 달려들었다. 둘은 지영과 함께 있을 때만 샘이라고 불렀다. 그리고 은재와 같이 있을 땐 절대로 티를 내지 않았다. 그렇게 달려온 이혜성은 은재에게 안겼고, 안혜성은 지영의 무릎을 차지했다.

"아고, 무거워라."

"앗! 저 안 무겁거든요!"

"무거운데? 오늘 저녁 너무 많이 먹고 온 거 아냐?"

"저녁도 안 먹었는데!"

지영의 농담에 안혜성은 바로 발끈했다. 그런 안혜성의 모습에 이혜성과 은재가 쿡쿡거리며 웃었다. 두 아이는 신기하게 닮았으면서도 다른 외모로 점점 성장했다. 하지만 밝고, 명랑하고, 꾸밈이 없는 건 둘 다 똑같았다.

"저녁 안 먹고 왔어?"

"네! 제가 먼저 끝나서 이혜 기다리다가 같이 바로 집에 왔어요! 배고파요!"

둘 다 이름이 같으니 서로를 둘은 이혜, 안혜, 이런 식으로 불렀다.

"고기 구워줄까?"

"네!"

"그래, 들어가서 옷 갈아입고 씻고 와."

"넵! 가자, 이혜!"

"웅!"

도도도!

다시 안으로 달려간 둘은 빛의 속도로 옷을 갈아입고 나왔다. 지영은 그사이 반쯤 죽어 있던 불을 다시 살렸다. 어느새 나타난 유선정이 창문으로 건네준 고기와 반찬들을 테이블에 세팅하고 고기를 굽기 시작했다.

둘의 식성은 엄청났고, 가리는 것도 없었다.

골 때리게도 이 아이들은 지금 쭉쭉빵빵하게 크겠다는 일념하에 잘 먹고, 잘 자는 걸 가장 큰 목표로 삼고 있었다. 영화는 2순위였다. 나중에 시작해도 늦지 않지만 둘은 지영이 갔던 길을 걷기를 원했다.

아니, 그 뒤를 잊기를 원했다.

천재적인 배우.

지영의 등장은 시작부터 소름이 돋을 정도의 레벨을 보여줬다. 안혜성과 이혜성도 마찬가지였다. 둘의 등장은 말 그대로 어메이징했고, 센세이션했다. 둘 다 감성을 자극하는 작품에 출연을 했는데 그 해에 가장 빛나는 스타가 된 것은 물론이고, 상이란 상은 모조리 쓸어 담아버렸다.

하지만 당연히 둘은 그 정도로 좋아하진 않았다. 그걸로 좋아하기에는, 둘이 가지고 있는 포부가 너무나 원대했다.

둘은, 지영이 접은 배우의 길의 끝에 가보고자 했다. 지영이 자신들 때문에 접은 그 길을 말이다. 물론 그 테러는 둘 때문이 아니었다. 하지만 착한 이 친구들은 그 사고 때문에 지영이 꿈을 접었다고 단단히 착각하고 있었다. 지영이 아니라고 몇 번이나 얘기를 했지만 그 부분에서만큼은 요지부동, 고집을 꺾지 않았다. 그래서 지영은 그냥 그러려니 했다.

치이익.

고기가 맛있는 소리를 내며 익기 시작했다. 둘은 기대감 어린 표정으로 고기를 직시했다. 이혜성은 은재의 옆구리를 끌어안고 뺨을 비볐다.

"엄마, 엄마 좋은 냄새난다. 흐흐."

"응? 엄마 좋은 냄새나?"

"응! 풀 냄새!"

역시 느끼는 건 다 똑같았다. 지영은 그런 이혜성에게 농담을 던졌다.

"거기 아빠 자리야."

"싫어요! 내 자리야! 이힝!"

피식.

지영은 이혜성의 애교에 그냥 웃음을 날렸다. 둘은 노력하고 있었다. 중학생의 사고 수준에서 태어났지만 은재는 당연히 아직 그 부분은 모르고 있었다.

'눈치는 채고 있겠지만……'

같은 이름, 그리고 연기 천재.

지영이 오늘 자신에 대한 얘기를 했으니 안혜성과 이혜성에 대한 의심은 아주 당연한 수순이었다.

다 익은 고기를 먹기 좋게 잘라 접시에 올렸다.

"잘 먹겠습니다!"

"잘 먹겠습니다!"

둘은 열과 성을 다해 음식에 달라붙었다. 지영은 의자에 앉아 둘이 먹는 모습을 가만히 바라봤다. 둘은 진짜 잘 먹었다. 야무지게 쌈도 싸서 먹고, 유선정이 끓여다 준 찌개와 밥도 두 공기씩 먹었다.

초등학생, 그리고 여자애치고는 엄청 먹는 거지만 워낙에 열량 소모가 많은 둘이라 이 정도로 살은 찌지 않았다.

"맛있어?"

"네!"

은재의 물음에 둘은 한목소리로 대답했다.

그런 둘을 은재도, 지영도 엄마 아빠 미소로 바라봤다. 행복하다는 것, 둘의 얼굴에는 더할 나위 없는 행복이 보였다. 지영과 은재도 마찬가지였다.

가족.

어느새 넷은 하나의 가족이 되어 있었다.

둘의 식사가 끝나고 은재가 먼저 씻으러 들어갔다. 바람이 솔솔 부는 마당에서 지영은 안혜성, 이혜성과 함께 대화를 나누기 시작했다.

"샘, 오늘 얼굴이 확 피었어요. 좋은 일 있었어요?"

이혜성의 물음에 지영은 씩 웃었다.

"응, 있었지."

근 십 년, 지긋지긋하게 자신을 괴롭히던 은재에 대한 증오, 분노, 애증이 오늘로 끝을 고했다. 지영은 정화에 이은 축복을 받았고, 이제 다시 전처럼 은재를 사랑할 수 있게 되었다. 그래서 얼굴색이 달라졌고, 둘은 그런 지영의 기색을 놓치지 않았다.

"무슨 일인데요? 듣고 싶어요!"

"맞아요! 샘! 얘기해 줘요!"

아빠가 아닌 샘이라는 호칭이지만 이 호칭도 지영은 좋아했다. 아니, 아빠란 호칭보다 이게 더 좋았다. 하지만 호칭의 좋고 나쁨을 떠나, 이 얘기를 이 아이들에게 해줘야 할지 좀 고민이 되었다.

'어차피 범상치 않은 아이들이긴 한데…….'

기억을 가진 채 환생을 했다.

외모, 가족 사항이 동일하게 환생하는 경우는 꽤 많이 봤다. 매순만 봐도 아주 똑같은 외모로 태어났다. 하지만 그런 그녀도 지영을 기억하진 못했다. 그녀와 만나 사랑을 나눴던 오호십육

국의 시대, 그때의 지영이었던 조현(早現)을 매순은 기억하지 못했다.

하지만 이 둘은 달랐다.

지영의 존재 자체가 말이 안 되지만, 이제는 둘도 말이 안 되는 존재가 됐다. 그리고 사실 지영은 우려하고 있는 게 있었다.

'설마… 나나 임수민 대신 반복된 환생의 저주를 받을 아이들로 낙점된 건 아니겠지……'

그렇다면 그건 너무나 잔인한 일이었다. 확정되지 않았기에 모른 척하고 있을 뿐, 이 부분은 이미 임수민과 몇 번이나 얘기를 나누며 걱정했던 부분이었다.

"샘? 무슨 생각해요?"

"응? 얘기를 해줄까 말까 고민 중이었는데?"

"아, 샘! 너무해요!"

"뭐가 너무해. 샘이랑 엄마 사이에 일인데. 부부 사이의 일을 알려달라는 건 좀 그렇지 않니?"

"으으……."

분하다는 듯이 주먹을 쥐고 눈을 흘기는 둘을 보며 지영은 너털웃음을 터뜨렸다. 둘을 보고 있자면 마음이 편해졌다. 전에는 미안함이 있었지만, 너무나 밝게 자라주고 있는 둘에게 지영은 정말 크나큰 감사의 마음을 가지고 있었다. 그래서 몇 번이나 들었던 말이지만, 지영은 다시 한번 확인하고 싶었다.

"혜성아."

"네?"

"네."

"샘 안 미워?"

"네?"

지영이 묻자 둘은 잠깐 눈을 동그랗게 떴다가, 또 그런다는 표정으로 눈을 흘겼다. 하지만 이내 씩 웃었다.

"하나도 안 미워요. 샘 아니었으면, 그때의 삶이 더 좋아졌을 거라 생각하지도 않고요. 어둡고, 불안하고, 두려웠던 하루하루가 샘을 만나서 반짝이기 시작했어요."

이혜성의 대답에 지영은 입술을 살짝 깨물었다. 하지만 눈은 웃고 있었다. 이혜성의 말을 안혜성이 받았다.

"맞아요. 분명 가족들과 함께했던 삶은 좋았어요. 하지만 저는 카메라 앞에 서는 게 더 좋아요. 그때도 그랬고, 지금도 그래요. 샘이 안 계셨어도 우리끼리 알아서 할 수도 있었을 거예요. 맞아요. 분명 그래요. 하지만, 샘이 있기 때문에 더 기쁘게, 더 풍족한 마음으로, 더 많이 배워서 저는 카메라 앞에 서 있어요. 그래서 샘한테 항상 감사해요."

"그리고 그날 사고가 샘 잘못이 아니잖아요. 다 나쁜 사람들 잘못이지. 저 그 정도 사리분별도 못 할 나이는 이미 지났어요. 누구를 원망해야 할지도 확실히 알아요. 그리고… 저나 안혜도 다 알아요. 그날 사고 이후, 샘이 어떻게 살았는지요. 나 그거 다 찾아보고, 얼마나 울었는지 몰라요."

"맞아요……. 샘이 그렇게 우리 때문에 힘들었는지… 진짜 몰랐어요……."

두 아이들의 말에 지영은 말문을 바로 열지 못했다. 은재와의 일이 있어서 그런지, 오늘 이 말은 의미가 남다르게 느껴졌다.

가슴이 싸… 해지는 기분, 딱 그런 기분이었다. 지영은 깨달았다.

'오늘이구나.'

그래, 오늘이었다.

예고하지 않고 찾아왔다.

때를 있을 거라 생각했던 그 순간은.

어느 순간 지영의 앞에 나타나 손을 흔들고 있었다. 그리고 그걸 지영이 깨달았을 때, 머릿속에 천둥을 치듯 그들의 목소리가 흘러들어왔다.

[축하한다. 그분께서 너에게 이제 안식을 버리려는 모양이구나.]

[호호호! 거창한 게 있을 거라 생각한 거야? 의미심장한 어떤 일을 해야만 빠져나올 수 있을 거라 생각한 거야? 호호! 순진하기는!]

[고생 많았구나, 아이야. 쯧쯧, 그간 얼마나 힘들었을꼬…….]

[그저, 시간이 필요했을 뿐이란다. 정해진 시간이 끝나면, 또 다시 죄를 짓지 않는 이상은 모든 게 풀려나가게 되어 있었던 거란다.]

[흐잉, 이제는 못 보는 거야? 그동안 정말 재미있었는데!]

머릿속에 번개가 치는 기분은 여전히 남아 있었다. 그리고 그 감각은 뇌에서부터 척추를 타고 사지 전체로 퍼져 나갔다.

"허… 하하, 하하하……."

그래서 절로 웃음이 나왔다.

'그저 시간이 필요했을 뿐이라고…….'

뭔가 반드시 해결해야만 하는 일이 있던 건 아니라는 소리였다. 임수민과 지영은 그걸 찾으려고 그렇게 머리를 맞대고 대화를 나눴다. 그런데 이렇게 해결이라고? 이건 허탈한 수준이었다.

하지만, 얼굴은 웃고 있었다.

허탈하면서도, 시원시원한 미소였다.

우르릉!

쾅!

하늘이 축하를 하려는 건지, 아니면 서운한 건지, 아니면 이대로 끝낼 수 없다고 악을 쓰는 건지, 갑자기 먹구름을 잔뜩 몰고 오더니 우렁찬 뇌성과 장대비를 쏟아내기 시작했다.

쏴아아!

하지만 지영은 그걸, 정화의 빗줄기로 봤다. 지영이 있는 공간, 이곳을 깨끗하게 씻겨내 주는 것 같았다.

"샘?"

"고마워."

지영은 알았다.

자신과 안혜성, 이혜성은 분명 어떠한 사이로 묶여 있거나, 아니면 두 사람의 저번 생부터 자신과 엮였거나 했다는 것을 말이다. 그래서 은재처럼 용서를 받았다. 이 모든 게 때가 되었기 때문이었다.

"그런 말도 하지 마세요. 우린 샘에게 너무 감사하니까. 그치,

안혜?"

"응, 맞아. 샘 없었으면 지금의 우리도 없는 거예요."

"그래서 고맙다는 거야."

지영은 팔을 벌려 둘을 안았다. 지영이 먼저 이런 적이 거의 없어서 안혜성과 이혜성은 눈을 동그랗게 떴다. 하지만 이내 지영의 품에 조용히 안겨 눈을 감았다.

"너무 고마워요, 샘……."

"흑, 흐윽……."

이혜성은 촉촉해졌고, 안혜성은 결국 눈물을 흘렸다. 지영은 그렇게 둘을 안고 한참을 있었다. 이 아이들 덕분일지도 몰랐다. 지치고 힘들었다. 돌아와서 어느 순간, 삶의 의미를 잊을 뻔하기도 했다.

하지만 지금은 아니었다.

이번으로 모든 족쇄가 풀린다고 해도 지영은 안혜성과 이혜성을 최대한 챙겨줄 것이다. 있는 힘껏, 자신의 모든 능력을 이용해 두 사람의 삶을 지탱해 줄 생각이었다.

"나 다 씻어… 어머나?"

은재가 씻고 나오자 지영은 안고 있던 팔을 풀었다. 그리곤 두 사람의 머리를 부드럽게 쓰다듬어줬다.

"들어가서 씻어."

"헤헤, 네!"

"아빠도 얼른 씻어요!"

"응."

둘이 들어가고 나자 지영은 자리에서 일어나 쏟아지는 빗줄기

사이로 들어섰다. 손으로 얼굴을 가리며 지영은 고개를 들었다. 그리고 조용히, 분명 듣고 있을 그에게 물었다.

"이렇게 끝나는 겁니까?"

우르릉······.

대답은 없었지만 그 말에 뇌성이 울렸다.

지영은 피식 웃었다.

이 인간은. 아니, 이 신이란 존재는 정말로 불친절했다.

하지만 그래도 이젠 상관없었다.

그가 아닌, 그들이 전해준 메시지로 지영은 이제 자신에게 걸려 있던 억겁의 저주가 풀렸음을 알았다.

'심플하고 좋네······.'

거창하게 신을 죽이는 여정 뭐 이런 거라도 떠나야 할 줄 알았는데, 생각보다 소소하고, 인간적인 엔딩이 기다리고 있었다.

피식.

괜히 웃음이 나왔다.

그런 상태에서 지영은 임수민이 떠올랐다.

'그녀도 그런 걸까?'

그녀에게도 찾아왔을까?

해방을 알리는 이 순간이?

'내일 전화해 보면 알겠지······.'

지금은 좀 더 온전히 이 순간을 느끼고, 즐기고 싶었다. 쇼생크 탈출의 한 장면처럼, 비를 맞으며 해방의 순간을 마음껏 만끽하고 싶었다. 지영아 그만 들어와! 여름 감기 걸려! 하고 은재가 소리쳤지만 지영은 알겠다고 고개만 끄덕여 주곤, 다시 아무것도 보이지 않는 하늘을 올려다봤다.

기분 좋은 빗줄기였다.

세상에서, 태어나서, 그 모든 순간을 합쳐도, 오늘만큼 빗줄기가 아름답고, 따뜻하고, 시원했던 적은 없었다.

시원했다.

섭섭한 마음, 그딴 감정은 좁쌀만큼도 들지 않았다.

언제나 불평했었다.

지영에게 삶이 아름다웠던 적은 그리 많지 않았기 때문이었다. 하지만 지금만큼은 달랐다.

"아름답네……."

이렇게 하늘을 가득 물들이고 있는 어둠도, 시원하게 쏟아지는 빗줄기도. 그 모든 게, 이제는 아름다웠다.

"하하, 하하하……."

그래서 지영은 웃었다.

더없이 행복하게 웃고, 더없이 만족스럽게 웃었다.

지영은 그렇게 아주 오랜 시간을 비를 맞으며 서 있었다. 그런 지영에게 은재의 잔소리가 결국 날아들었고, 회상, 소감은 그걸로 끝을 고했다.

그렇게 시간이 흘렀다.

많은 시간이 흘렀다.

30대이던 지영은 불혹을 넘겼고, 지천명도 넘겼다. 이순을 지나, 고희를 넘겼다. 그리고 어느 순간, 지영의 아름답고, 행복한 세계는 단절되었다.

끝이 있으면, 시작이 있는 법, 어느 순간이었다.

두근, 두근.

지영은 심장 소리에 다시 정신을 차렸다.

몽롱한 의식이었지만 지영은 삶이 다시 시작되었음을 깨달았다.

하지만 전처럼 짜증이 나거나 체념하지는 않았다.

알고 있었기 때문이었다.

새롭게 삶이 시작되고, 그 삶이 이제는 마지막 삶이 될 것이라는 사실을 말이다.

'약속, 지켜야 합니다……'

지영은 그, 혹은 그들에게 몽롱한 의식 속에서도 그렇게 중얼거렸다.

[……]

그리고 지영은 소리는 없었지만 어떠한 의지를 느꼈고, 이내 웃을 수 있었다. 저주는, 이번 생으로 끝이었다. 천 번의 환생 끝에, 지영이 찾은 건 안식이었다.

에필로그

"진!"

"아, 어서와. 리나."

"뭐 하고 있었어?"

금발 머리 리나의 밝은 인사에 '진'은 웃으며 책을 들어 올렸다. 전공과목 서적이 아닌 소설책이었다.

치은이, 유은재.

제목, 그렇게 삶의 끝을 바라보며.

은재가 생전에 마지막으로 내놓은 책이었다. 책은 어렸을 적의 은재, 그리고 성장기의 은재, 지영을 만난 은재, 그와 이별한 은재, 다시 만난 은재, 사랑하는 은재, 연인의 테러에 슬퍼하는 은재, 그의 아픔에 공감하는 은재, 다시 돌아온 연인을 이해하는 은재, 새로운 생명과 마주한 은재… 등, 초년부터 중년까지,

삶의 마지막 길을 걸어가며 은재가 느낀 것들을 펴낸 책이었다.

자서전에 가까운 소설책이라 마니아들만 읽는 책이지만 진에게 이 소설은 굉장히 의미가 있었다.

'넌 어떻게 지내? 잘 지내?'

은재는 저번 생에서의 지영보다 두 해 먼저 떠났다. 말년에 얻은 골육종으로 안식에 들었다. 전생의 연인. 이번 생이 아니기 때문에 엄청 애틋한 마음이 들진 않지만 천 번을 넘긴 그의 생에서도 가장 많이, 의미 있게 가슴에 담긴 연인이었다.

그렇기 때문이 진은 언제나 시간이 날 때마다 이 소설을 읽었다.

"또 이거 보고 있었어?"

"응, 배 안고파? 저녁 먹으러 갈까?"

"좋지!"

진의 말에 밝게 웃은 리나가 얼른 그의 팔에 팔짱을 꼈다. 이번 생에서의 연인, 에너지가 항상 넘치는 리나. 그를 웃게 만드는 몇 안 되는 사람 중 하나였다. 진은 리나와 함께 거리를 걸었다.

프랑스 파리.

몽마르뜨 언덕의 풍경은 그 옛날과 변한 게 하나도 없었다. 사람도 여전히 많았다. 거리를 걷던 진은 상가 앞을 지나다가 잠시 멈춰 섰다.

화면 속에 나오는 '여인' 때문이었다.

여인의 외모는 30대 후반 정도였다. 그리고 그 여인은, 진이 전생에서 만난 자신과 같은… 동족이었다.

임수민.

그런 그녀가, 100년이 훌쩍 넘는 세월 뒤에도 여전히 저기, 저렇게 살아 있었다.

그런 그녀가, 그 시절과 조금도 다르지 않은 얼굴로 미합중국 대통령이 되어 연단에 서서, 연설을 하고 있었다.

연설은 훌륭했다.

목소리, 감정, 자세, 내용까지 전부.

—세계는 이제 하나가 되어야 합니다. 이 비통한 전쟁은 이제 사라져야 합니다. 그 회합을 위해 저, 까뜨린이 앞장서겠습니다!

피식.

진은 그 이름을 듣고 실소를 흘리고 말았다.

"인정, 감쪽같았어."

"응, 뭐가?"

"아니, 아무것도 아니야. 가자, 배고프다."

"응!"

진이 다시 걸음을 옮기자 화면 속 까뜨린이 연설을 하다 말고 갑자기 멈춰서, 오른쪽으로, 누군가를 쫓아가듯 천천히 시선을 돌렸다. 그리고 마치 누군가에게 전하듯, 마지막 말을 던졌다.

—그렇게 세계는 평화와, 안식을 찾을 겁니다.

『천 번의 환생 끝에』 완결

작가 후기

끝났습니다.

미진한 완결이 아닌가 걱정이 앞섭니다. 사실 이 엔딩은 초기 엔딩과는 다릅니다.

저는 보통 소설 집필(계약)을 시작하면 제목, 엔딩, 주인공 이름과 성향부터 순차적으로 결정하고 씁니다.

제목이야 보셨다시피의 제목이고, 엔딩은 사실 새드 엔딩에 가까웠습니다.

글 후반의 분위기를 이어가 천 번을 환생했는데도……!

이렇게 처절하기만 하냐, 뭐 하나 제대로 끝맺지도 못하는 인간의 무력함을 그려 넣을 작정이었는데… 그랬다간 귀환병사만큼의 욕을 먹을 것 같아 엔딩을 바꾸었습니다.

때문에 준비가 많이 되지 않은 상태였고, 극 후반부터 정말 머리를 쥐어짜내야 했습니다.

엔딩이 다가올 때쯤의 그 초조함이란 정말… 으으, 말로 설명할 수가 없습니다. 게다가 몸까지 안 좋아져서… 어후.

어쨌든, 이렇게 글이 끝났습니다.

강지영은 용서를 받았고, 안식을 얻었습니다.

보통 기, 승, 전, 결로 이어지는 엔딩 방식이 아니라 혼란스러운 점도 많을 거라 예상됩니다. 하지만 그래도 최대한 생각하고, 또 생각해서 썼습니다. 부디 좋은 방향으로 감상이 남았으면 좋겠습니다.

1년 5개월이 지났습니다.

재벌집 막내아들과 비슷한 때에 시작하여 이제야 끝이 났네요. 많이 지치고 힘들었습니다.

귀환병사(총 22권) 이후 최장편(총 16권)입니다. 원래 천 번도 12권 완결이었는데, 쓰다 보니 늘어나고, 내용을 담지 못한 화가 많아지면서 결국 이렇게 몇 권이나 더 늘어난 뒤에야 완결이 되었습니다.

힘들었지만, 재밌었습니다.

비록 엄청난 성적을 거두진 못했지만 그동안 저를 믿고 따라와 주신 독자분들에게 최소한의 도리를 할 수 있어 저 스스로는 만족하고 있습니다. 그리고 그분들이 있어 이 글이 완결까지 올수 있었습니다.

정말 감사합니다.

겨울이네요.

독감 조심하세요.

저는 죽다 살아났습니다.

그럼 언제가 될지 모르지만, 다시 차기작으로 여러분들을 찾아뵙겠습니다.

11월 16일 새벽 4시에 가을의 끝, 겨울의 초입에서 요람(搖籃) 올림.